# 史上第一混亂

## 卷九 回到唐朝

張小花——著

# 目錄



Contents

第一章

# 大唐高僧

我發現這位大唐高僧不但精通佛法，

而且對地理、各地風俗都有很深的造詣，

難得的是玄奘大師口才也十分便給，而且他的經歷太豐富了，

他能讓那十八條好漢和方鎮江他們乖乖坐下聽講，

正是先拿故事吸引住了這群人。

我把一根食指慢慢比在嘴上，向他做了一個噤聲的動作，孩子乖巧地點點頭，我縮著腦袋繼續往前踅摸，下一秒，這孩子忽然站在牆上大叫道：「不好了，校長來了，快跑啊——」

「劈哩啪啦」一陣響之後，就見剛才還空無一人的樹叢和花池裡有無數的孩子躍上牆頭轉眼即逝，一邊叫嚷著：「快跑快跑，被校長抓到又要罰站……」

我愕然回頭，見牆上那孩子朝我做個鬼臉，也跳到那邊去了——那孩子那樣的眼神難道是因為看見了我？

我稍稍鬆了口氣，看來學生們還是安全的，但是很快我的心就又懸了起來：這偌大的老校區為什麼連一個老師都不見呢？方鎮江和老王他們哪兒去了？既然已經打草驚蛇了，我索性直起腰走進教學樓。

太靜了……不對，很詭異，平時這裡絕對沒有這麼壓抑，往常這裡還能聽到佟媛和秀秀銀鈴般的笑聲。我一步一步挪到階梯教室門前，先把耳朵貼在門上聽了一會兒，緩緩推開了階梯教室的門。

滿屋子的人！坐在最後一排的方鎮江手裡夾著一根菸，菸灰都燎到指頭了，他還專注地低頭往小本上記著什麼；在他前面，老王、寶金和花榮等人赫然在座，全都專心地往講臺上看著。

在他們周圍有很多我不認識的人，如果我沒猜錯的話，那個隱隱有大哥風範的黃臉漢子就是秦瓊秦叔寶，坐在他左邊那個尖削臉的白臉帥哥就是他的表弟羅成了——這麼說，反隋方面軍取得了最後的勝利？

最讓我看不懂的是這些人不但和平地待在一起，沒有鬧事，而且還都安靜地看著講臺，那上面，一個五十多歲的男人站在那裡，聽他說話，正是我在走廊上聽過的那個聲音。

我捅捅方鎮江：「你們幹什麼呢？」

方鎮江把菸頭丟在地上愛搭不理地說：「別鬧，聽陳老師上課呢。」

我發現自打我進來以後，沒人對我感興趣，有的連眼睛也不抬，十分專注；有的則回頭看我一眼，繼續聽講臺上的老頭講課。

這些人到底在幹嘛？方鎮江這樣平時書都不看一頁的人為什麼做起了筆記？我往黑板上看了一眼，只見上面畫了一條曲線歪歪扭扭地盤延而上，這條線兩邊隱約是橫軸和縱軸——K線圖！

我頓時也大感興趣，坐在方鎮江旁邊道：「股市終於要漲啦，這股神哪請的？」

方鎮江道：「別胡說，那是取經路線圖。」

「什……什麼玩意？」我納悶道，能吸引這麼多人關注的，居然不是股市行情！

這時，講臺上的「股神」微笑道：「阿彌陀佛，新來那位施主，你是小強吧？」

我詫異道：「你認識我，你哪位啊？」

股神笑眯眯地合什道：「貧僧玄奘！」

玄奘，不就是唐僧嗎？前幾天帶著包子找嬴胖子的時候，依稀記得顏景生跟我說過，可是這兩天一忙，再加上滿腦子都是十八條好漢，我幾乎把這個老和尚給忘得一乾二淨。

見我上來，玄奘伸出手來跟我握了握——看來他已經很熟悉現代的禮節了，隨即笑道：「小強兄弟這是打哪來啊？」

稱兄道弟？話說我身分特殊，跟皇帝稱兄道弟也沒什麼感覺，可跟和尚平輩論交還是第一次。我乾笑道：「剛去了趟秦朝。」

玄奘拉著我的手對下面說：「我喧賓奪主地給大家介紹一下，這就是這裡的主人小強，大家以後多多親近，好了，今天的課就先上到這吧。」

下面的人似乎還有些意猶未盡，小聲的嘆息了一下，開始各自收拾書本離座。一個孩子猛地站起來道：「小強，你見我哥了沒？」

他這一說話把我嚇了一跳，看個頭，是個十六七歲的少年，說話甕聲甕氣的，直震得整個教室隱隱回聲，他一站起來擋住了他後面那人的視線，那人乃是一個金臉大漢，面有微鬚，長得很是威武，這人伸手一拉少年道：「坐下，擋著我了。」

少年一甩手，回頭怒道：「宇文小子，你想再死一次啊？」

那金臉大漢也不生氣，只是微微一笑。

宇文？十八條好漢裡好像只有宇文成都姓這個姓吧？如果是這樣，聽他前面那小孩的口氣，難道是……李元霸？

今天可開了眼了，看門大爺一樣的唐玄奘，十六歲的小屁孩李元霸——

小屁孩見我不回答他，又問道：「喂，問你呢。」

我小心道：「你哥是李世民吧？」

「是啊！」

「那個……你要早來幾天就見著你哥了，我這回是去秦朝，所以也沒看見他。」

小屁孩失望地哦了一聲，回身又跟宇文成都道：「宇文小子，走，咱倆練兩跤去，這些人裡，也就你能和我比劃兩下。」

宇文成都笑道：「你就算不叫聲叔叔，大哥總該叫我一聲吧？」說著收拾好自己的東西，站起身往外走。

小屁孩生怕他跑了似的挽著他的胳膊，嘴裡卻說：「呸，能贏得過我再說。」

我看著兩人的背影擔心道：「那倆不會出什麼事吧？」

玄奘呵呵笑道：「放心，他們之間的恩怨已經被我化解了。」

我一愣，隨即抓起玄奘的手使勁搖著：「你是怎麼做到的？」

玄奘合什道：「佛法無邊，回頭是岸，化解塵世嗔癡仇恨，這也正是貧僧之所以去天竺取經的初衷。」

這時，那個我一進來就注意到的漢子來到我們跟前，親切地招呼道：「小強，久仰大名啊。」

我急忙抱拳道：「這位是秦二哥吧？」

不等秦瓊說話，一直跟他形影不離的那個小帥哥道：「表哥，還真是哪都有人認識你呀。」

秦瓊給我介紹道：「這是我表弟羅成。」

我跟羅成微微點了一下頭，對這小子沒有好感，覺得他雖然有本事，可是太陰了，誰也看不在眼裡，自高自大。

秦瓊拉著我的手來到一個魁梧的白鬍子老頭面前，恭敬地給我介紹：「這位就是『靠山王』楊林，楊王爺。」

楊林瞟著秦瓊哼了一聲，但跟我還是滿客氣，秦瓊尷尬道：「義父，你還在生我氣？」

楊林終於長嘆一聲，道：「你我各為其主，我也怪不著你，以後你見了我叫聲楊兄，我見了你叫聲秦瓊老弟也就罷了。」

秦瓊神色黯然，向老楊行了一禮，拉著我來到臨窗而站的一個人面前，這人滿臉髭鬚，站在窗前默然無語，鬱鬱寡歡，秦瓊低聲喚道：「二哥……」

這人頭也不回，還是只顧望著窗外，我不禁疑惑道：

「這位二哥是……單雄信單二哥？」

單雄信詫異地轉過頭來，勉強笑道：「呵，你認得我？」

「誰不認識單二哥呀？」雖然我對隋唐這幫人不太熟，但當年聽評書最常聽的就是

「南七北六十三省，綠林好漢總瓢把子大寨主單通單雄信」，都快背成順口溜了。

單雄信重重地拍了我膀子幾下，簡單地跟我聊了兩句，豪邁爽朗之氣油然可見，然後就跟老王說話去了，自始至終沒有看秦瓊一眼。我納悶問秦瓊道：「二哥，你們不是最好的兄弟嗎？」

秦瓊落魄天堂縣，當鐧賣馬，最後被單雄信接回二賢莊，兩人結為生死弟兄這典故我還是知道的。

秦瓊搖頭苦笑道：「說來話長了……」

突然我覺得有人捏我脖子，回頭一看，一條粗豪的壯漢正瞪著我，見我回過頭來，佯怒道：「小子，怎麼不來跟我見禮，瞧不起俺大老程嗎？」

我笑道：「正找你呢，有機會一定把你那三斧子傳授給我。」

大漢哈哈大笑道：「算你這小子機靈，那可就一言為定了啊。」這漢子自然是程咬金。

我看出這些人之所以能聚在一起，全是因為聽玄奘的課。玄奘道：「不要叫我大師，我不是什麼大師，叫我玄奘就好。」

我乾笑道：「這可不行，您這是為難我。」

玄奘道：「那你就像他們一樣叫我陳老師吧。」

「陳老師？」

「我俗家姓陳。」

我撓頭道：「出家人不是跳出三界外，不在五行中麼，俗家的姓您還記得？」

玄奘笑道：「我十幾歲才出家，怎麼不記得？」

這時有一行七人來到我面前，紛紛拱手道：「小強兄，今後要多蒙照顧了。」

我一看這七個人個個衣袂寬鬆，風度翩翩，跟秦瓊等人面有殺伐的風格截然不同，忙還禮道：「哥兒幾個就是七賢吧？」

為首那人儒雅一笑道：「賢不敢當，不過是生逢亂世，寄情竹林的七個無用之人罷了。」

我連連搖手道：「現在除了阿富汗和伊拉克，天下還算是太平的。」

那人又道：「不管怎樣，我等無心政治，只求斗方之地能賦謠撫琴。」

這人身後的一個儒生怒目身旁一人，冷嘲熱諷道：「嵇康兄此言差矣，咱們之中可不都是無心政治的人吶。」

被諷刺那人臉上一紅，訥訥地說不出話來。

嵇康回頭微笑道：「伯倫兄何必計較呢，你我七人能重聚於此，足見投緣，前塵往事都讓它過去吧。」

玄奘呵呵笑道：「這話說得好，叔夜果然有慧根。」

嵇康恭敬道：「老師謬讚了，等老師有閒暇的時候，叔夜還要多多請老師釋疑佛法上的滯塞之處。」

玄奘道：「你若問我典故出處我自能答你，但所謂滯塞，卻只能問自心，自心釋疑，便世間無疑。」

嵇康一凜，忽然暢快笑道：「知了。」

玄奘一揚手：「去吧。」

嵇康答應道：「好！」說著摸頭就走。

我看兩個人說話有點詭異的感覺，急忙問道：「去哪兒啊？」

嵇康邊走邊大笑道：「叔夜已經掙脫苦海，所謂『去』，是遠離塵世一切苦惱之去。」

我叫道：「你不會是要找地方自殺去吧？」

嵇康不悅道：「當然不是，你這俗人怎麼能懂？」

我撓頭道：「不是……我是說你去哪總得有個地方吧？」

正沉浸在掙脫苦海喜悅裡的嵇康同學，被我這個極為現實的問題一棍子掄懵了，喃喃道：「是啊，我去哪啊？」

我指著門口說：「我們育才暫時還沒竹林，不過你出去以後往東走，過了小門就能看見一片小樹林，那裡十分僻靜，想彈琴還是喝酒都行……」

嵇康剛要走我又說：「把這哥兒六個領上，也幫著他們渡渡苦海。」

七賢走了以後，我跟玄奘說：「陳老師，恭喜您又渡了多半打人啊。」

玄奘笑道：「見什麼人說什麼話，聰明人面前話說三分自然透。」

我和玄奘隨便聊著，寶金湊上來說：「小強，秦朝那羽哥他們都好吧？」

我趕緊拉住他跟玄奘介紹道：「陳老師，這個跟您是同行。」

寶金羞愧道：「好多年不幹了，再說我這和尚屬於混飯吃的，跟陳老師比差遠了。」

玄奘邊客氣著邊給自己倒了一杯水，然後從兜裡掏出個硬梆梆的饅頭在桌子上敲碎，就著白開水吃了起來。

我失色道：「您就吃這個？」

寶金道：「嗨，我也彆扭好長時間了，小六子他們一來不會做素飯，二來，他們用過的鍋也不乾淨，陳老師用不習慣。」

我拉起玄奘的手道：「走，我請您吃『百素園』。」

玄奘躲閃道：「這樣就挺好的，取經那幾年，樹葉我也吃了不少。」

我強拉著他往外走，寶金也勸：「您就跟小強去吧，『百素園』的素齋很有名的——我一會還有課，就不陪您了。」

玄奘無奈，只能跟著我上了車。

「百素園」是我們這最有名的素齋食府，隨著這幾年人們提倡吃素，裝修得比同規格的飯店還華麗，成了我們這有錢人或宗教人士宴請外賓和同行的指定餐廳。

我帶著玄奘進了「百素園」，一個穿著白淨制服的服務員面帶微笑把我們迎了進去。

這的服務員也都是本地的居士，有時候見穿著袈裟進來的，還能跟你簡單討論幾句佛法，非常別具一格，不過他見我們不僧不道的，也就沒上心。

一問二樓雅間都包出去了，我們只好就坐在大廳裡。

餐廳四面的牆上，這掛一條金剛經講義，那掛一條六祖壇經，還有不少勸人向善的格言隱蔽在假山和塑膠花之間，淡淡的檀香在不影響人食欲的前提下嫋嫋繚繞，我問玄奘：

「陳老師，這地方不錯吧？」

玄奘點頭道：「不錯不錯，光吃飯浪費了。」

我一邊翻菜單一邊跟服務員說：「你們這魚做得最好是吧？來一條。」我看看玄奘詫異的眼神，笑道：「老師放心，這絕對都是最正宗的素食，蔥蒜味精都不放。」

服務員也幫腔道：「是啊，我們這的魚是用豆腐皮還有麵筋做的。」

我又點了一個四喜丸子和一個扒肉條還有一個宮保雞丁。

等菜上來一看，我暗暗叫絕，那魚做得跟真魚似的，還可以看到手工做成的假刺，扒肉條還有皮肥瘦之分，我給玄奘掰了副筷子，遞給他說：「怎麼樣陳老師，素菜做到這地步算可以了吧？」

玄奘微微笑道：「著相了，著相了。」

我納悶道：「怎麼了？」

玄奘道：「既然明知是素食，非要把它們做成飛禽走物的樣子，可不是著相了嗎？」

玄奘呵呵一笑，舉筷而食，老頭看來是真餓了，一下撕走半條魚捲進了嘴裡，我忙介紹道：「這魚除了樣子像以外還有一絕，那就是味道也跟鯉魚如出一轍，您吃出來了嗎？」

我隨即悟道：「哦對了，您沒吃過真魚。」

玄奘抹抹嘴道：「吃過。」

「啊？」

「我不但吃過魚，也吃過肉喝過血，反正和尚不該吃的，我實在想不出我還沒吃過什麼了。」

酒肉和尚？我陪笑道：「這也沒什麼，酒肉穿腸過，佛祖心頭坐嘛。」

玄奘搖頭道：「不是，我在取經的路上過了不少沙漠和荒蕪人煙的地方，草都沒有的情況下，爬蟲和蛇著實吃了不少，當然，在有條件的情況下我還是嚴守戒律的，沒條件也就沒辦法了，總之我得活著。」

「是是，螻蟻尚且偷生——誒，這話出自哪部佛典啊？」

玄奘摸了摸下巴道：「螻蟻尚且偷生，嗯，這話說的很有悲憫的味道，卻不知典出何處（注：此語出自《西遊記》），要說我是為了偷生，也不盡然，當初我一心想的是要把佛經取回大唐，孔夫子不是說了麼，朝聞道，夕死可矣，那意思就是說，既然經書還沒到大唐的土地上，我就還不能死。」說著他自嘲地笑了起來。

我肅然起敬道：「有的人活著是為了吃飯，有的人吃飯是為了活著。」

玄奘停下筷子道：「喲，小強很有慧根呀。」

我乾笑道：「嘿嘿，這話不是我說的，好像是蘇格拉底的名言。」

玄奘道：「嗯，這個蘇格拉底很有慧根。」

我開玩笑道：「我把他找來給您當徒弟怎麼樣？」

玄奘道：「當徒弟談不上，不過取經路上真要有這麼個智者一路陪著，那倒真是樁妙事。」

說到取經，我忽然問：「您為什麼要取經啊？」我很想知道在出國留學還沒盛行的大唐，玄奘為什麼會有這樣的想法。

玄奘笑道：「如果我跟你說我是為了普渡眾生，你信嗎？」

我囁嚅道：「本來……是不太信的，不過是您說的那我就信。」

玄奘道：「我可沒說我是為了普渡眾生，我就是問問你信不信。」

我毅然道：「好吧，那我不信，您上外頭發展，肯定是在國內混不下去了吧？」

玄奘不滿道：「你怎麼能這樣說呢，你說我不是為了普渡眾生我幹啥去了？」

我：「……」

玄奘笑道：「呵呵，跟你開個玩笑，其實要說抱著普渡眾生的心去的，未必把自己說得太偉大了，開始我也是為了釋疑才去的，當時的佛經百家說法，莫衷一是，為人講解難免有自相矛盾的地方，佛教本是以教人向善為本意，我不想信徒們也分了派別，所以追本溯源，這才去往天竺。」

我說：「您的意思是先把和尚們普渡了，這比普渡眾生還偉大呢。」

玄奘一笑道：「偉大談不上，不過取經確實是件功德事，這件事我去做了，而且成功了，倒是僥倖得很。」

我說：「您太謙虛了，秦始皇是千古一帝，您就是千古一僧。」

玄奘擺手道：「那些都是虛名，能為人解除怨念、化解仇恨才是我看重的。」

我兩眼冒小星星道：「對對，凡是高僧都擅長幹這個。」

玄奘道：「其實不光佛教，凡是能稱得上信仰的宗教都是以此為本的，宗教也許能使人瘋狂，但是你想過沒有，如果沒有宗教，可能這個世界早就瘋狂了。」

我汗道：「沒想過……您對其他教派也感興趣？」

玄奘點頭道：「這兩天粗略地瞭解了一些基督教和天主教。」

我說：「您再多瞭解點猶太教就更好了，也許能化解以巴衝突，諾貝爾和平獎都能給您預支了。對了，說說那十八條好漢的事吧，您是怎麼讓他們和解的？」

玄奘道：「塵世間沒有無緣無故的愛，也沒有無緣無故的恨，所謂仇恨，必是有緣由的，沒有人一生下來就抱著仇恨而生……」

我忙說：「有，武俠裡的主角一般都有殺父仇人，而且仇人不是武林盟主就是王爺。」

我見玄奘不高興了，陪笑道：「您繼續說。」

老頭侃侃而談道：「要想化解仇恨，就要找到仇恨的根本，拿那十八個人來說，他們之所以結下怨恨不是有什麼過不去的仇恨，無非是兩國交兵各保一主，可是你仔細想想就能看出：這些人裡有真正大奸大惡的人嗎？」

我搓手道：「不知道……這些人裡都有誰，我還沒徹底弄明白呢。」

玄奘伸出指頭，一個一個跟我報名字道：「這些人包括後來的『翼國公』秦瓊、『右武侯大將軍』尉遲恭、隋朝的『靠山王』楊林……」

我一聽他居然能報得這麼詳細，不禁詫異道：「您怎麼知道的這麼詳細？」

玄奘微笑道：「這些人在我那個時候，我就已經耳熟能詳了。」

我頓了一下，馬上反應過來：秦瓊和玄奘他們都是李世民時代的人，而秦瓊他們當時都是大名鼎鼎的開國功臣，玄奘自然能如數家珍。

十八條好漢裡不但有秦瓊、羅成這樣興唐的，和楊林、宇文成都他們這樣保隋的，而且這兩派人幾乎人數相等，勢均力敵，興唐方自秦瓊等人以下，還有裴元慶、雄闊海、伍氏兄弟等人，保隋的也有左天成、魏文通、新文禮等猛將，兩派為了江山，經過了長期你死我活的戰爭，幾乎大部分人都互死敵手。

我想了想，這些人裡還真沒有什麼大奸大惡的人，十八條好漢嘛，他們間的恩怨是私人對私人的，好漢們打方臘可不是為了宋徽宗的江山。

而隋唐這些人是很單純的兩國之爭，要說私交，其中不少人相互還很有淵源，比如秦瓊就曾認過楊林義父，雖然當時是虛情假意的，但後來倆人還是有了一定的感情，對立是因為觀念不同，有點類似於朋友間的同場競技，只不過輸掉的一方多賠出條命就是了。

經過玄奘這麼一解釋，我欽佩得五體投地，老頭對人情世故洞察得非常透徹，我說：「這麼簡單的道理，他們就能信服？」

玄奘道：「所以說仇恨能蒙蔽人的雙眼，他們只知道誰誰誰跟自己是仇人，卻從不回頭想想根源。」

老和尚說到這，高深道：「想要化解他們的恩怨，只要讓他們回頭看看就是了。」

我說：「還有一個人我搞不懂，那個單雄信是怎麼回事，他好像跟誰也不搭。」

玄奘微微搖頭道：「說起這人可就複雜了，他本是秦瓊最好的朋友，後來一同上了瓦崗山反隋，可是瓦崗群英最後決定保太宗後，因為單李兩家頗有過節，單員外就與眾人分道揚鑣了，後投靠了反李的王世充，王世充兵敗投降，單員外匹馬突圍被擒，最後堅決不屈被殺。」

我咋舌道：「秦瓊就沒攔著點嗎？」

玄奘道：「當時翼國公不在現場。」

我點根菸道：「就算秦二哥不在，都是瓦崗上一起混出來的兄弟，其他人就不管？」

玄奘慨然道：「這就是所謂的道不同不相為謀，若不殺單員外，憑他的江湖地位，就算對後來的大唐造不成威脅，總會有頗多枝節。」

我不屑道：「難怪人們說寧學桃園三結義，莫學瓦崗一爐香，這幫傢伙總是不夠義氣。」

玄奘長嘆道：「世間有些仇恨易解，有些仇恨卻不能僅僅靠佛法化解，像你剛才說的殺父之仇、宗教矛盾就是這樣，這也是我最大的遺憾。」

跟老頭一聊天我發現，這位大唐高僧不但精通佛法，而且對地理、各地風俗、甚至星象占卜中醫草藥都有很深的造詣，這在我接待的人裡並不少見，可難得的是玄奘大師口才也十分便給，總是能說在重點上，而且他的經歷太豐富了，他能讓那十八條好漢和方鎮江他們乖乖坐下聽講，正是先拿故事吸引住了這群人。

說到竹林七賢，老頭不但能叫上這些人的名字，還能把他們的代表作和處世觀點給我詳細介紹，於是我才知道，竹林七賢不是我原先想的那樣個個幽雅恬淡，哥兒七個原本確實是為了避世躲清淨去了，可是後來當權的司馬氏強迫他們出來做官，為自己造勢。結果嵇康阮籍公然拒絕，嵇康為此還被迫害致死，而七賢裡的山濤和王戎沒有經住威逼利誘，不但出世，甚至還都做了大官，剛才在育才，山濤就因此被阮籍臊了個大紅臉。

玄奘笑道：「這些文人就有點像小孩子，很天真也很簡單，他們之間更談不上什麼仇恨了。」

正說得高興，劉老六一個電話打了過來，頭一句就是：「小強你在哪兒？」

「在外頭吃飯呢，有事嗎？」我這會很不愛理老神棍，他找我肯定沒好事，尤其是自從他不給我發工資以後，我更不願意搭理他了。

果然，老神棍火燒屁股一樣叫道：「那你別回家了，直接去三國！」

我夾個豆腐丸子放進嘴裡：「關二哥出事啦？」三國裡除了回不去的曹小象，我就只接待過關羽關二哥，他能出什麼事，賣棗讓城管打了？

劉老六道：「不是關羽，是劉備讓人給抓了，你趕緊去救他，時間晚了就來不及了。」

我嘿然：「劉備是咱客戶嗎？」

劉老六道：「一樣的，關羽回去引起連鎖反應，劉備才被抓，咱們要是不管他，都得栽進去。」

我心不在焉地問：「誰抓的？」

「在虎牢關被呂布給抓的，你得趕緊動身，這會兒劉備和曹操這些人還不是什麼人物，說殺就殺了。」

我猛地坐直身子：「什麼？那你讓我怎麼辦？你看我哪長得像能幹過呂布的樣子？」

「你不是還有餅乾什麼的嗎？」

我仰天狂笑一個：「就算我有一萬塊餅乾，你說讓我複製誰吧？」

劉老六嘿嘿笑道：「那你自已想辦法吧，很多問題是不能靠武力解決的——我提醒你啊，劉備一死，咱們絕對都跟著玩完，你這趟可是保命之戰。」

說的太對了，很多事情確實是不能靠武力解決的，因為根本解決不了——憑武力誰能幹過呂布？我急得冷汗出了一層，把錢包抓在手裡問玄奘：「您吃好了嗎？」

玄奘道：「可以了。」

我邊掏錢邊說：「那我先把您送回去，這家的電話我也有了，以後讓他們定時給您送飯。」

玄奘看了一眼我的臉色道：「有急事了？」

我這會已經站了起來，勉強道：「……不急。」

玄奘也不多問，提著服務員打包好的剩菜跟我來到外面，上了車以後，有意無意地說了一句：「不管遇到什麼急事，先別急，這就成功了一半了。」

老和尚念經似的這麼一叨咕，我還真就不那麼毛躁了，冷靜一想，能和呂布硬幹的人真有，起碼項羽和二胖就是兩個，項羽抽不開身就不說了，二胖不是現成的嗎？

我把車開上路，給二胖打了個電話，只聽那邊電焊滋滋作響，我說：「正修摩托呢？」

二胖道：「是啊，現在不缺錢了，拿這個當愛好。」

我開門見山地說：「讓你現在跟呂布掐，有把握贏嗎？」

二胖笑道：「你中風啦？我不就是呂布嗎？」他還不知道自己能和自己見面喝酒這碼事。

「那我簡單跟你說吧，如果你和呂布兩個現在碰了面，你能幹得過他嗎？」

二胖聞言，停下手裡的活，小聲問我：「出事啦？」

我看路還長，就把我能穿回去的事情跟他說了一遍，最後特意把虎牢關的情況介紹了一下。

二胖無限留戀道：「虎牢關……那可是我一生最得意的時候啊，劉關張仨人也不是我個兒……」

我罵道：「別扯淡，說正事！」

二胖理理情緒這才道：「說實話，以我現在的狀態鐵定不行，那時候的我每天征戰，肌肉武技都在顛峰，現在的我什麼德行你也見過，低頭看不見腳背了。」

我嘆道：「你真是我的冤家，說說你們那會兒誰還能打贏你，說實話！」我就不信偌大的三國真的就沒個世外高人什麼的。

二胖斬釘截鐵道：「沒有，反正我是沒碰到過，手把手教我功夫的老師有次跟我切磋武藝也讓我不小心給開了瓢了，我能證明他沒有藏私。」

我：「……」

二胖又道：「不過既然你有難處了，我說什麼也得去一趟，我也真想見見他。」

我說：「那你現在就出發來育才，我在那等你。」

有了二胖做後援，我的心稍稍安穩了些，但是照他今天一說，原來真正的呂布還要比他強了不止一個檔次——真是難以想像的強啊！

玄奘見我心事重重，笑瞇瞇地說：「你這是要拉著呂布打呂布去？」

我唉聲嘆氣地說：「可惜認識我的那個呂布跟不認識我的那個呂布一比就是個慫包，這事還非辦不可，難死我了！」

玄奘道：「這事其實一點也不難。」

我眼睛大亮道：「那您給我支一招。」

玄奘樂呵呵地說：「等到了育才，不用我說你自然就明白了。」

因為心裡沒底，我一路板著臉把車開回育才，回宿舍的路被一群孩子擋住了，我正沒好氣，就使勁按了兩下喇叭，一群孩子回頭看看我，好像我只是個路人甲，很快就都又轉過頭去了。

我下車摔上門，惡聲惡氣地問：「你們幹什麼呢？」

幾個孩子頭也不回道：「不要吵，快來看。」

我往人群裡一看，見幾個十四五歲的大孩子又圍成一個小圈，在他們腳下擺著幾條練舉重用的單槓和十幾片槓片，被他們圍在當中的，正是小屁孩李元霸，這孩子身量還沒長成，面對幾個比他小不了幾歲的少年，眉頭皺成一團，顯然孩子氣未脫。

從現場的氣氛上明顯能看出雙方是在對峙，那幾個大孩子我都認得，都是跟著李逵練舉重的，而且卓有成效，什麼市、區、全國青少年的舉重比賽冠亞軍都在我們這了，不過不知道他們為什麼和李元霸起了爭端。

我拉住一個大孩子問：「怎麼回事？」

那孩子回頭見是我，氣咻咻地指著李元霸跟我告狀：「他說我們練的都是垃圾。」

我一時失笑，問李元霸：「你是這麼說的嗎？」

李元霸甕聲甕氣道：「是啊——」

那幾個大孩子頓時鼓噪起來，紛紛指住李元霸質問。

李元霸用腳尖踢了踢地上的單槓，無辜道：「本來嘛，你們拿這個能練出什麼來？」

這下那幾個大孩子更激動了，一個年紀小小、身高已經接近一米八的大個兒學生也不多說，卡卡兩下裝了兩片槓片，對李元霸道：「臭小子你看好了，這一片可是八十公斤。」說著站在單槓前，一個標準的抓舉，穩穩舉過頭頂堅持了幾秒，然後通的一聲扔在地上，面不改色，氣不長出，周圍不少人喝起彩來。

大個兒放下單槓對李元霸示威道：「你能照著做下來再說。」

李元霸饒有興趣地伸手拿住單槓，略略一提，喜道：「咦，還挺沉的。」

一旁幾個孩子諷刺道：「廢話，你以為這是塑膠片呢？」

可是他們都會錯意了……李元霸說挺沉，意思是說這東西比看上去要重而已——下一秒，他單手把這鐵槓平端在胸前仔細打量著，咂摸著嘴道：「嗯，跟我五歲時耍的那把大刀差不多重。」

這一手可把所有人都震住了，在場的人裡，包括秦瓊、宇文成都等猛將，他們用的兵器自然都不少於百來斤，可是要把一百多斤的大傢伙像這樣捏繡花針一樣舉重若輕，那是誰也做不到的。

李元霸不等眾人回過神來，低頭看看腳下那一堆槓片，若有所思，一手仍平舉單槓，另一隻手隨便抓過幾片加在鐵桿的兩端，有人從震驚中回過神來叫道：「小心，危險！」

接著，李元霸把所有槓片乾脆都加上，把那單槓穿得看上去就像個大葫蘆似的，然後鎖死卡榫，像耍大刀一樣在頭頂上揮舞了幾圈。

我只覺冷風撲面，馬上張著雙手叫道：「大家都退後！」

眾人讓出一個大圈來，李元霸就掄著不知多少斤重的大鐵葫蘆舞了一趟。

他玩了一會兒，好像忽然失去了興致，把鐵葫蘆隨手一扔道：「還是太輕，沒耍頭。」

最先從震驚中清醒過來的我拍拍還在石化的孩子們肩膀，安慰他們道：「以後好好跟這個哥哥學，你們也有這麼一天。」

群孩愣了片刻，忽然圍住李元霸問這問那，仰慕之情溢於言表。

當被問何以能有這麼大力氣時，李元霸憨憨道：「沒別的，多吃肉，多打架！」

我朝孩子們叫道：「最後一句別聽啊！」

玄奘笑笑跟我說：「現在你還沒想到辦法嗎？」

去他的呂布！跟李元霸一比，他就是根毛！

其實從李元霸一舉起鐵葫蘆來，我就知道該怎麼做了，之所以我坐擁連項羽都自認遜色三分的史上第一猛將還為找人收拾呂布犯難，一是因為我腦子裡還沒對李元霸產生印象，二是這小子的外貌嚴重欺騙了我，我實在是想不到這個還沒我高的小子能變態到這種地步。

我瞄了玄奘一眼，小心道：「您也贊成武力解決？」

玄奘笑道：「該打就得打嘛，打趴一個人，幸福千萬家，這就是功德。」

遣散學生，我招手道：「元霸，你過來。」

「幹啥呀？」

「跟哥哥我打架去！」我知道對這種人沒必要遮遮掩掩，直接說打架去他不定得樂成什麼樣呢。

誰知李元霸卻像沒什麼興趣似的一擺手：「不去！」

「……為什麼呀？」難道聽了玄奘兩天課，還真立地成佛了？

李元霸拽著衣角鬱悶道：「除了宇文小子，誰也接不住我三招兩式，打架一點意思也沒有。」

宇文成都笑罵道：「看把你狂的！」

我拉著他，循循善誘道：「這回這個人可厲害呢，呂布聽說過沒？」

李元霸茫然道：「呂布，什麼東西？」

這時，秦瓊他們一聽呂布的名字也都圍了過來，程咬金一拍李元霸腦袋道：「傻小子，呂布是三國第一猛人。」

聽到「第一猛人」這四個字，李元霸眼睛大亮道：「真的？」

秦瓊小聲問我：「怎麼跟呂布打上了？」

我嘆氣道：「一言難盡，以後讓秀秀跟你們詳細解釋，現在我馬上就得帶著元霸去三國。」

秦瓊道：「三國？我最敬佩的關羽關二哥不就在三國嗎？」

我笑道：「關二哥臨走也很想見見你秦二哥。」

秦瓊受寵若驚道：「那我跟你去。」

我撓頭道：「不大好吧？」雖然秦瓊他們不回唐朝就應該沒問題，可現在這個關頭還是多一事不如少一事。

秦瓊指指李元霸道：「那個小子必須得有個人看著，否則容易出事，好在他對我的話還是很聽的。」

我聽玄奘說過，秦瓊因為對李家有恩，李淵早在李元霸去平十八路反王的時候就告誡他不許傷害秦瓊，而李元霸最怕的就是他這個爹，所以對秦瓊的話是言聽計從。

聽秦瓊這麼說，我也怕這小子我控制不住，便說：「那就麻煩二哥跟我跑一趟吧。」

一時間，我身前身後冒出無數人來，紛紛叫道：「我也去我也去……」

我手舞足蹈地掙出人群，大喊：「都別吵，車上只能坐七個人。」

這時李元霸終於弄明白呂布是誰了，咧嘴笑道：「嘿嘿，我非得去和這個呂布交交手。」他忽然左右看看，沮喪道：「可是我沒有趁手的兵器啊。」

李元霸推開眾人，就在校園裡東張西望起來。

這會兒人們剛吃完午飯，小六忙完，正蹲在食堂門口一塊怪石頭上抽菸，李元霸一眼就掃在那了，他快步走過去提起小六，把小六剛才蹲過的那塊大石頭扒拉了出來——嚴格說這不是塊石頭，而是一塊非常規整的橢圓形桶狀物，大概多半人那麼高，像是過去人家裡用的大水缸相仿。

李元霸一見之下就跟它投了緣，抱著走了過來，他身高不足一米七，這玩意幾乎到他胸口，看分量起碼超過四百斤了。

我說：「你就打算用這個？」

李元霸興高采烈道：「就它了！」

秦瓊道：「這連個柄也沒有，怎麼用啊？」

李元霸放下怪石，撓撓頭，忽然看見地上的單槓，伸手拿過，在怪石上狠命鑿了兩下，單槓便深深的插進石頭裡，李元霸抓住另一頭，把石頭扛在肩上，衝我一揮手：「走吧，找呂布小子打仗去！」

## 第二章

# 三英戰呂布

秦瓊、關羽、單雄信同時問我：「啥事？」

「……我是說關二哥還好吧？」

關羽臉色黯然道：「被擒進關去了，因為言明我大哥是中山靖王之後，呂布這才沒殺他。」

我說：「怎麼會這樣呢，你們又三英戰呂布來著？」

把石頭裝進車以後，問題就來了：這大傢伙一放，以前能坐七個人的車廂現在最多只能坐六個了。

既然是去幫忙打架的，兵器就很重要，這十八條好漢裡用的武器五花八門，看著踴躍報名三國一日遊的他們，我只能說：「兵器好配的優先——秦二哥，這些人你比我熟悉，剩下的四個名額就由你定吧。」

我這麼一說，宇文成都和伍天錫這倆使鏜的都瞪我一眼不說話了，兵器冷門沒辦法，就像有的手機支持各種充電器，出門占大便宜了！

還有花刀大將魏文通和金刀殿帥左天成這兩人也退後幾步，大刀是很好找，可是人家關二爺是用刀的祖宗，關二爺都不行，他倆去了不是抽二爺的臉嗎？

這時一人站在秦瓊面前，淡淡道：「你看能算我一個嗎？」正是單雄信。

秦瓊諸人都隱約對他有愧，而楊林等人也都很欽佩單雄信的為人，沒人出來跟他爭。

秦瓊陪笑道：「那麼就有勞二哥了。」

現在加上主角李元霸，已經定下五個人，這最後一個名額吵來吵去總也沒個結果。

我們正在這邊吵，一個樸實的農民兄弟一言不發地已經坐進了副駕駛座裡，探出頭來向我們喊：「別爭了，快走吧。」

群雄大嘩：「你是什麼人？」

不等我說話，這人淡然道：「我是周倉。」

誰也不說話了。

我邁步往車裡走，忽然覺得腿上一動，低頭一看，曹小象眼巴巴地看著我，好幾次欲言又止，只是一個勁地拽住我不撒手。

我摟著他小聲說：「爸爸這次去是可以見到你那個爸爸……可是你那個爸爸這會好像還不認識你……」

曹小象泫然道：「那你能幫我帶個好嗎？」

「……好。」

曹小象這才依依不捨地放開我。

這事可難辦了，就算能見著曹操，怎麼跟他說呢，你兒子讓我給你帶好？怎麼感覺有點吃虧呢？

我上了車剛要走，二胖一個電話打進來：「小強我快到了，你在哪等我？」

我說：「你不用來了。」

「怎麼了？」

「我已經找到人收拾你了！」

二胖愣然，明白了我的意思之後這才又問：「誰呀，誰那麼囂張？」一聽說有人揚言要收拾呂布，二胖先不願意了。

我說：「李元霸。」

二胖語結半天說不出話來，當年這小子跟我們一個大院住，最愛聽隋唐演義，頓了一會兒這才不服道：「他也未必就是呂布的對手——等你回來，把戰報第一時間告訴我一聲！」

我朝眾人揮揮手，踩油門進入時間軸。

跑了一會兒，我見油表一個勁抖，就跟李元霸說：「你這個東西用完以後就放在三國吧，太費油了！」

李元霸抱著怪石道：「那可不行。」

我跟周倉說：「周哥，一會兒到了咱們得想辦法先找二爺。」說著我把一顆藥遞給他，「這個給他吃了。」

周倉拿過藥想了想，說：「這個不難，二爺這會兒身分低微，還不難見，我就說我是投軍的，應該問題不大。」

我們一車六個人，可是誰也不說話，秦瓊幾次想跟單雄信搭訕，人家都不理他，羅成心高氣傲，跟單雄信早在結義之前就互有芥蒂，誰也不睬誰，傻小子李元霸抱著石頭只顧興奮。

我們到地方的時候，這裡還正是半下午，三國跟我們這裡還是有時差的，車就停在一座雄關外的曠野處，遠遠看去，關上和關外各有旌旗飄展，兩軍陣前戰鼓隆隆，正打著呢。

羅成下了車深呼吸，甩著肩膀陶醉道：「這場面太親切了！」

秦瓊笑道：「可不是麼。」

李元霸從車裡拽出怪石扛在肩上，急火火道：「誰是呂布？」

我拉住他，看看周倉，周倉振奮精神道：「各位稍等，我去！」

我們跟著他往前走了幾十米，只見空曠處兩軍正在對壘，左手關門口處有一哨軍隊正駐防在那裡，身後那座雄偉的大關正是虎牢關，右手處另一票人馬，頭頂彩旗飄飄，字號各不相同，最高的一桿旗上乃是一個大大的袁字，應該就是袁紹了——這麼高的旗，我在梁山也有一面……

我仔細往袁軍裡一看，幾乎叫了起來：關二爺赫然就在軍中，騎在一匹黑馬上正凝神往對面看著，他身旁有位黑臉大漢雙目猩紅，哇呀呀暴叫不已，八成是張飛，不過看二人的盔甲，現在只是普通的騎兵。

周倉攔住我們道：「等我去找回二爺，你們再去見面。」

李元霸使勁往關下的人馬中找著，扯住我問：「到底哪個是呂布啊？」

我也正找呢，話說呂布本人我也沒見過。

我找了半天沒有結果，秦瓊道：「呂布那小子視各路諸侯如無物，多半連關也沒出，還在城裡呢。」

這時周倉已經走到聯軍前，有人上前盤問，他比比劃劃地不知說了什麼，那兩個衛兵居然就讓他進去了，周倉徑直走到關羽馬前，又是一番比劃，關羽臉色變了變，忽然跳下馬拉著周倉隱在陣後，沒過多久，兩人手拉著手走了出來，周倉使勁衝我們招手示意，我們可以現身了。

單雄信忍不住道：「這傢伙人才啊，他跟二爺說什麼了，這麼容易就得手？」

在數萬人的大軍之前，也沒人注意我們幾個「百姓」，我先瞄瞄周倉，周倉做了個已經吃藥的動作，我大步上前拉著關羽的手道：「二哥！」

關羽笑道：「小強，你怎麼來了？」

我說：「大爺的事我都知道了，這回來就是看看能不能幫上你什麼忙。」我回身介紹道：「這是幾位朋友，這位是秦瓊秦二哥，這是他表弟羅成，這位是單雄信單二哥……」

秦瓊和單雄信一起抱拳道：「二爺！」

關羽忙還禮道：「喲，可別這麼叫，就叫二哥吧——這位秦瓊，就是隋唐裡的那位秦二哥嗎？」

秦瓊汗道：「您叫我叔寶就行。」

關羽摸了摸頜下黝黑黝黑的鬍子道：「我現在不是也年輕嘛——」

眾人大笑，於是這幾位就互為二哥了……

我說：「二哥……」

秦瓊、關羽、單雄信同時扭頭問我：「啥事？」

「……我是說關二哥，大爺還好吧？」

說起這個，關羽臉色黯然道：「被擒進關去了，因為言明我大哥是中山靖王之後，呂布這才沒殺他。」

我說：「怎麼會這樣呢，你們又三英戰呂布來著？」

關羽一指聯軍裡一個眾兵環衛下的將領道：「都是為了那個公孫瓚，我大哥跟他交情不錯，公孫瓚跟呂布動手，眼看被殺，多虧我大哥拼死相救，等我和三弟想要接應時，大哥他已經被呂布所擒。」

說到這，二哥唉聲嘆氣，那個黑臉漢子果然就是張飛，他雙眼紅腫，咬牙切齒，像是要擇人而噬。

我問道：「為什麼不想辦法把呂布引出來，咱們把他抓住換回大爺。」

關羽忿忿道：「我和三弟身小位卑，討敵罵陣的活兒也輪不到我們幹，十八路諸侯一味地畏懼那呂布，卻是誰也不肯出死力攻關。」

又是十八路諸侯？秦瓊他們當年是十八路，反董卓聯軍也是十八路，最後都未果而終，可見十八也並非什麼吉利數字。

關二哥局促道：「要說呂布這小子，本事確實是一流，諸侯裡不少大將死於他手，我和三弟聯手也不能勝他。」

我說：「我就是為這事來的，這幾位哥哥可都是有本事的人。」

關羽隨口應了一聲，看秦瓊等人的眼神裡不免還是帶了三分懷疑。

單雄信把周倉拉在一邊問道：「我很好奇你到底跟關二哥說了什麼，他能輕易信你。」

周倉不好意思道：「我騙二爺，嫂夫人難產，說我是帶信的人。」

單雄信點頭道：「嗯，話雖簡單，不過若不是跟隨過二哥的人萬萬想不出這樣的理由，這倒多虧周大哥了。」

秦瓊看看四周的兵將道：「奇就奇在隨便有人來軍中找人，他們就放心讓周大哥進去，這軍紀可夠鬆散的。」

關羽道：「秦二弟有所不知，今天叫關的部隊主力是公孫瓚的人馬，那公孫瓚倒也不是無義之人，我大哥為救他被擒，他也派人叫過幾回陣，只是畏懼呂布厲害不敢強攻，他軍中人馬都知我是劉玄德之弟，所以聽有人找我，這才不加阻攔。」

我說：「有靠山就好辦，二哥，你趕緊給我們找幾匹馬，還有趁手的傢伙。」

關羽遲疑道：「你們真的要挑戰呂布？光今天上午就有好幾員大將折在他手裡，諸侯要不是怕損失將員，早就一擁而上了。」

羅成不悅道：「二哥也太小瞧人了，區區一個呂布，真能隻手遮天不成？」

他這話說得很傷人，幾乎把關羽和張飛還有十八路諸侯都帶進去了，要是平時，關二哥只怕就要翻臉，但這會兒劉備生死不知，羅成又是來幫忙的，所以不好發作，微微一笑便去見公孫瓚，不多時牽來十幾匹駿馬和各式兵器。

秦瓊沒有雙鐧，便綽了一條鐵槍，單雄信意外地找到了自己合適的兵器——這玩意叫槊，三分像狼牙棒，七分像屎刷子，看上去就特別兇惡。

羅成把長髮高高紮起，收拾得緊身俐落，手持一桿亮銀槍，面目俊美氣勢不凡，像個神族戰士一樣，看來這小子是準備大幹一場了。

聯軍之所以這麼長時間沒人討敵罵陣，是因為各諸侯都怕呂布，所謂千軍易得一將難求，在人才緊缺的三國時代，誰也不願意混戰中損失了手下的大將，我們這些外援一旦主動要求出場，他們巴不得呢，於是給我們讓出一條道路。

我隨眾人來到兩軍陣前，右邊是關羽，左手處是張飛，老張還沉浸在大哥被俘的擔憂中，跟我們誰也不多說，催馬就要上前。

單雄通道：「翼德兄少安毋躁，待我去取頭陣。」

張飛見橫空跑出個愣頭青，跟關羽不滿道：「二哥，這都是你什麼時候認識的朋友啊？」

單雄信來到關前，把槊一指道：「呂布小兒，快快出來受死。」

關上群兵都鼓噪起來，不多時吊橋放下，一員大將把大刀背在身後闖了出來，關二哥輕咦一聲道：「我說他哪去了，原來是在這兒。」

還不等我問，單雄信已經點指喝道：「來將何人？」

大刀將橫刀輕蔑道：「我乃董太師座下關西華雄是也，汝為何人？」

我詫異道：「這人還沒死呢？」

關羽道：「是啊，我剛才還納悶呢，原來他不守汜水，跑到這來守虎牢了。」

「那這麼說，二哥還沒有名揚天下？」

我們知道關羽溫酒斬華雄相當於畢業生交了論文，這以後待遇才提上去，看來二哥回到三國以後引起的連鎖反應不光劉備被擒這麼簡單。

關羽笑道：「以後揚名的機會多得是，區區一華雄何足道哉？」

單雄信聽了華雄報名，知道這是一員名將，點頭道：「你不用問我是誰，說了你也不知道。」

哪知華雄卻執著道：「不行，我刀下不死無名之鬼。」

單雄信失笑道：「好吧，我是大隋朝單通單雄信，十八條好漢中排名最末　位。」老單因為記恨李唐，所以報名時只說自己是隋朝人。

華雄迷糊道：「隋朝？卻沒聽過。」

單雄信笑道：「早說了你沒聽過。」

華雄張狂道：「十八條好漢又是什麼東西，讓你們的頭條好漢出來鬥我！」

「只怕你還不配——看槊！」單雄信不再囉嗦，挺槊就扎，華雄揮刀格開，叫道：

「喲，還有幾分本事。」

行家一伸手便知有沒有，這兩個人一交手就來了個旗鼓相當，精彩紛呈，我原來以為華雄鐵定是幹不過單雄信的，可事實上這傢伙還是很有料的，要不是一出來就碰上武力值排前五的關羽，他很可能可以成為徐晃許褚一類的大將。

老單雖是排名譜上見得著的英雄，可身在異地，馬和兵器都不順手，所以倆人殺了個難解難分。

秦瓊見單雄信雖然不落下風，但惟恐時長多變，在羅成背上輕輕一推道：「表弟，你去接應一下，替回單二哥。」他深知自己這個表弟能耐，對付華雄綽綽有餘。

羅成卻無動於衷，道：「為個華雄不值浪費體力，我來此的目的只為呂布一人耳。」

秦瓊嘆了口氣，對關羽道：「二哥，華雄還需你斬，我去引他過來。」

關羽剛想阻止，秦瓊已經策馬奔出，鐵槍探出隔開單華二人，叫道：「二哥暫且休息，我來鬥他。」

單雄信見是秦瓊，又不欲以多勝寡，哼了一聲退回本陣。

秦瓊邊用槍挑逗華雄，邊笑道：「我知道你的規矩，刀下不死無名之鬼嘛，我叫秦瓊，是隋唐第十六條好漢。」

華雄怒道：「你們的第一呢，不是老末就是倒數第三，拿老子當鬼糊弄呢？」

秦瓊笑道：「等你贏了我，自有那排名靠前的來收拾你。」

他和單雄信一亮相，頂如做了一個大廣告，兩軍陣中的士兵將領紛紛相互嘀咕：「隋唐十八條好漢到底是什麼人，都有誰呀？」

秦瓊對華雄就遊刃有餘多了，二哥用槍戳戳劃劃戲弄著華雄，一邊隨口說些俏皮話，把個華雄氣得哇哇大叫，大刀潑水一樣砍來，秦瓊敷衍了他一會，趁二馬錯鐙的工夫故意示個弱，撥馬回營，華雄哪裡肯放，緊追著殺到。

秦瓊挑逗他半天就是為了此刻，邊跑邊叫道：「二哥，叔寶禮到，注意查收啊——」

關羽明白秦瓊是一心想讓他拋頭露臉，嘆口氣拖著青龍刀迎了上去，他讓過秦瓊，揮手一刀砍掉華雄頭盔，華雄大驚失色，調頭逃回關裡。

關羽橫眉立目道：「今天有貴客臨門，關某不殺你，以後休得猖狂。」

眼見華雄落敗，關上一人冷眼向下望來，此人身高約在兩米左右，頭戴三叉束髮紫金冠，身披百花戰袍，手按寶劍，微微冷笑。

羅成眼尖，一見這人裝束便叫道：「呂布！」

關羽此時也看見了仇人，揚刀怒喊：「小兒，速速放了我大哥！」

張飛也鞭馬來到場上，跟著關羽一起叫道：「有膽的出來和你爺爺決戰！」

呂布笑瞇瞇地趴在城牆上，冷言冷語道：「兀那黑頭，你也不是沒見識過呂某的手段，就算你跟那個紅臉漢子一起也不是我的對手，徒自取其辱，恕不奉陪。」

張飛和關羽同時臉紅，卻是再怎麼叫罵，呂布都笑盈盈的無動於衷，面對關張這樣的猛將，他竟然視若無物，連關都懶得出。

關羽沉著臉仰望關頭，張飛受了這侮辱，臉比二哥還紅，指著呂布左一個直娘賊，右一個狗東西咆哮連連，看樣子再罵一會呂布沒怎麼樣，就得先把自己氣死。

猛然間，一員小將闖到關前，指著關上呂布說了一聲：「三姓家奴，你給我下來！」

呂布臉色大變，雙手按在城頭勃然道：「你……你是何人？」

不等羅成回答，呂布抓起方天畫戟顫抖著直指羅成道：「小白臉別跑，你給老子等著！」說著鼻歪口斜地消失在城牆上。

羅成面有得色道：「看來罵人還是得戳中他的痛處才行。」

「三姓家奴……」張飛先是失笑，繼而喃喃道：「我怎麼沒想到這麼適合呂奉先的綽號？」

羅成愕然道：「這不是你給他起的外號嗎？」

呂布被人叫三姓家奴的事我也略有耳聞，只不過後來才知道這是張飛的原創——想不到黑大個兒罵人這麼陰損。

因為呂布最先是丁原的義子，後被董卓收買殺丁原，又認董卓為父，加上他的本姓，正好是三姓，別說他本是一個反覆無常的小人，就算再有苦衷，這也是一件非常丟人的事，配上「三姓家奴」這個外號，直戳人脊梁骨，你叫呂布怎麼能不抓狂?!

不過從兩軍陣前和呂布的反應來看，羅成應該才是第一個這麼叫他的人，這也不足為怪，罵人也是需要心情的，就比如有人借你二十塊錢不還，這雖是件小事，可你氣不過，於是挖空心思地想出幾句促狹話來損這小子。

一般這樣的心態下比較容易出經典，為人們所廣為流傳，張飛上回在虎牢關前和劉關同戰呂布就屬於這樣的情況，「三姓家奴」一詞實是神來之筆；可是這次還不等他有閒情逸致來挖苦呂布，劉備就已經被抓了，所以這句話反而是羅成給呂布先用了。

羅成引呂布下關，抱拳對關張說：「兩位哥哥且回，看我戲耍三姓家奴。」

張飛撇嘴道：「小白臉，可別說大話。」

關羽拉了他一下，跟羅成抱個拳道：「羅兄弟小心。」他看出羅成傲氣沖天，又不知他底細，於是拽著張飛回歸本隊。

羅成綽著槍，悠閒地望著城門，一通鼓響，呂布面色鐵青，手挽方天畫戟快馬衝出城來，我們一看都樂：這小子氣得頭髮都跟彈簧似的，一圈一圈綳在頭上。

關二哥卻看著呂布的坐騎呆呆道：「那是我的赤兔……」

我說：「那你叫牠一聲，說不定牠還認得你。」我知道馬這種動物靈性十足，像項羽騎的瘸腿兔子就認了項羽三輩子。

關羽搖頭道：「強求無益，隨牠選擇吧。」

呂布被羅成罵了一聲三姓家奴，幾乎氣炸心肝肺，也不多說，大戟指著羅成道：「你是何人，報名受死！」

羅成道：「我乃隋唐第七條好漢羅成。」

兩軍士兵及將領忙紛紛議論：「第七條了，不知道第一條來沒來。」

羅成一報完名，呂布大戟已經兜頭蓋了下來，羅成舉槍一架，看樣子頗為吃力，但隨後抖手就是一排槍影子扎了回去，呂布輕描淡寫地閃開，冷笑道：「什麼十八條好漢，我看也不過如此。」

呂布這句話大概也戳中了羅成的痛處，羅成雖然在十八強裡只排第七，但敗績很少，所以目中無人慣了，今天遇見一個比他更自大的，一句話連十八條都帶進去了，羅成自覺在秦瓊和單雄信前顏面無光，加上又在關羽張飛那誇下了海口，一心求勝的他奮起十二分精神，大槍像出水的怪龍一樣盤絞咬扎，呂布恨他出口陰損，方天畫戟也步步不讓地攻了過來。

這二人，一個是下山的猛虎，另一個……是另一頭下山的猛虎，在場上你來我往地互戳起來，我們就坐山觀虎鬥，兩軍將士看得頭暈目眩。

其時趙雲還未出世，能用槍跟呂布叫板的也就只有羅成一人，那邊打了個飛沙走石，這邊人們好奇心更強了，他們聽秦瓊等人口口聲聲說十八條好漢，這才出來三條就已經攪得風雲突變，不知另外的十五條來沒來，目光不禁都朝我們這邊掃來，更有不少人揣測我就是這十八人裡的主將。

我面帶高深微笑，把裝著板磚的包拿在手裡微微搖著。

這邊，鐵槍跟方天畫戟的戰鬥也很快到了三十合，槍這種東西，其實就是棍子上多個尖兒，雖然也有刃，但主要講的是刺和挑，所以出手就容易快；而方天畫戟更像是槍、戰斧、大刀的結合體，砍扎捅都可以使，對武將的綜合素質有更高的要求，所以自古使戟的將領沒有太弱的。

呂布用戟的特點更加明顯，集中體現了槍的快和刀的狠，不但在速度上不輸羅成，而且力量也足。

羅成占不到便宜，五十合一過明顯落了下風，兩腮通紅呼吸急促，已經在勉力支應了，秦瓊見狀叫道：「呂布厲害，表弟速回。」

羅成本來是憋著勁上的，這時聽表哥讓他退下，又羞又惱，再次鼓起精神揮舞長槍向呂布扎去，秦瓊再怎麼喊也充耳不聞了。

呂布跟羅成打了一會兒便知這年輕人不是自己對手，這時以單手持戟，好整以暇地撩撥開羅成的攻勢，笑道：「小白臉，你不是挺狂的嗎，怎麼這麼快就沒力氣了，是不是在你娘懷裡奶沒吃夠啊？」

虎牢關上的守軍和呂布帶出關的人馬聞言，都轟一聲笑了起來。

秦瓊憂心忡忡道：「壞了，表弟非玩命不可。」

果然，羅成好端端的一個小白臉此刻硬是學起了張飛，哇哇大叫著纏住呂布不放，自他出道以來，還沒有吃過這樣的虧，那時的大將講究輸陣不輸臉，像呂布這樣拼命挖苦人的也不厚道，不過也活該，誰讓他罵人家是三姓家奴呢——加上二胖現在的姓氏，那就是四姓了。

呂布嘴上說著風涼話，眼裡可沒放過觀察情況，羅成雖然不是他對手，可他要想一招得手也不是那麼容易。

又是幾個回合一過，心浮氣躁的羅成左肩漏洞大開，呂布綽戟刺到，羅成慌亂一架，卻只蕩開了來勢，呂布手一擰，方天畫戟收回來的時候，在羅成的頭髮邊「噌」的一下，劃開了羅成的髮束，長髮披散下來，狀極狼狽。

秦瓊一看，再也顧不得其他，催馬挺槍上前要搶救羅成，與此同時，跟他一起衝出去的還有單雄信。有矛盾歸有矛盾，畢竟是當年一起結義的兄弟，在生死關頭，單雄信這個大哥還是很疼這個小么弟的。

秦瓊無暇多說，坐在馬背上微微朝單雄信點了點頭，單雄信眼神不看他，嘴上道：「你左我右，接下羅成。」

二人一分馬，果然分左右向呂布殺來，一槍一槊齊齊扎到，呂布並不著慌，用戟頭叉住秦瓊的槍尖，戟尾一拐便磕開了單雄信的槊，這一招使得一氣呵成，妙到顛峰，兩軍陣前不管是敵是友都忍不住喝彩。

羅成被呂布一戟畫成披頭四，在馬上愣了一下，好像不敢相信這是真的，既而就像瘋了一樣再次分槍扎向呂布。

猛將格鬥我也見了不少，知道羅成已經瀕臨脫力邊緣，加上受了打擊，很可能神智已經不太清醒，而這時秦瓊的槍還在呂布的月牙裡絞著不能拔出，雙方一較力，秦瓊被拽得一個趔趄，單雄信用槊一托，秦瓊這才重得自由，當下三員大將圍著呂布團鬥起來，四條兵器舞得花團錦簇，四匹戰馬盤桓交錯，就像打鐵一般乒乒乓乓互毆。

只是這回，這個隋唐版的三英戰呂布仍舊占不到絲毫便宜，所以不消片刻，這三個人都頻頻遇險，秦瓊和單雄信本意只是接應羅成回陣，無心纏鬥，誰知羅成發了性子，這兩個人只能陪著挨打。

趁一個照面的機會，秦瓊喝道：「表弟，你寧要我和單二哥賠了性命你才甘休嗎？」由此可見秦瓊是很懂說話技巧的，他如果要說「你寧願賠了性命才甘休嗎」，那羅成八成更得受刺激，他這麼一說，極盡委婉，人比較容易愧疚。

果然，羅成一怔，鐵青著臉拍馬歸隊，秦瓊和單雄信相互掩護著往我們這邊跑來，只求全身而退的二人，招法更加鬆散，被呂布攆著追了十幾米這才脫困。

守關軍見主將得勝，都高舉兵器歡呼起來，呂布大為得意，橫戟哈哈大笑，然後策馬在兩軍陣前來回狂奔，耀武揚威道：「吾尚有餘勇可賈！」

好幾次，他的馬離我們就只有幾米遠了，嚇得聯軍連連後退。

我問身邊的人道：「他說的什麼意思呀？」

關羽沉著臉道：「意思是他還沒過癮，有很多力氣沒使出來。」

羅成回來以後也不整理頭髮，喘息良久方歇，臉色陰鬱得可怕，一句話也不說，只是盯著呂布出神，張飛安慰他道：「小兄弟，你已經很不錯了。」

看著矜驕無限的呂布，我這才猛然想起：李元霸呢？我們這回來可不是為了讓呂布給羅成削髮的！我使勁轉頭，卻見身後空空如也，剛才這傻小孩還在呢，我焦急道：「你們誰見元霸了？」

張飛道：「你說的是一個扛著怪東西的孩子嗎？」

我忙道：「是啊！」

張飛道：「哦，這孩子頑皮，也不知怎麼把匹馬給騎尿了。」然後不滿道：「你來幫我們打仗領著個孩子幹什麼？」

關羽也不知那孩子就是李元霸，寬慰我道：「放心吧，一會兒我叫人幫著找找，肯定丟不了，那是你侄子啊？」

秦瓊低聲跟我說：「元霸只怕是找馬去了，他扛著那石錘加上人，起碼五百多斤了，普通馬是得尿。」

我們正在著急，忽聽身後軍隊裡一個甕聲甕氣的聲音道：「你這匹馬不錯呀，給我騎騎吧。」

我在馬上挺直身子觀望，果見李元霸扛著大錘站在一個長鬚飄飄的中年人馬前，他見人家馬不錯，伸手便把這人拉了下來。

這人看樣子身分不低，旁邊立刻有護衛拉出兵器喝止李元霸，這中年人微微一笑道：「不妨，這孩子膂力不凡，日後必是壯士，他既然喜歡這馬，便送了他吧。」

李元霸也不知道謝，騎了這馬橫衝直撞來到我們身邊，見場上呂布撒羊角風一樣正在那炫耀呢，一指問我道：「那個就是呂布小子嗎？」

我歡喜道：「就是那小子，元霸，給我好好擂他——不過要記住，抓活的。」

李元霸不等我說完，催馬就衝。

李元霸和呂布照了面，舉著錘就要上，呂布驚道：「等等，等等，你家大人呢？」

李元霸看出對方沒拿他當回事，鄭重道：「我乃是隋唐第一條好漢李元霸是也，呂布小子，你可要好好地跟我打啊。」

這句話一說完，兩軍陣前緊張的氣氛頓時化解，守關軍和聯軍的士兵都忍不住笑了起來，他們見個小孩子一本正經地說自己是第一條好漢，心想這孩子肯定是跑出來亂起鬨的。

張飛懊惱道：「這回人可丟大了！」

呂布笑道：「李元霸？我怎麼沒聽說過呀？」一副大人戲弄孩子的口氣。

可李元霸分明就是個小孩子，孩子最忌諱的就是大人不拿他當回事，一聽呂布說沒聽過自己的名號，大怒道：「你看錘！」

李元霸策馬狂奔，在快接近呂布的時候，身子在馬上立了起來，高舉大錘一聲怒喝，呂布初時以為他扛那個東西是個玩具，可是此時定睛一看，便粗略判斷出那玩意不輕，呂布畢竟是久歷沙場的老將，眼光毒辣，在李元霸大錘將近的時候，加了十分的小心，咬牙往上繃架：「開！」

匡的一聲巨響，錘戟相交，二馬錯鐙跑開，呂布雖然還身在馬上，可是臉色陡變，像顆被砸歪的釘子斜在一邊，雙手使勁抖摟。

李元霸回過馬，喜道：「好小子，這是第一錘，你可別讓我失望啊。」說著絲毫沒有停歇，掄著大石錘又撲上來，呂布駭然失色，勉強調整好姿勢，眼睜睜地看著大水缸一般的怪傢伙又蓋了下來。

練家子都知道有句話叫一力降十會，若在平地動手還未必是真理，可是大將單挑，都身在馬上，那真是無可奈何的事，李元霸幾百斤的錘子劈頭蓋臉罩下來，這會不管你是會太極拳還是猴兒拳，只能硬碰硬，呂布哭喪著臉高舉方天畫戟相迎，這回滋的一聲怪響，直刺人耳膜，呂布用一隻戟耳切在了石錘之上。

兩物碰撞產生的不只是火花，還有不計其數的石粉，天女散花一樣落在呂布頭上臉上以及眼裡，呂布不知道被沙土揚了眼睛首先要保持淡定的訣竅，再加上手疼，大戟丟在一邊就去揉眼睛，李元霸興頭來了，又叫一聲：「再吃我一錘！」石錘便要砸下。

秦瓊急忙高喊：「元霸，拿活的！」

李元霸最聽秦瓊的話，聞言一愣，呂布心膽俱寒，捂著眼睛趁這個工夫撥馬就跑，李元霸用鍾柄在他腰眼上捅了一下，呂布怪叫一聲，居然並不落馬，一溜煙跑向虎牢關。

李元霸在後鞭馬就追，但是此時呂布所騎的正是赤兔，幾個起落已經把李元霸遠遠拋在身後，眼見吊橋放下呂布就要脫困了。

我們深知拯救劉備就在此一舉，都急得高喊起來，這時，關二哥忽然把兩根手指放進嘴裡吹了一聲口哨，那赤兔馬堪堪跑到吊橋，聽到這一聲哨響，猛然回過頭來，一眼就看見了關二哥，二哥伸出雙手向自己招了招：「紅兒，回來。」（赤兔馬小名原來叫紅兒。）

赤兔馬聽得關羽召喚，歡喜地掉過頭小碎步向我們跑來，呂布雙眼迷離，還以為這會已經進了關了，隨口吩咐道：「快打清水來我洗眼！」

雖然是萬分緊急的陣前，聯軍士兵不少人都笑了起來，呂布聽動靜不對，勉力睜開一條縫隙，頓時大驚，拼命揮動韁繩：「回去，你給我回去！」

赤兔毫不理會，轉眼已經跑到了剛才交戰的地方，呂布手舞足蹈又叫又踢，耽誤片刻又離我們近了不少，這小子情急之下躍下馬背往回就跑，跑得沒兩步，正碰上還在場中的李元霸，兩個人你看看我，我瞅瞅你，李元霸把石鍾夾在肋下，伸手把呂布提在手裡趕回本隊，呂布將近兩米的身材被個小孩提在半空，只有扭捏的分，望之詭異。

當下，兩人兩馬齊回聯軍陣地，李元霸把呂布往地下一扔，先心疼地看了一下石鍾上的傷口，然後嘆氣道：「說什麼呂布兇猛，連我兩鍾也接不住，還不如裴元慶那小子呢。」

張飛關羽集體石化，良久張飛才咋舌道：「他奶奶的，這是個什麼孩子？」

再看守關軍，望著李元霸呆呆無語，三軍變色，不知誰發一聲喊，稀里嘩啦全跑進關去了，我手提板磚催馬來在關下胡亂跑了一氣，耀武揚威道：「吾尚有餘勇可賈！」喊了半天這才過癮，溜溜地回來。

這會兒呂布已經被捆了起來，拼命眨眼，淚流滿面，我鄙夷道：「你的餘勇呢？切，那麼大人了還哭！」

呂布辯解道：「沒哭，迷了眼了。」說著不服道：「若非如此，爾等焉能擒我？」

李元霸一把拽斷他的繩子道：「來來來，你上馬再接我三錘看。」還殷勤地幫呂布把方天畫戟撿回來塞在他手裡。

呂布望之無語，良久把戟扔在地上道：「罷了，我打你不過，隋唐十八條好漢果然有些門道。」

這一戰，隋唐十八條好漢不但讓敵人膽寒，更在聯軍中闖下了偌大的名頭，各路諸侯看我們，尤其是看李元霸的眼神全不一樣了。

顧不得理會別人，關二哥騎在馬上對呂布說：「呂奉先，我欲拿你換回我大哥劉備，現在虎牢關誰能做主？」他因為跟二胖頗有交情，所以對呂布也有三分客氣。

呂布驚喜道：「此言當真？」

二哥道：「我關雲長何曾食言？」

只可惜他關雲長現在還算不上什麼知名人物，呂布猶豫再三道：「除我之外，便是華雄為主。」

「依他的話，肯換你嗎？」

呂布道：「大約是肯的，我與華雄交情還算不錯，再說我乃董太師義子……」

張飛罵了一句：「三姓家奴！」

秦瓊道：「你可現在便向關上喊話，等劉大哥出來時，我們就放你回去。」

這時軍陣裡有一隊衛兵推搡開眾人，擁著一員大將來到我們跟前，這人看臉也算得上中年帥哥，只是自帶了三分剛愎之氣，他大聲道：「不可，呂布勇猛，絕不能放虎歸山！」

從別人稱呼他將軍上看，這人應該就是十八路軍的盟主袁紹。

張飛聽袁紹要殺呂布，怒道：「你殺了他，那我大哥怎麼辦？」

張飛和關羽在袁紹眼裡不過是馬弓手，他們的大哥自然也不在他的考慮範圍之內，直接吩咐手下衛兵道：「將那呂布當眾梟首！」

呂布雖然厲害，可是十分怕死，下意識地躲在關羽身後，關羽和張飛還有單雄信等人各拿兵器阻住衛兵。

袁紹想不到幾個士兵居然敢公然違抗他的命令，喝道：「你們竟敢背叛盟約嗎？」

這時公孫瓚急忙上前道：「袁將軍息怒，他們的大哥是為救我才失陷敵手，埋應贖回；再則，按盟約同生共死之說，也該是為劉賢弟的性命要緊。」

袁紹哼了一聲道：「要以大局為重嘛。」

那個給李元霸借馬的長鬚中年人也走上前勸袁紹道：「將軍，玄德公乃是漢室血脈，不可不救啊。」

他們不可開交的時候，我把呂布的方天畫戟塞還給他，在他背上一推，使他站在袁紹跟前，嘿嘿笑道：「那這樣吧，反正我們不插手，你的人誰能把他拿住，那就任由你處置。」

呂布知道這是保命的關鍵時刻，全三國他只怕李元霸一人，聽說李元霸不出手，他手持大戟往前一站，張牙舞爪道：「誰敢戰我？」末了又小聲跟李元霸說：「你不算啊。」

袁紹大概是聽說呂布被擒以後這才出來的，剛才的過程一無所知，問身旁人道：「呂布是誰拿住的？」那人小聲跟他一說，袁紹微微色變，環視左右道：「眾將，誰去拿下此人？」

那些將領全都東張西望，看天的看天，聊天氣的聊天氣，袁紹慨然嘆道：「可惜我上將顏……」

我插口道：「你的顏良文醜也就二線配置，別老拿他們說事了。」

袁紹見呂布怒視自己，再待一會兒我們說不定就要關門放奉先，後退幾步道：「那我就給孟德一個面子，哼！」領著人跑了。

孟德？這會我終於知道那個借馬給李元霸的人是誰了——曹小象他親爹，曹操。

呂布經此一役，知道我們是真心實意的，在秦瓊和張飛的監視下，朝城上的華雄喊了一通話，不多時，一個白臉漢子被兩個兵丁押著走出城來，關羽張飛情不自禁叫道：

「大哥！」

劉備雖然身在敵營，臉上有三分沮喪，但還有三分平和四分習以為常，這是他們劉家人的光榮傳統，劉邦、劉秀全都具備這種平民加流氓式的光棍氣，一旦這種氣質退化，江山就要丟了，漢獻帝和劉禪就是例子。

交換人質的兩方走到場中，李元霸抓著呂布肩頭說：「你回去以後要好好將養，等你力氣恢復了我還來找你。」說著，這才依依不捨地放開呂布，呂布寒了一下。

那邊見我們放人，也把劉備推了過來，呂布這會才想起什麼似的回頭道：「誒，我的赤兔馬……」

關二哥此刻已經騎在赤兔背上，笑瞇瞇地看著呂布不說話，呂布見狀嘆了口氣道：「算了，就送了你吧。」

這也就是他腦袋還好使，騎上這麼一匹隨時會倒戈的馬，下次再在戰場上碰到關羽，只怕運氣就沒這麼好了。

交換過程沒出什麼差錯，呂布是不敢出什麼么蛾子，我們這邊只要有外掛李元霸在，他使什麼詭計都白搭，劉備一心趕緊脫困，也無暇使壞。

等人質進入各自的領地，呂布撒腿就跑，劉備身後有張飛掩護，就從容多了，到了安全地帶，張飛忽然把蛇矛一丟，從後面一把抱住劉備，關羽也跳下馬跟二人摟做一團，三個相擁在一起，先是哭，再是笑，然後是又哭又笑，熾烈的兄弟情人人可感。

我擦著眼角瞥了旁邊秦瓊一眼道：「你瞧瞧人家這結義兄弟。」

秦瓊和羅成都面有慚色，單雄信也頗不自在。

羅成吃了這一敗，好像是受了不小的刺激，單雄信拉了他一下道：「羅成，人外有人天外有天，那呂布是三國第一猛將，你輸在他手裡還有什麼想不開的？再說，元霸不是給咱露了臉了嗎？咱隋唐十八條好漢，一榮俱榮，可把關二哥他們的風頭都搶了，呵呵。」

羅成明白單雄信已有和解之意，想想自己驕傲自大，陰狠無情，生平負人太多，倒是人家單雄信寬宏大量，不禁一時百感交集，輕輕叫了一聲二哥，一切盡在不言中。

秦瓊見他二人和解，偷眼看著單雄信，卻見單雄信已經轉過頭去，以為他終究不肯原諒自己，表情黯然，卻聽單雄信長長地嘆了一聲：「哎，叔寶……」

秦瓊猛回頭，表情複雜道：「二哥，以前……」

單雄信擺手道：「罷了，以前的事情我也有錯，都不提了。」

劉關張哭罷多時，關羽這才拉著劉備和張飛來見我們。

這次相聚對關二哥意義格外重大，除了大爺劉備脫險以外，更圓了他重見兩位兄弟的願望，所以二哥情緒格外激動，他鄭重介紹道：「大哥三弟，這位是小強，他身分特殊，我以後再跟你們詳細說，這幾位兄弟都是隋唐來的好漢，是聽大哥有難來幫忙的。」

劉備急忙見過秦瓊等人，他已聽說呂布是被一個小將生擒的，四下張望道：「不知那位李元霸何許人也？」

我也道：「是啊，元霸呢？」

我們四下一找，卻見李元霸被一人拉住，滿臉不耐之色，拉住他那人長鬚飄飄，面貌儒雅中透著三分幹練，正是曹操。

老曹握住李元霸的手，左一個小將軍右一個小將軍叫著，問東問西，熱情洋溢，我知道曹操這是起了愛才之心，不但纏著李元霸不放，眼角餘光還不住地向我們這邊掃來。

李元霸被他問得實在煩了，甩手道：「馬不是還你了嗎？」

曹操尷尬笑道：「區區一匹劣馬何足道哉，便送了小將軍如何？」

李元霸道：「不要，我也沒地方騎去，還得回去呢。」他幹倒呂布之後，對三國已經無愛，所以也沒興趣留下。

曹操沮喪道：「小將軍身手不凡，為什麼不留下來幹一番事業——你要回哪兒啊？」

李元霸一指我：「回他們家。」

曹操順著他的手一眼看見了我，眼神閃爍不定，走上前先跟劉備道了聲「玄德公受驚」，然後不易察覺地挨在我身邊，小聲道：「小強兄弟嗎？」

我明白他的意圖，開門見山笑道：「曹哥，別多說了，我們這群人不屬於你們這個時代，馬上就走，誰也不幫。」

我幾次想跟他說曹小象的事，可是覺得把還未出生的孩子的問候帶給他，未免有點駭人聽聞，於是忍住了。

曹操聽我這麼說，先是失落，既而又頗滿意，衝我拱拱手道：「君子一言，幸無所違。」那意思是你一定要說到做到，這就是梟雄的理念：你不幫我可以，但也別幫別人。

當下各路諸侯都慢慢退卻回營，本來這會兒呂布新敗，如果一鼓作氣，虎牢關頃刻可下，但既然沒人吆喝，諸侯間又離心離德，最後也就無果而終了。

我見事情差不多告一段落了，拉著關羽的手說：「二哥，沒什麼事的話我們就走了，總帶著隋唐的人待在三國老不是回事。」

二哥死死拉住我道：「那可不行，起碼住段日子吧？」

我說：「不住了，你這也有一堆忙的，任重道遠啊。」

二哥想想道：「也是，我們兄弟現在什麼也沒有，沒什麼可招待你們的，過段時間來吧，等我占了荊州或者我大哥占了蜀中再來。」

我不忘囑咐關羽道：「二哥，我們走以後，你還得陪著大爺三顧茅廬，斬顏良、誅文醜、過五關斬六將，該你幹的活你幹，可火燒博望坡、草船借箭這些事，你就讓諸葛軍師幹……」

關羽明白我在擔心他越俎代庖——他現在完全有這個能力，諸葛亮才前知五百年，後知五百載，未出茅廬先三分天下，關羽比他絲毫不差。笑道：「能與大哥三弟團聚，我願足矣，其他事情就順其自然吧，你二哥我的話你總該信得過吧？」

我連連點頭：「那是那是。」說著又咂巴嘴道：「可惜這次又沒見上趙雲。」

劉備聽我們說了半天，如在雲霧裡，這時忍不住道：「誰是趙雲？」

羅成邊挽頭髮邊說：「我也想見見這位常勝將軍，不知我與他誰的槍法更勝一籌。」

我和三個二哥相視一笑，這個小羅呀！

從我們到了這裡開始到現在，有一個人始終緊緊站在關羽身邊寸步不離，也不摻合著打仗，也不跟人多說，自然是關羽那位忠實的擁躉周倉了。

我看看他道：「周哥，走吧。」

周倉訥訥道：「我能不走嗎？」

我說：「你不走，那二哥過五關斬六將時遇到的那個周倉怎麼辦？」

周倉翻個白眼道：「我管他怎麼辦！」

我：「……」

關羽感激地看周倉一眼，跟我說：「要不就讓他留下吧，我和那個周倉要有緣分就還能相見。」

我猶豫半天，這才說：「那我過段時間再來看你們。」

秦瓊等人跟劉備張飛作別，抱拳道：「大爺三爺，袁本初乃忌刻小人，成不了氣候，還當早謀出路……」

曹操豎起耳朵在一邊使勁聽著，我拉了秦瓊一把，秦瓊笑道：「言盡於此——孟德兄，天下英雄，唯世民與操耳。」

曹操一驚，把雙手來回亂搖，惟恐別人聽見，心態大概是和當初還沒得勢的劉備差不多，見沒人注意這裡，這才湊到秦瓊跟前小聲道：「不敢請教世民是哪位英雄？」……

這樣，我們的三國一日遊就此結束。臨走我摸了摸赤兔馬的頭說：「別人叫你赤兔，二哥叫你紅兒，那我就叫你小紅兔吧──我還認識一匹小黑兔，改天介紹給你。」

赤兔乜斜我一眼，忽然打個響鼻噴我一臉，然後鄙夷地轉過頭去了──朝這個反應，牠肯定跟瘸腿兔子有共同語言。

這次來三國，我們搞出的亂子不少，挫了呂布銳氣，關二哥得了赤兔馬，周倉提前認主，但我想這些應該還不至於影響整個三國的格局，屬於可接受範圍的變動。

回去的時候因為周倉缺席，李元霸就坐在我旁邊，毛手毛腳地這動動那看看，秦瓊他們三個就坐在後面淡淡地聊天，氣氛雖然還不很熱烈，但是他們間的隔閡終於消除了。

我只覺心情愉悅，快馬加鞭地往回趕，只是我不知道，這次回去後，還有一個天大的亂子在等著我……

# 第三章

# 金兀朮

帳外傳來衛隊踏步聲，傳令官遠遠的喊道：「元帥到──」

一員金盔金甲的大漢快步入帳，看來這金兀朮是一身硬朗的軍人作風，他生得濃眉大眼，進來之後掃了我一眼，把元帥盔摘下順手扔在一邊，兩根粗大的髮髻便垂在肩上。

我們回到育才的時候已經是半夜十二點多了，大部分人都已入睡，禁不住興奮的秦瓊等人硬是把程咬金等人從被窩裡拽出來，大談自己在三國的經歷，他們這一吵，十八條好漢全部被驚動了，連竹林七賢和寶金他們也加了進來。

說到興奮處，幾十號人哄堂大笑，尤其是這十八位，畢竟李元霸是他們一個系統的，他露臉他們也跟著得意，秦瓊和單雄信這一和解，帶動著保隋陣營和興唐陣營也和睦了不少，本來就沒什麼切齒的仇恨，彼此間話就多了起來。

可是這一大副作用就是引得這些傢伙都蠢蠢欲動，這個要去，那個也要去，你拽我拉纏著我不放，還說什麼不能厚此薄彼，既然秦瓊他們能去三國，也應該給他們同等的機會。

我頭大如斗，拼命掙出包圍，揮舞著手臂道：「有機會，一定有機會，不過不是哪都能去啊，咱現在就秦朝和北宋有相對穩定的接待站，下次我接我老婆的時候把你們都帶著。」

本以為這就能騙過他們了，可是我實在低估了這幫人的智力和適應時代科技的能力，尉遲敬德叫道：「休想騙我們，你那個車一次最多載七個人吧？」

還不等我從震驚中緩過來，尉遲敬德笑道：「還想矇我們，我們帶兵打仗的時候，你們蕭家祖宗還不知道在哪兒呢。」

我甩著手央求道：「祖宗們，你們先讓我回家睡一覺吧，我又不是小紅兔日行千里夜行八百的，我已經很久沒著枕頭了。」

玄奘從自己房間轉出來替我求情道：「阿彌陀佛，你們就先讓小強回去休息，再說，你們怎麼就那麼看不開呢，各有各的緣法，跨著年頭作耍未必是什麼好事。」

我感激涕零道：「還是陳老師是明白人。」

話音未落，玄奘道：「那個……小強啊，你看什麼時候把我帶去跟六祖慧能見個面，我對他那句『本來無一物，何處惹塵埃』很感興趣。」

我頓時無語。

好說歹說總算脫離了群狼，我疲憊不堪地回到家倒頭就睡，對面何天竇的房子燈還亮著，也不知道這倆老神棍在搞什麼。

我一覺睡到第二天中午十二點，睡眼惺忪地起來，先下樓開電視——這些日子我過得太返璞歸真了，不是宋朝就是秦朝，刷牙都是用的牙粉，能安心看會兒電視，充分享受一下現代生活感覺真好，連看廣告都看得眉開眼笑的。

我懶洋洋地泡了碗麵，想好好在家宅一天，誰來了也不見！

等麵好了我剛要吃，電話突兀地滋滋震動起來，我本來沒打算接，但掃了一眼來電顯示：時遷的電話。

我拿起電話道：「喂，遷哥啊？最近有沒有好寶貝進帳啊？」

出乎意料的，回答我的是一個沙啞的聲音：「強哥，救我！」

我納悶道：「你誰呀？」

那沙啞的聲音疲憊不堪地說：「我是少炎，金少炎。」

我笑道：「你小子還關了電話躲我呢，怎麼上了梁山了？師師呢，叫她跟我說話。」

金少炎帶著哭音說：「師師被金兵抓走了。」

我吃驚道：「怎麼回事？」

金少炎道：「我和師師本來好端端地隱居在燕京，金兵破城以後，見她漂亮就起了歹心，我拼死反抗，但他們人多，把我打昏以後，師師就被他們擄去了。」說著抽泣起來。

我的心上下起伏，忙道：「你先別急，燕京是哪啊？」

金少炎道：「就是今天的北京，這裡是遼國的地盤，金兵滅了遼國，這裡就被掃蕩了。」

我跳腳道：「我讓你領著她遠遠兒的跑，你是偏往首都靠，中國這麼大，你還認識哪兒啊？」

金少炎哭道：「這地方我不是熟嘛，再說現在還不是首都呢，我以為在這就能偏安一生了，誰知道……」

我說：「行了行了，先跟我說說現在的情況。」

「我醒來以後，花重金打聽過師師的消息，抓她的兵是金軍元帥的親衛軍，現在已經把她送給他們元帥了——強哥，師師之所以沒有尋短見，就是知道你一定會去救她的！」

「別扯沒用的，少他媽給我戴高帽，我是超人啊？金軍元帥叫什麼，師師再漂亮不過是個普通女人，你先想辦法拿錢往外贖，以後咱們再找場子。」

金少炎道：「他們的元帥叫完顏宗弼，也叫完顏兀朮，就是一般人所說的金兀朮，他們不知道從哪裡聽說了師師的身分，現在已經派人去要脅宋徽宗，要他拿傳國玉璽和整個宋朝版圖去換。」

「這不是扯嘛？宋徽宗又不是吳三桂周幽王——」說到這，我忽然拍著腦袋道：「不對呀，金兀朮不是打南宋那個嗎，他怎麼跑北宋去了？」

金少炎沮喪道：「北宋南宋本來就是連著的，強哥你得想辦法呀！」

我頭疼欲裂，頓了頓道：「你在梁山是吧？叫吳用軍師跟我說話。」

不一會兒吳用的聲音響起：「小強。」

我說：「那小子已經快崩潰了，還是軍師跟我說說詳細情況。」

吳用冷靜道：「情況就是這樣，李師師無意中被抓，後來洩露了身分，金軍現在是奇貨可居，一心拿她兵不血刃換宋朝江山。」

「那依軍師，現在該怎麼辦？」

吳用淡淡道：「我已經分析過了，金兵現在雖然跟宋朝交手小有斬獲，可還不清楚宋軍的底細，所謂用李師師換江山不過是他們的一個籌碼，我想這樣：以梁山的身分去跟金兀朮談判，他和朝廷的事我們可以不管，但必須放了李師師，否則我們梁山協同方臘兄，將傾起全部廿五萬雄兵抗金，為了一個女子，值不值得冒這個大不韙，他應該會有所權衡吧。」

不得不說，好漢就是好漢，關鍵時刻不含糊，金少炎和李師師跟他們交情非厚，但只為了一起穿越過的情分就能做到這個地步，真是仁至義盡。金少炎在旁邊感動得直抽鼻子。

我說：「人選找好了嗎？」

吳用道：「暫時就選定戴院長和燕青去辦，這件事你就不用管了。」

我的心這才塌實了一點，笑道：「讓燕青去辦這事，那小子不會吃醋吧？」

吳用道：「那就先這樣吧，山上有電的電話不多了，你下次來帶幾部待機時間長的來。」

我說：「好，那就麻煩軍師照顧好那個沒良心的小白臉，讓他別著急，一切有組織。」

掛了電話，我特意查了一下南北宋的資料，這才明白南北宋的分界正好是他們這年，即一一二七年，金兀朮是有領兵，不過原來的這一年他們已經破了東京，在這一役，漏網之魚趙構在江南建了南宋，其後岳飛帶兵收復河山，朝廷一邊猜忌一邊支持，終於在十幾年後岳飛冤死風波亭，也就是說，現在回北宋也能見著岳飛。

吃了麵，我安排了一下今天的行程，我打算把包子接回來，我太瞭解這個女人了，她要是在秦朝還沒待煩，我把腦袋揪下來，而且我也想不出還有什麼比一個沒有兵權的大司馬更無聊更混吃等死的日子了。

我上了我的愛車，把油加滿帶夠，這回沒費什麼事就進入了時間軸，要說我這車，不管從哪個角度說都得算寶貝，只不過樣子已經比以前更為滄桑。

一路無話到了秦朝，進蕭公館一看，人不在，一問僕人，說大司馬進宮陪皇上商議國事去了，我十分納悶她能商議出什麼國事來？打算在秦朝開灌湯包連鎖店？

我直接把車開到咸陽宮臺階下，進殿一看，只見包子和嬴胖子一左一右端坐兩邊，眼睛盯著桌上一幅地圖，表情嚴肅，小胡亥半趴在桌子上，托著下巴，也是一副認真的樣子。

我走過去一看：三個人下三國跳棋呢。

包子手執刀幣，已經把胖子的圓形方孔錢陣地快占滿了，小胡亥則自拿了十枚蟻鼻錢顧自己的。

我笑道：「不玩你們的電玩啦？」

我就知道，這女人她就不能幹正事，拉著人家胖子一個日理萬機的皇帝下跳棋，難為那棋盤還畫得頗為工整，我們家包子也有心靈手巧的一面呢。

胖子頭也不抬道：「摸油（沒有）電咧。」

小胡亥道：「這個比那個好玩。」

我碰了碰包子：「誒……」

包子正色道：「別鬧，還有四步就贏了。」

嬴胖子聞言大驚，用胖手在棋盤上來回虛點計算著，最後抬頭道：「餓給你算滴絲

（是）六步。」

包子搓手，一副要大幹一場的樣子：「咱們看著啊——」

我在一邊看他們下跳棋，四步之後，秦始皇老窩被占，差了包子十來步，小胡亥也馬上要勝利了，嬴胖子把棋盤一劃拉，道：「果然絲（是）四步，呵呵呵。」

小胡亥叫道：「父皇耍賴，我就要贏了。」

嬴胖子翻臉道：「削（學）習氣（去）！餓昨天教給你滴乘法表背會了摸油（沒有）？」

小胡亥道：「背會最長那排了。」說著背起小手朗聲道：「一一得一，一二得二，一三得三……」背到一九得九便戛然而止，胖子道：「繼續背！」

小胡亥訥訥道：「就背會這一排……」

我和包子都樂不可支，我說：「嬴哥，憑這孩子的聰明，以後絕對是合格的接班人。」

嬴胖子也失笑道：「就會法（耍）小聰明！」

我對包子說：「回去不？」

包子連忙道：「回去回去，我實在受不了晚上八點就睡覺的日子了。」

小胡亥聽說包子要走，依依不捨地拉牽住她的衣角，包子抱起他道：「乖，姐姐過幾天就再來找你玩，給你帶個會唱歌的小兔子。」

胖子聽說我們要走，也顯得很失落，一直把我們送出咸陽宮，我上車揮手道：「嬴哥回去吧，下次給你帶個會唱歌的李師師。」至於李師師遭難的事我沒跟他說，就算他是皇帝可也幫不上什麼忙，告訴他只能瞎擔心。

在回去的路上，我問包子：「你的編鐘不敲啦？」

包子一愣，隨即道：「嗨，那東西就是玩個稀罕，還真拿它當飯吃呢！」

也不知誰信誓旦旦說要成為一代編鐘大師，還要教給孩子來著。

我們剛過了李世民他們家門口的時候，吳用打來電話：「小強，出事了，看來你得來一趟了。」

掛了吳用的電話，我的心情頓時輕鬆不起來了，向來冷靜沉著的吳用說出事了，那一定是出了很嚴重的岔子。

包子見我臉色不對，問：「怎麼了？」

我說：「師師出事了……」我把經過一說，道：「先送你回家，我再去梁山看看。」

包子道：「回什麼家呀，我跟著一起上山不就得了，你現在還有什麼可瞞我的？」

我一想也是，從唐到北宋也就二十分鐘不到，把包子送回去再來就又得八個小時。

我一踩油門道：「那你去了以後乖乖待著，遇事別衝動，這回可不是去玩的。」

包子道：「你放心，我怎麼說也是國防部長，能那麼沒譜嗎？」

吳用知道我要來，領著眾好漢及方臘等人就在朱貴的酒店裡等我，包子一下車就先和扈三娘拉著手又蹦又跳的寒暄，吳用和盧俊義並排站在最前，吳用面帶微笑，一如往昔，我心才稍稍塌實了一點，看來這岔子出的還在可處理範圍內。

我過去跟眾人一一見過，這才見金少炎無精打采地站在吳用身後，左肩上裹著厚厚的繃帶，應該是跟金兵搏鬥的時候被砍了一刀，這小子見我在瞪他，勉強向我咧了咧嘴，我揀肉厚的地方先踹了他兩腳，這才解氣。

我拉住吳用問：「軍師，出什麼事了？」

吳用把我讓進裡面，落座以後說：「燕青和戴院長已經回來了。」

我忙問：「哦，怎麼樣？」

吳用道：「那金兀朮非常自大，渾沒把我梁山放在眼裡，只當我們是一夥朝廷治下的山賊，揚言若不早降，必遭滅頂之災，李師師的事沒談三言兩語就被他一口回絕了，若非小乙智勇雙全，只怕都不能全身而退。」

我詫異道：「咱梁山廿五萬人馬他竟沒有絲毫顧忌？」

吳用輕搖羽扇道：「這其中恐怕還有一個誤會，金兀朮並不瞭解梁山實情，我們隸屬宋廷，他直當兄弟們是被宋徽宗收買了來給他做說客的，這樣一來，他更當李師師是奇珍異寶，這也怪我當初沒有考慮周詳，過早地打草驚蛇了。」

我見金少炎臉色慘變，忙問：「那接下來怎麼辦？」

不等吳用回答，李逵吼道：「打他啊，還能怎麼辦？」

吳用微笑不語，看來竟真的要發兵抗金。土匪就是土匪，再斯文的外表也掩飾不了他們身上那種好勇鬥狠的精神，難怪項羽跟吳用投脾氣呢。說到打仗，這幫人一個個歡呼雀躍摩拳擦掌，看來是在山上憋壞了。

我急道：「還有別的辦法嗎？」

吳用淡笑道：「我正在想，不過看來是沒有更好的辦法了。」

我忽然想到一個問題：「金兵有多少人？」我印象裡，少數民族入侵中原人一般不會太多，都是精兵簡從的。

誰知吳用的回答讓我大吃一驚：「大約在八十萬左右。」

我駭然道：「那麼多？能打得贏嗎？」

吳用道：「女真人全兵皆兵，加上收編了一部分舊遼的士卒，差不多就是這個數，我也記得以前並沒有這麼許多，但事已至此，打得過要打，打不過也要打——我們出來混的，說話要算話嘛。」

我大汗，聽吳用的口氣，這仗八成是沒把握能打贏，金兵不比宋兵，此時的金國戰鬥力在全盛時期，廿五萬農民武裝對八十萬精兵，這要我再跑到兩軍陣前笑去，笑抽了也未必有用。

我拽著吳用的手道：「你先別激動，我想想辦法。」

吳用道：「你有什麼辦法？」

我使勁撓頭道：「我就不信我接待過那麼多客戶，就沒個能跟金兀朮搭上關係的……」

想了半天還真沒有，就一個佟媛是滿族，還不會說滿話……

看著一幫殺氣內斂的土匪，我說：「這樣吧，我去跟金兀朮談一次，畢竟都是以後的潛在客戶，有什麼事不能好好說呢？」

燕青不滿道：「你覺得你口才比我們好是怎的，他能信你啊？」

我說：「不試試怎麼知道?!」

吳用道：「算了，就讓小強試試吧，他也是為了避免咱們兩敗俱傷。」

其實我擔心的不是兩敗俱傷，是全敗俱傷，這其中還牽扯到一個金滅北宋的事情，號召梁山抗金，誰知道會出什麼意外，一個不小心可就全栽進去了——為什麼我感覺我做的事情有點像秦檜那個狗漢奸呢？

當下我無暇多說，轉身上車，吳用道：「現在金兀朮的大軍就屯在山西太原府外，你一路往西開就是了。」

包子作別眾人，順理成章地坐在我旁邊，我愕然道：「你去幹什麼，下去！」

包子道：「我要去看看師師。」

我說：「你以為這是看演唱會去呢？」

包子道：「實在不行，我待在車裡不就完了嗎？」

我知道想說服這個女人很難，時間緊急，只好作罷。

我剛要走，金少炎拽住我的車窗，把一大堆金條扔了進來，我哭笑不得道：「你這是幹什麼？」

金少炎道：「閻王好見，小鬼難纏，強哥，拜託你了！」

我揮揮手，開車上路。

一出了梁山的勢力範圍，立刻感覺不一樣了，在這個兵荒馬亂的時候，路上流民四起，不時能看見從前線打了敗仗的官軍聚成團搶劫災民糧食，趙宋的內憂外患已經集中爆發，就算金兵現在撤退，這個國家也沒多大搞頭了。

走了不長時間，災民漸漸少了起來，這說明我們已經接近金軍大本營，我開著車見人就繞，最後終於遠遠望見了金軍主帥的金頂大帳，四周圍金兵金將密密匝匝，駐防工事更是百轉千迴。

我把車隱蔽在一片小樹林裡，問包子：「現在怎麼辦？」

包子學著電視裡特種兵那樣鬼頭鬼腦地觀望著四周，然後看著我做了一個切割的動作說：「我們為什麼不直接闖進去把師師給搶出來？」

我拍她一小巴掌道：「你《第×滴血》看多了吧，你看能衝進去嗎？」

其實她說的這個辦法我也一路思考來著，可是我們的車畢竟不是巨龍能從天而降，千門八將攔不住它，遇幾個臺階就完了，再說金軍大帳連亙百里，誰知道李師師被他們囚禁在什麼地方了。

包子開車門道：「那走吧。」

我說：「你不是待車裡嗎？」

包子反問我：「我這麼說的時候你信嗎？」

我無語……我發現這個女人最近一段時間越來越體現了其運籌帷幄和天生狡詐的一面，這可能是近墨者黑的結果，再有可能就是我們家包子天生適合混在亂世。

我和包子剛出了樹林沒兩步就被一隊金兵發現了，一個個挺著長槍吆喝著圍了過來，我立刻舉起雙手叫道：「我良民大大的！」

他們的小隊長喝道：「幹什麼的？」

我舉著手說：「我是來找你們元帥談事的。」

小隊長掃了我們一眼道：「跟我們走，別耍花招！」

之後我們倒也沒受什麼責難，身分也沒受質疑，本來普通百姓見了他們避之惟恐不及，自己撞上來的，自然是來談判的。

小隊長把我們帶到一頂帳篷裡就走了，門口攏了倆衛兵監視我們，連口冷水都沒給端，我第一次受這樣的冷遇，罵罵咧咧道：「媽的，一點都不好客。」

包子道：「你又不是人家的客，湊合著吧，就當是咱到銀行貸款來了。」

不一會兒門簾一掀，進來一個牙將，銅盔銅甲，有獸皮護腰，但看裝飾和盔甲色彩，職位應該不會太高，我見有人來，急忙站起陪笑。

這牙將看我們一眼，大剌剌坐了下來，橫眉冷對地也跟我不搭訕，坐了老半天，我忍不住問：「將軍，你們大帥什麼時候能見我們？」

牙將哧的一笑，斜視著我道：「誰跟你說我們元帥要見你了？你們要天天派人來，我們元帥還幹不幹別的事了？」合著這又是一個來監視我們的。

我眼珠一轉，掏出一摞金磚塞在他手裡，本來還擔心他不感興趣，誰知這小子立刻眉開眼笑，用標準的京片子客氣道：「瞧，瞧，這話兒怎麼說的——」

我在那牙將摩挲金子的手上拍了拍道：「以後少不了還要麻煩將軍，咱們常常來往。」這小子聽出我在對他許下厚賂，殷勤道：「你們坐，我這就去看看元帥他有沒有工夫。」他把金磚掖好，背過身，一邊往外走一邊喃喃道：「要我說也沒什麼談的，你們直接投降不就完了嗎？」

牙將走了以後，我苦笑道：「瞧這款貸的，錢沒見著，先給接洽辦的人送了兩根條子。」金錢的魔力很快就被證實了，二十多分鐘後，帳外傳來跨跨的衛隊踏步聲，傳令官遠遠的喊道：「元帥到——」

我急忙拉著包子站起來，一員金盔金甲的大漢快步入帳，看來這金兀朮是一身硬朗的軍人作風，他生得濃眉大眼，進來之後掃了我一眼，把元帥盔摘下順手扔在一邊，兩根粗大的髮髻便垂在肩上。

「趙佶有什麼說法？」金兀朮先劈頭蓋臉來了這麼一句。

我愣了一下道：「呃，元帥誤會了，我們是梁山的代表，我叫蕭強。」

金兀朮滿臉不耐煩道：「又是梁山的說客，早知道直接拖出去殺了。」

包子馬上就不高興了，大人物她見多了，翻個白眼道：「你怎麼說話那麼衝呢？」

只怕此時全天下也沒人敢這麼跟他說話的，金兀朮愣了一下，冷笑道：「這梁山的人還真有點意思，上午剛跑了倆，這會又送來倆不怕死的——誒對了，上午那倆其中有個跑得比兔子還快的，聽說叫戴宗？」

我嘿然道：「那是我們二十哥，能日行千里。」

金兀朮擺手道：「說吧，趙佶什麼時候獻降書？」

我無奈道：「我們不是朝廷的人，也不管你和他之間的事，我來就是想跟您討回一個人……」

金兀朮道：「想要那個李師師是嗎？拿降書順表來換。」

我也來氣了，陰著臉道：「你能不能聽我把話說完？」

金兀朮：「……」

我緩解了一下口氣才又說：「是這樣，李師師是我們梁山的朋友，而我們梁山呢，跟朝廷沒有任何關係，現在的問題就是你把我們的關係弄混了——這樣，你把李師師還給我們，你繼續帶著你的兵打趙佶，我們繼續過我們的日子，因為你不可能拿一個女人跟一個皇帝換江山，明白嗎？」

金兀朮：「……不明白。」

我背著手在屋裡來回走著道：「實話跟你說了吧，我不是一般人，像你們這樣有點身分的人死了以後，基本都會到我那再待一年，我就是接待你們的那個半仙，所以你現在跟我合作屬於長遠投資，明白了嗎？」

金兀朮微笑道：「明白了——你想誆我。」說著，這傢伙突然厲聲道：「來人吶，給我拖出去……」

我急忙跳到他跟前擺手道：「別別別，兩國交戰不斬來使。」

金兀朮打個哈哈道：「幾個草寇也算一國麼？」

在緊急關頭，我索性豁出去了，大聲道：「好吧，那我代表梁山正式向你宣戰！」

金兀朮伸手攔住要上來抓我的衛兵，冷笑道：「好，那我等著你們。」

我哼了一聲，拍一把包子道：「走！」

我和包子剛走到門口，金兀朮冷冷道：「既然來了兩個，那就留下一個吧。」

我回頭道：「什麼意思？」

金兀朮冷笑道：「你不是說梁山要向我們大金開戰嗎，空口無憑，留下一個做人質，如果十天之內還不見你們的人馬，我就把這個……咦，這還是個女人？」

包子怒道：「廢話，你見過身材這麼好的男人嗎？」

金兀朮：「……反正我是第一次見到這麼醜的女人。」

我點指金兀朮道：「你完了，你得罪了最不該得罪的人。」

金兀朮背手道：「你們兩個商量一下誰留下吧。」

我和包子面面相覷，我毅然對金兀朮道：「能不留嗎？」

金兀朮：「……」

包子跟我說：「別跟他廢話了，你趕緊出去想辦法，帶我本國的人馬來救我。」

我詫異道：「你本國人馬？」

包子道：「你忘了我是秦國大司馬了？」

我跺腳道：「那管什麼用呀？」

金兀朮不耐煩道：「你倆快點，到底誰留下？」

包子道：「我，但是我有個條件，我要見李師師。」

金兀朮打個哈哈道：「這容易——來人啊，把這個醜八怪和那個李師師關在一起。」

包子拉了拉我的手道：「你去想辦法吧，不用擔心我，正好我和師師還能有個照應。」

她隨即指著金兀朮道：「你記住，你叫姑奶奶一聲醜八怪，我以後就扇你一個嘴巴，四捨五入咱們秋後算帳。」

金兀朮抓狂道：「快把這個醜八怪拉下去！」

包子伸出兩根指頭：「兩聲了……」

兩個金兵上前來架住包子，包子厲聲道：「別碰我，我自己走！」

那兩個兵看樣子也實在不願意碰她，就在後頭跟著，包子衝我做了一個「很過癮」的手勢，然後抬頭挺胸像個就義前的英雄似地當先走了出去，就聽她的聲音說：「往哪邊？」

那倆兵：「……左。」

她跑這過癮來了，我怎麼辦呀？情急之下，我指著金兀朮喝道：「你別後悔啊！」

金兀朮冷冷掃我一眼，大聲道：「來人，給我亂棍打出。」

剎那間我小腿上就吃了好幾下，我一邊蹦著往外走，一邊兀自回頭罵：「姓完（顏）的，咱倆這仇算做下了，你遲早會後悔的！」

金兀朮笑瞇瞇地跟著走出帳外道：「記住，你只有十天時間，否則我就把你醜八怪老婆（三聲了）的腦袋送到梁山！」

金兀朮轉身回帳，一群金兵就追著我打，幸虧收了我錢的那個牙將過來拉開眾兵，小聲跟我說：「你放心，嫂子我替你照顧著，絕對吃不了虧，過幾天你來服個軟賠個罪，興許就能給你放了——」

雖然是拿人手短，也明白他這是在安慰我，可這人還真不錯，我把剩下的金磚都塞進他懷裡，那牙將一副無功不受祿的為難樣子道：「可是哥們我跟你把話說頭裡啊，那個李師師就難辦了。」

我轉過來安慰他道：「這個不用你操心，我有辦法！」

有了牙將的吩咐，一群金兵只是圍在我後面用棍頭敲地面，我落荒跑回車裡，氣炸心肝肺，銼碎口中牙，一口氣跑回梁山。

吳用他們還在酒館等我，見我一個人下車，忙問：「包子呢？」

我鐵青著臉說：「讓金兀朮扣住做人質了。」

眾好漢大嘩，這就要點兵出發，金少炎愧疚道：「強哥，對不起啊。」

我冷靜了一下，攔住眾人，跟吳用說：「軍師，以你看現在該怎麼辦？」說著話，我把他拉在僻靜處小聲說：「我看用打是不成的，金兵確實很強悍。」

吳用搖著羽扇道：「我也明白用打是打不過的，我這半天也在想辦法。」

我忙道：「想出來了嗎？」

吳用道：「辦法是有一個。」

「快說呀。」

吳用微笑道：「你聽沒聽過一句話，叫不戰而屈人之兵？」

我說：「這好像是《孫子兵法》裡的話吧？」

吳用道：「對，我們現在就急需要不戰而屈人之兵，你也說了，如果打起來，後果會非常嚴重，我梁山存亡事小，這裡還牽扯到一個不能改變人界軸的問題，我們的要求其實很簡單，就是要回李師師——當然，現在又多了一個包子，咱們要的不是消滅誰，而是讓敵人明白我們不是好欺負的，認識到真要打，他們也沒把握，只要做到這一點，那就萬事大吉了。」

「那怎麼才能做到這一點呢？」

「我們兵力不足，他自然不怕我們，要想金兵罷手，除非有十倍於他的軍隊，那樣的話不用動手，叫他們往東不敢往西。」

我嘿然：「八百萬？你到底想說什麼呀？」

吳用道：「這還是受你剛走時說的一句話的啟發：你說你接待過那麼多客戶，偏偏沒有一個跟金國有關的，我看未必。」

我奇道：「誰跟金國有關？」

吳用神秘道：「有關的不一定非得是朋友，金國是被誰滅的？」

我豁然開朗道：「你說蒙古人？」

吳用點頭道：「嗯，確切的說是成吉思汗帶領下的蒙古人，你要能從他那裡借二三十萬蒙古騎兵來，對金兀朮應該是不小的威懾力。」

我頓足道：「你這不是廢話嗎？」我算算，三十萬騎兵，先不要馬吧，三十萬人──我這車一次就按十個人裝，來回得跑三萬趟，等全到齊了，最先到的那批人估計都當爺爺了……

吳用擺擺手道：「不是廢話，事在人為，既然我們能從一千年前穿到你那裡做客，蒙古人也未必就不能從幾十年後穿到宋朝來打仗，就算不行，你可以先把成吉思汗接來，真要打的話，他有豐富的跟金人作戰的經驗，所以我建議你先跟劉仙人他們商量一下這事。」

他這麼一說總算給我提了一醒，老神棍最近偃旗息鼓的不定在家憋什麼壞呢，現在我有這麼大的困難了，不能讓他閒著！

我急忙上車道：「那我就回去一趟，你讓哥哥們先別衝動，如果我十天之內不回來……」吳用一笑道：「你放心，從這裡到太原只需兩天行程，你三天內沒有消息我們就發兵，巧辦法沒有，笨辦法總是有的，我梁山可不是誰都能小瞧的！」

我使勁衝眾人一抱拳，發狠地一踩油門，回了家，我一摔車門就衝進何天竇的家，兩個老神棍正一人一小盅茶，穩穩地坐在沙發上，面對著一張圖紙討論著什麼。

我把茶壺端起來灌了一通，叉腰道：「挺愜呀你倆，這是什麼呀——」我把那張圖紙拿起來掃來掃去，何天竇急忙搶過去道：「這個可別亂動。」

我把圖紙扔在一邊，抓著劉老六脖領子道：「哥們這回有難了，你非得給我想個招兒不行。」

劉老六低頭繞出我的手臂，嘿嘿笑道：「有難了就想起爺爺來啦？怎麼回事呀？」

我一屁股坐進沙發裡道：「簡單說吧，李師師那個小妞被姓完顏的八十萬軍隊困住了，那小子水火不進，怎麼說都不行，怎麼才能讓他服這個軟——我把話說在前面，這忙你們必須得幫，我老婆也折裡頭了，還有我那五個月的兒子，我可不想讓我兒子在監獄裡頭出生！」

何天竇道：「一般監獄裡頭出生的孩子都有出息……」見我眼神不善，急忙打住了。

劉老六點根菸道：「你想讓我們怎麼幫你？」

我胡攪蠻纏道：「那我不管，要麼你派天兵天將空降敵人大後方，要麼你給我湊八百萬軍隊來——」

劉老六看看何天竇，呵呵一笑道：「八百萬軍隊不是個小數啊，不過也不是什麼不可能的事，只不過得你自己去湊。」

我猛地坐起來，吃驚道：「我靠，你說真的？」

劉老六和何天竇相視一笑，抽著菸，像大首長一樣滿屋溜達道：「我們早就想到有這一天了。」

「什麼意思？」

劉老六道：「還記得我把四個皇帝塞在你那給你頂工資的事嗎？」

「啊，是啊……」

何天竇溫和道：「知道我們為什麼這麼做嗎？」

我脫口道：「你們不就想賴我點好處嗎？」

劉老六不滿地瞟了何天竇一眼：「你問他這個幹什麼，我就知道他嘴裡沒好話。」

我此刻是人在矮簷下，陪笑道：「六哥，劉爺，我錯了還不行嘛，為什麼呀——」

劉老六道：「除了想賴你點好處以外……真正的目的是維護人界軸的平衡，你想，你跟這四位處好了以後，借個百八十萬的兵還不是小菜一碟？」

我迷糊道：「我借兵幹什麼，你們那會兒就算到李師師被抓的事了？」

劉老六一擺手：「不是這樣的，我們當初的想法是，這四個皇帝各自回去以後說不定會碰到什麼意外，比如說，李世民在滅隋的時候哪出了亂子、趙匡胤兵變以後被鎮壓怎麼辦……」

我愕然道：「是啊，怎麼辦呀？」

「這就需要同行幫一把啦，李世民這個時候就可以跟趙匡胤借兵滅隋，趙匡胤要出了麻煩也能跟朱元璋借人平事，反正都是皇帝，誰都有用得著誰的時候；這樣的話，原本四個該當皇帝的人就相當於擰成了一股力量，有什麼意外互相有個抵擋，你出什麼任務都有強力保證，歷史就不會改變，這不比給你百八十塊餅乾有用？」

我恍然道：「你們早就想著讓他們跨著朝代的作弊呢！那現在這四位都怎麼樣了？」

劉老六道：「萬幸，都沒什麼曲折，該當皇帝的當了，該統一蒙古的統一了，哎，這人尖子就是人尖子，真是沒話說。」

我忽然反應過來道：「不對呀，就算他們出了什麼意外，那唐朝的兵怎麼去宋朝幫忙呢，你不是打算讓我七個七個的拉吧？」我決定了，他要敢說是，我就拿板磚掀他臉！

劉老六笑道：「別老拿自己當盤菜，我們自有辦法——四個皇帝一走，我和老何就在各朝代之間開了一條兵道。」

兵道！這兩個字一出，我只覺漫天閃電亂閃，一時間天地充滿肅殺，風蕭蕭兮而樹不止，山雨欲來花滿樓，不由得悚然道：「有殺氣！……那個兵道是什麼玩意兒啊？」

劉老六道：「很簡單，就是各個朝代之間的通道。」

何天竇把那張圖紙拿給我看：「這是路線圖，每個朝代有個固定地點可以過人。」

我拿過來一看，只見無數國名被亂七八糟列在一起，其中線路曲曲繞繞，宋朝的東京開封府再次成為中轉站。

我喜道：「這他媽太酷了，從秦朝到清朝兩邊對發，路程都差不多——秦朝的兵道也通著吧？」

劉老六點頭道：「本來是想解決人界軸上的問題的，想不到先被你小子給用了。」

我仔細端詳著圖紙，欣喜道：「這下好了，從胖子到吳三桂，一人給我借個三瓜倆棗的就離八百萬不遠了。」

劉老六正色道：「這東西可不能濫用，兵再多不能改變歷史大環境，你可不能公報私仇把金兀朮給滅了。」

我說：「這個我懂，我不滅他，我就讓八百萬人把他圍幾天，看他怕不怕？」

劉老六道：「這次你除了救李師師以外，還有一個任務：原來歷史上一一二七年是北宋滅亡的日子，可現在看來，金兀朮有點遲到了，你把李師師救出來以後，讓宋徽宗和金兀朮達成個協議，北宋的江山就讓金兀朮接管幾天，宋徽宗和宋欽宗象徵性去五國城（原來二帝被擄去的地方）溜達一圈，就相當於被抓去的，然後隨便去哪個朝代申請個政治避難，好好享受後半生就完了。」

我鄙夷道：「我說你們怎麼這麼上心幫我呢，原來還有私活給我幹呢。」但事已至此，總比束手無策要強，我說：「我這就找各位陛下們借兵去。」

劉老六把圖紙塞給我說：「再提醒你一次，不要搞出太大的動靜來，兵道三天以後才能正式開通，各個朝代的運兵地點都在圖上了，到時候需要我最後給你一個口令才能進入，答應給你借兵的，你讓他們把部隊集結起來，三天以後從兵道出發。我算過了，最遠的地方要去宋朝路上得走個五六天，也就是說，給你準備的時間只有三天，至於能借來多少兵，那就要看你本事了。」

我把圖紙和一大包藍藥放好收起，想起兩個老神棍這幾天晝夜不眠的，於是問：「這段時間淨忙這個了吧？」

劉老六為了博得我的感激，誇張地伸個懶腰倦怠地說了聲是，何天竇卻說了聲不是，兩個人沒統一口徑，面面相覷，我知道這裡面何天竇比較老實，問他：「你們大半夜不睡覺幹什麼呢？」

何天竇不好意思地拿出一套光碟來：「我們……看美劇《越獄》呢。」

我瞪了劉老六一眼，劉老六則瞪了何天竇一眼，隨後把一張光碟遞給我道：「要不你拿一張去給李師師看？她要能從裡面學個皮毛，咱不就省事了嗎？」

……

## 第四章

# 夢回唐朝

我直奔唐朝，停車一看，路兩邊千樓萬舍，華美不可方物，
大唐盛世，果然是挾天威以服四夷——
不過我很快發現這地方氣氛不對，有種堂皇而冷清的感覺，
抬頭一看，對面門廳立著一排下馬石，正中掛了一塊小匾：翼國公府。

出了何天寶家，我志得意滿，摩拳擦掌，姓完顏的小子，你打老子，還罵老子的老婆是醜八怪，還敢威脅老子，孰不知全中國歷史上最有名的皇帝都是老子的鐵哥們，老子就按吳用說的，不打你不罵你，弄個八百萬的軍隊嚇唬你，老子讓你瞧瞧我蕭王爺有幾隻眼，讓你知道知道什麼叫兵不血刃，讓你看看什麼叫不戰而屈人之兵，讓你見識見識什麼是召喚千軍！

不過等我一上車我就開始冷靜了，話是容易，真要搞來那麼多軍隊可不是簡單的事情，咱唐宋元明清雖然都有人，可給這些人吃藥就是一件堅苦卓絕的事。

借兵，我首先想到的是盛唐時候的李世民，找老李我這還有得天獨厚的條件——秦瓊他們都在育才呢。

不過我暫時沒有驚動別人，只跟秦瓊商量了一下，秦瓊一聽說不久的將來要有幾十個，乃至更多的集團軍一起作戰，大為興奮。

我把計畫向李世民借兵的事一說，秦瓊想了想道：

「問題不大，陛下以仁愛治國，又是個念舊的人，如果只是圍而不打的話，借個五六十萬不成問題，不過儘管你手裡有藥，皇上可不是那麼好見的。」

我嘿嘿笑道：「這不就來找你幫忙了嗎，替我想想辦法。」

秦瓊笑道：「這也不難，我怎麼說也是咱大唐的翼國公，隨便批個條子就成，但是我有個條件……這八百萬人的陣仗我還從沒見過，到時候你看是不是給我安排個什麼先鋒之類的。」

我笑道：「就算二哥不說，也得請你們過去幫忙。」

秦瓊再不多說，找來紙筆寫了一道引薦帖，摺好交給我道：「這東西你得找準時候往上遞，別我正在殿上面聖呢，你遞進去那就穿幫了，我們一般是早上上朝，下午就沒事了，你挑這個時候去，至於怎麼給陛下吃藥，那就要見機行事了。」

我邊收紙條邊說：「你引薦別人面聖自己不去，皇上不起疑心嗎？」

秦瓊道：「當初大家一起打天下，兄弟相處習慣了，不是太重要的事情我們經常這樣——程咬金比我還過分呢，他一般只用二指寬的紙條跟皇上遞話。」

我笑道：「幸虧你們沒跟了朱元璋。」

秦瓊把我送上車道：「別忘了我們之間的約定。」

我說：「放心吧，到時候讓二哥帶帶明朝的兵。」

一進時間軸，我又為第一家去哪兒犯了愁，最後我還是決定先去找秦始皇，然後按歷史時間一家一家跑。

經過十多個小時的奔波，我一口氣來到咸陽宮外，大殿上，胖子正在和群臣處理國事。秦始皇高高坐在上面，頭頂珍珠冠，不苟言笑，李斯站在離他最近的地方，一干大臣條理分明地上報政務，說的最多的是六國戰況，王翦王賁父子已經各帶人馬深入六國兩線作戰，雖然推動緩慢，但是總體順利。

我作為齊王、魏王和本朝大司馬的老公，進出大殿已經沒什麼人理我了，衛兵除了跟我敬禮，問都懶得問一聲，我進來以後，就在最後面溜達了幾圈，胖子談完事宣布散朝。

等眾人都走了，我們三個這才輕鬆地在臺階上坐成一排，胖子道：「你怎麼又來咧？」

我勉強笑道：「不歡迎啊？」

胖子何等人也，見我欲言又止，問道：「有四（事）？」

我這會兒反而不好開口了，朋友間相處得再好，可你管人家借錢畢竟是件尷尬的事，處理不好，以後見了面都不自在了。

胖子見我半天不說話，一拍我道：「怎麼，還不好意思捏，缺錢花咧？」

我訕笑道：「差不多……師師和包子被人家抓去了，我想跟你借倆兵救救急。」

胖子托著下巴面無表情地想了老半天，我站起身，不自然地說：「要為難就算了，我也知道嬴哥你現在……」

胖子忽然轉頭問李斯：「現在全國一共能抽調出多少人？」

李斯皺著眉頭盤算了一陣道：「咱們全線作戰兵力吃緊，國內預備兵員應該只有不到五萬。」

我心一下就涼了。

胖子毅然道：「從前線調，要能打硬仗滴，二十萬。」

李斯道：「那統一六國的事……」

秦始皇道：「先暫停一哈（下）。」

我感動道：「嬴哥，這樣好嗎，要不我再想想別的辦法。」

嬴胖子微笑道：「就算不為你，絲絲（師師）還叫餓聲大哥捏，再社（說）咧，餓們秦國的大司馬能不救捏麼？」

李斯道：「那我這就去起草詔令，讓王賁領軍回來。」

我把兵道圖掏出來，指著秦國被標注的地方說：「你讓他三天內趕到這個地方，到時候等我口令，然後去宋朝集合。」

李斯記住那個地名，下去辦事去了。

我拉著秦始皇的手道：「嬴哥，啥話也不說了。」

胖子微笑道：「你包（不要）著急噢，不夠滴話，餓讓王翦也過氣（去）。」

我急忙道：「別，耽誤了正事也不好。」

嬴胖子道：「不過有一點噢，餓絲（是）幫你打仗捏，廿五萬人借給你，全打死都不要緊，但四（是）只能聽你一拐（個）人滴命令。」

我知道秦始皇這是出於某種帝王角度的考慮，借人以兵就等於授人以柄，非得是自己最信任的人不可。

我說：「我明白，不會都打死的，咱去了就是裝個樣子。」

秦始皇滿意地點點頭，我說：「那我走了，我得趕緊去下一家了。」

胖子道：「你去大個兒玩（那）看看。」

我猶豫道：「他那就不去了吧，把人借給我，他又該讓邦子圍得王八蛋似的了。」

「還絲（是）去一趟麼，絲絲（師師）和包子滴四（事）就絲（是）大家滴四（事），招呼也不打一聲，以後落了埋怨揑。」

我想想也是，點頭道：「那我走了。」

十幾分後，我又到了上回吃飯的地方，項羽軍在這裡進行短暫的休整，所以在鴻門沒動。

聽說「蕭將軍」來了，項羽和二傻一起迎了出來，互相捶打玩笑了幾句，項羽道：「怎麼來得這麼突然，最近沒事幹？李元霸他們搞定了？」

二傻問我：「包子呢？」

我長嘆一聲，把我的遭遇說了一遍，不過細節處儘量略去了，我分得清哪該加油添醋，哪該息事寧人，項羽這個脾氣是絕不能再刺激的。

我說：「這不嘛，我四處借兵來了，路過這來看看你們。」

想不到項羽直接說：「那你從我這帶三十萬走吧。」

我驚道：「別開玩笑了，我帶三十萬走，你還有剩嗎？」

項羽笑道：「這裡面還有你的功勞呢——還記得章邯嗎？」

我點頭：「就是被你三萬打跑十萬那個？」

「對，就是他，以前，他打了敗仗以後，他的二十萬秦兵被我活埋了，但是這一次我沒下去手，這就算你在我這入的股，你把這二十萬人帶上，我再給你撥十萬楚軍，就當給你年底分紅了。」

我聽得一驚一咋，想不到還有這回事，大個兒以前也太不是東西了吧。不過這總算是個意外的驚喜，我搓手道：「這就湊了五十五萬了。」

隨即我臉色一變，惋惜地嘆了一聲。

項羽道：「怎麼了？」

我無限感慨道：「你說當年白起還活埋了四十萬趙兵呢，那個要能留下……」

我掏出地圖一找，果然秦末項羽這個時代也有運兵口，我指給項羽，讓他三天後等我信兒。

項羽拍拍二傻肩膀道：「軻子還沒帶過兵吧，這三十萬人就交給你了，到地方以後，聽小強安排。」

二傻在項羽這看起來也過得頗為無聊，聽說有這麼好的事，喜道：「好啊。」

項羽又跟我說：「等我能抽開身了，親自去一趟，我倒要看看是誰敢欺負我重重重……孫女！」

我轉身上車道：「那以後有時間再聊，我這就去下一家了。」

在車上我盤算了一會兒，得出個結論：這兩家雖然半小時不到就籌集了五十五萬人馬，可問題也浮現上來——胖子和項羽和我都是最鐵的哥們，兩個人冒著風險給我湊了這麼多，可離目標八百萬還差很遠，別人能不能這麼盡力幫我還是個未知數，而且唐宋元明不能再十萬二十萬的借了，最起碼三十萬起跳！這可就有難度了。

所以我直奔唐朝，停車一看，路兩邊千樓萬舍，華美不可方物，大唐盛世，果然是挾天威以服四夷，好在車停這地方沒什麼人——不過我很快發現這地方氣氛不對，有種堂皇而冷清的感覺，抬頭一看，對面門廳立著一排下馬石，正中掛了一塊小匾：翼國公府。

媽呀，到秦瓊他們家門口了，我再仔細一看，有點明白了，這周圍不是這國公府就是那王爺府——我進了高級住宅社區了，難怪如此冷清，這麼豪華的地方保安看得緊，小商小販進不來啊。

我趁這個工夫趕緊換了身衣服，這還是臨走時按秦瓊說的，在唐裝專賣店買的，在沒見到李世民之前，服飾講究一點能更順利幫我打入皇宮。

我換好衣服剛下車沒走兩步，就被倆保安發現了，只不過他們穿的是唐軍的盔甲，兩個人見我東張西望的，喝道：「什麼人？」說著把手按在腰刀上。

我忙抱拳道：「勞駕問個路，去皇宮怎麼走？」

倆保安對視一眼，警惕道：「你想幹嘛？」

「哦，我這有介紹信——」我把秦瓊寫的紙條拿出來給他們看，雖然是貨真價實的東西，可不免也有點提心吊膽，翼國公府可就在我身後呢！

誰知倆保安一看馬上對我恭敬起來，陪笑道：「呵呵，國公又給皇上引薦人才了，怎麼國公沒派人送您一程嗎？」

看來秦瓊經常幹這種事，大家習以為常。

我指指身後道：「出門的時候忘了問了……」

倆巡警道：「我們陪您走一趟唄，等您高升了，別忘了我們倆就是了。」

我笑道：「好說，你們局……你們頂頭上司是……」

巡警拱手道：「尉遲將軍。」

「哦，認識認識，敬德兄嘛。」原來京畿護衛歸尉遲恭管。

倆巡警對我更加恭敬，我們一路溜達著就到了皇宮門口。

這倆人顯然跟大明宮守衛都認識，但他們還是很仔細地檢查了我的引薦帖，確認無疑後，我才被請進傳達室等著。

不一會兒，一個滿臉帶笑的太監來領著我往內庭走，他把我讓進一個佈置精雅的廂房裡，尖聲細氣地說：「皇上一般都是在這紫宸殿會見各位大人，您稍等，已經有人稟告皇上去了。」

我趕緊給老太監袖子裡揣了兩塊金磚……

等就我一個人的時候，我左右看看，這紫宸殿大概就是一間皇帝的會客室，有一個主座面朝南，下面是兩排靠椅，都東西朝向，屋裡的佈置淡雅而不失帝王氣象。我小心翼翼地坐著。

大明宮是進來了，剩下一個最關鍵的問題就是怎麼給李世民吃藥，這可不是鬧著玩的，萬一失敗，秦瓊再出來一指認，我就是刺王殺架的罪啊！

我把一顆藍藥捏在手裡思索著，這小東西雖然有股特別的清香，可也不見得誰都敢不問來路就往嘴裡塞，尤其當皇帝的應該不至於饞成這樣……

我正在想辦法，門外腳步聲響起，一個儒雅的大臣托著一杯茶，太監彎著腰給他推開紫宸殿的門，這人便邁步走了進來。

見其穿著也不像是官服，年紀在四旬開外，我不知道他是誰，也不知道該怎麼稱呼，只能朝他點頭微笑，這大臣一愣，也只能還以微笑。

那太監見我見禮見得古怪，掩口笑道：「這位是房玄齡房大人，是咱當朝的宰相。」

房玄齡？這不就我的前任嗎——李世民封我宰相之職在後，他自然是我的前任了。既然是平級，也用不著客氣，我隨便一拱手道：「房大人。」

房玄齡又是一愣，更加摸不著頭腦，大概在尋思一個被引薦來的布衣怎麼這麼大架子，不過俗話說得好，宰相肚裡能撐船嘛，他也不生氣，把茶穩穩放在主座旁的茶几上，也朝我拱拱手，微笑道：「既然是秦國公的客人，我怎麼以前沒見過閣下啊？」

我一頓道：「呃，我和國公是故交，這還是我初次來長安。」

房玄齡點頭道：「難怪，秦國公交遊滿天下，所識之人盡皆棟梁，他的引薦，皇上一般都會委以重任。」

走了半天路，說了半天話，我嗓子眼也冒煙了，見房玄齡帶來一杯茶，我上前端起便要喝，房玄齡尷尬道：「那個……這茶你不能喝。」

「怎麼？」

房玄齡不自在道：「那個是給皇上準備的，皇上每天這個時候都要飲杯茶明目，聽說國公舉薦賢士來朝，這才移駕紫宸殿，我先到一步，就把它也帶過來了。」

我急忙放下道：「冒昧了，冒昧了。」

還不等房玄齡說什麼，有人高聲通報道：「皇上駕到──」

房玄齡急忙下跪準備接駕，趁這個大好時機，我轉身飛快地把手裡的藥往茶杯裡一拋，眼見著它化作一股藍霧，轉瞬消失……

門外腳步聲響起，太監宮女跪了一大片，房玄齡也面朝門口跪著，我沒辦法，只得跟著跪下，直起上身，眼睛巴巴地望著門口。

李世民身著龍袍，不過沒戴皇冠，臉帶微笑地走進來，見我姿勢古怪，不禁多看我一眼道：「這就是叔寶引薦來的人吧？」

我往上拱手道：「是我。」

房玄齡在旁邊拉了我一把，小聲道：「別抬頭。」

李世民微微笑道：「還沒到禮部演過禮吧？好了，都平身吧。」

房玄齡責怪地看我一眼，這才爬起。

我站起來，偷偷拍拍膝蓋上的土，就等著請君入甕了。

李世民大概很久沒見過我這麼可愛的老百姓了，笑著問：「哪人啊？」說著坐下端起了茶杯。

我胡亂道：「大唐東土人氏。」

李世民和房玄齡相視一笑，都有點忍俊不禁的意思。他用茶杯蓋慢慢撥開茶葉，呷了一口道：「你跟翼國公是怎麼認識的？」

我目不轉睛地盯著他手裡的茶水，隨口說：「翼國公現在就在我們家呢。」

「哦？」李世民忽然撓頭道：「我怎麼看著你很眼熟啊？」說著下意識地喝了一口水。

我放鬆地一屁股坐在椅子裡：「眼熟就對了，您不也剛從我們家出來嗎？」

房玄齡驚道：「不得放肆。」

俄而，李世民放下茶杯笑道：「小強，你小子怎麼來了？」

我哈哈笑道：「李哥，你不是巴巴地盼著我來麼——大唐的公主給我準備好了嗎？」

房玄齡吃驚道：「這……皇上，你們認識啊？」

看著已經退居二線而不自知的宰相大人，我和李世民都笑了起來，李世民道：「何止認識，這還是我親封的宰相呢。」

房玄齡失色道：「那我呢？」

我安慰他道：「房大人放心，我待不了多長時間，馬上就走。」

房玄齡感激地看我一眼，一個勁擦汗。

李世民問我：「你要去哪兒啊？」

我抓著他的手道：「李哥啊，我求你來了。」

李世民呵呵一笑，道：「以前我只能封你個空頭銜，可現在今非昔比，只要是大唐境內，有事儘管說。」

我嘿嘿笑道：「這事可能得算大唐境外了。」

李世民胸有成竹道：「境外嘛，咱大唐也是有一定影響力的。」

我直接說：「你借我五十萬兵吧。」

……半個小時後，弄清狀況的李世民道：「你的意思，是讓我們唐朝的軍隊去幫宋朝人打仗？」

我說：「不是幫宋朝人，是幫我。」

李世民來回踱步道：「可是小強你要知道，我大唐的常備軍也就五十萬左右，甚至還不夠五十萬。」

我詫異道：「不會吧，這麼少？」

李世民道：「現在我立國不久，正是休養生息的時候，軍隊不宜過多，很多士兵還要兼顧務農，借給你五十萬，萬一邊境有難怎麼辦？」

我把一部電話放在桌上道：「好辦，到時候你給我打電話，說什麼也不能誤了你的事，你一個電話，我帶著秦朝和項羽的兵先來給你助威，加上梁山的廿五萬人，差不多有一百萬了。」

李世民眼睛一亮道：「此言當真？」

「我敢騙皇上嗎？你放心，這電話免月租，只要有電，放一百年都能打，我廿四小時開機，梁山上就有伺服器，信號絕對滿格……」（我不去賣手機去真是浪費了！）

李世民思考了一會兒，毅然道：「好，那我就放心地把五十萬人借給你，你可別忘了你的承諾。」

我看出來了，本來李世民是不想借我的，可在我的互惠條件下才心動了，雖然有點不夠哥們，可不得不承認他是一個好的領袖，這世界上沒有永遠的朋友，也沒有永遠的敵人，只有永遠的利益，不管他是為了自己的子民還是為了自己的統治，反正他是把國家大業放在第一位的。

李世民輕點額頭道：「還有一件事，五十萬人可不是個小數目，你打算讓誰統兵，如果你列不出合適的人選，我可不能答應。」

我呵呵笑道：「李哥你忘了，秦二哥他們還都在我那兒呢。」

李世民稍微一愣，隨即暢快道：「這就沒問題了，那三天以後我等你消息，不過我可只帶十天的口糧。」

我算了下，從唐朝到宋朝路很近，十天的口糧，也就是說我得在他們到後十天內把問題解決，應該也夠了。

我起身道：「那就這樣吧，我得趕緊去老趙那兒了。」

「老趙？」

「趙匡胤。」

李世民恍然笑道：「哦，替我問他好，方便的話，歡迎他來做客。」

我愁眉苦臉道：「還沒想好怎麼給他吃藥呢。」

李世民道：「你要是能潛進皇宮就好辦了，我們當皇帝的一般都會睡下午覺，我跟老趙聊過，他也一樣，你可以趁這個機會把藥直接給他塞嘴裡。」

我若有所思地點點頭：「那我走了。」

李世民微笑道：「我現在多有不便，就讓玄齡代為相送吧，小強不會怪李哥吧？」

房玄齡見我們兩個這樣肆無忌憚地胡扯，眼睛早就直了，這會才猛然回過神來，拘謹地在前面引路道：「蕭大人請。」

等出來，我見房玄齡滿臉不自然，拉著他胳膊笑道：「房大人，皇上親封我宰相什麼的，都是我們隨口開的玩笑，你別往心裡去，我就一個目不識丁的二百五，皇上要真能看上我，那他就不是李世民了。」

房玄齡聽我這麼說，終於是鬆了一口氣，其實他也看出我不是什麼當宰相的料，加上我一交心，老房神色緩過來不少，舒心道：「蕭大人說哪裡話來。」

我悄悄問他：「剛才皇上說全國只有五十萬常備軍，真的假的？」

房玄齡撓撓頭道：「這要看怎麼說了，說常備軍是五十萬，那是沒錯……」

我聽他話裡有話，忙道：「加上預備役就遠不止這個數了吧？」

「呵呵，預備役，這名字聽得新鮮，不錯，加上預備役那就多了。」

「大概有多少？」

「大約常數是維持在兩百萬人左右。」房玄齡見我對他沒什麼威脅，又是李世民的鐵哥們，所以說起話來也沒什麼顧忌。

我倒吸口冷氣道：「兩百萬？戰鬥力怎麼樣？」

房玄齡道：「怎麼說呢，這些人是輪流服役的，戰鬥力都在同一水準，你可以說這兩百萬人都是常備部隊，也可以說正在服役的那五十萬人是當值的預備役。」

這個李世民，留了好大一手啊！

我賊笑兮兮地說：「房大人，我想請你幫個忙。」

房玄齡篤定道：「只要玄齡能幫得上，一定盡力。」

「你肯定幫得上，皇上不是答應借我五十萬嗎，你跟他說說，多給我加個十萬二十萬的。」

「這……可不好辦吧。」

我使勁一拍他肩膀：「皇上那麼看重你，你隨便編個理由不就結了？」

見他還在猶豫，我半開玩笑半認真地說：「你要不幫我這忙我就不走了，宰相是多大官，我得體驗體驗……」

房玄齡面露苦笑，拱手道：「二十萬不敢說，十萬一定奉上。」說著還神秘道：「準是我們大唐最精銳的部隊。」

我滿意道：「嗯，那我走了，等著你啊——六十萬。」

我上了車，嘆了口氣，怎麼覺得自己像個非法集資的，捲個包，開個破車四處招搖撞騙?!

有了這六十萬，心裡多少塌實了一點，非法集資事業還得繼續，下一站，宋初，趙匡胤處。

其實要說借兵沒什麼難的，最讓我頭疼的還是給各位陛下們吃藥，借兵嘛，了不起不給借就完了，可讓他們吃藥，理論上講要比刺殺他們還難。

好在唐朝有秦二哥的介紹信，這回去宋朝，李世民給了我一個線索，那就是趙匡胤會在每天下午的兩點到四點之間雷打不動地睡一個午覺……我正琢磨的工夫就到了。

車一停下，我就看見宏偉的宮門，這下好，不用找人帶路了。

要說皇宮我也進過不少，潛意識裡知道馬上要發生什麼事——果然，一群衛兵千篇一律地咋呼起來，然後千篇一律地拿著武器向我衝來，嘴裡叫著：「有刺客！」

我把心一橫，開車門闖了出去，罵道：「喊什麼喊？」

衛兵們見我大驚，齊刷刷地跪倒一片，口呼：「皇上！」

我背著手，滿意道：「嗯，念爾等忠於職守，就不加罪了，都起來吧。」

衛兵們從地上爬起來，一個個低頭垂手，大氣也不敢出，我摸摸自己的臉，堂而皇之地走了進去——變臉口香糖真好用啊！這也是無奈之下我想到的唯一辦法。

一離了衛兵的視線我就抓狂了，這麼大的皇宮我去哪找趙匡胤啊？抬頭看看天，正是半下午，機不可失，我撒腿就跑，過了金殿，迎面一排宮女正款款地走著，一見我都慌忙跪倒。

我一把拉住一個小宮女道：「先別忙著跪，我問你，趙……」

小宮女大概是剛進宮，還不熟悉禮數，聽皇上問話，抬頭瞪著大眼睛一眨不眨地望著我，幸好我話到嘴邊一機靈，忙改口道：「我問你，朕平時這會在哪兒睡覺？」

小宮女以為這是皇上在抽查她的知識，毫不含糊道：「翠微閣呀。」

我拉著她就跑：「快帶朕去！」

小宮女站著不動，我急道：「你膽敢抗旨嗎？」

小宮女怯怯道：「不敢，可是皇上……您走反了。」

「呃……朕就是考考你，前面帶路。」

於是小宮女在前，我在後跟著，總算是順利來到翠微閣門前。聽裡面似乎有微鼾聲，趙匡胤應該還在午睡，我長長鬆了一口氣。

等我進來才發現老趙這呼嚕打得震天響，健碩的身體胡亂蓋了條錦被睡得正香，我拿出顆藍藥一個箭步衝上前，捏開他嘴扔了進去，老趙被嗆得咳了幾聲，又睡著了。

趙匡胤又睡了一會兒，到點的時候就像鬧鐘一樣忽地坐起，他見當地還坐著個人，揉揉臉看了我一眼，還有點夢囈地說：「小強來了？」

「啊……來了。」

他端起床頭的玉盞喝了一口水，下床趿拉上鞋說：「走，找老李（世民）和老朱（元璋）下棋去。」

我笑瞇瞇地說：「皇上，這不是育才，老李和老朱都堅守在自己的崗位上了已經。」

趙匡胤看看身後的綾籮錦帳和身上的龍袍，自嘲地笑道：「靠，這覺睡的，做起夢中夢來了。」

「趙哥，不是做夢，你現在又是皇帝了。」

趙匡胤又迷愣了好半天，這才拍頭道：「哦，明白了，是你找我來了！」

我笑道：「終於睡醒了。」

趙匡胤完全清醒以後看了我一眼，笑道：「來玩來了？」

「是啊，順便跟趙哥借點兵。」

趙匡胤臉色一凜，試探地問：「五千夠嗎？」

這是打發要飯的呢！我說：「可能……不太夠，包子被人家扣住做了人質，我找人救她呢。」

「哦，那五千也夠了吧？這回還是那個雷老四嗎？」

原來他還以為我是找人幫忙打群架去呢，我說：「不是，這回是個姓完顏的小子，手下有八十萬人。」

趙匡胤吃驚道：「那麼多？那你想借多少啊？」

我嘿嘿笑道：「有五十萬最好了。」

趙匡胤連連擺手道：「沒有沒有，哪有那麼多，能湊十萬就了不起了。」

我翹著二郎腿一字一句說：「皇上，你可別忘了我是你親封的安國公，總督天下兵馬，咱大宋究竟有多少軍隊，按理我是有知情權的。」

趙匡胤捂著臉嘆道：「哎，我就知道封了這個安國公遲早得出事。」

我安慰他道：「就借著嚇唬嚇唬人，絕對不損你一兵一將。」

趙匡胤道：「真沒有，這樣吧，我借你五萬，不用還了。」

我不悅道：「趙哥，你這就不對了，人家李哥開口就六十萬借給我了，我不信你大宋就比大唐差。」

誰想我這激將法一點用也沒有，趙匡胤攤手道：「是比不過人家嘛，再說你也知道，一個『杯酒釋兵權』，我把那些大將都下放了。」

我說：「大將不在了不是還有兵嗎？」

說到這我猛然明白了，趙匡胤平生最怕的就是兵權旁落，我笑道：「你不會是怕我借了你的兵再造你的反吧？」

趙匡胤一本正經道：「說真的小強，你就算要坐我這個位子我也能給你，我還正好清閒幾天呢，可是真沒那麼多。」

好說歹說老趙就是不鬆口，我把嘴皮子磨破了才談到十萬，最後把我氣得實在不行，一拍桌子站起道：「行了，趙哥，這兵我還不借了！」

我氣咻咻地一甩袖子就走，趙匡胤有點尷尬，訥訥道：「別啊小強，趙哥不是真窮嘛？」

我走到門口忽然想起件事來，停下轉回身說：「對了，我剛才一直沒跟你說我借兵去哪兒吧？」

「去……哪啊？」

我笑道：「不遠，還是宋朝，不過是幫一個叫趙佶的小子打仗。」

趙匡胤驚道：「就是我們趙家那個敗家子？」

「是啊，本來我想解決完包子的事順便搭救那小子一把，讓當時的百姓好過一點，現在看來，你們當皇帝的就光顧自己！算了，包子我不要了，正好換個漂亮老婆……」說著便要往外走。

趙匡胤趕忙跑上來一把拉住我：「等會兒，你說的那個姓完顏的小子就是完顏兀朮吧？這個小畜生！」

看看，一說他們自己家的事馬上上心了。

我說：「是啊——趙哥你忙吧。」

趙匡胤使勁拉住我道：「別啊，你真不管了？老李不是已經借給你六十萬人了嗎？」

我攤手：「人家李哥也說了，憑什麼讓唐朝的兵去幫宋朝打仗啊？」

趙匡胤喃喃道：「這個老李，不夠意思！」

我說：「人家可是把全國的常備軍都給我了，一個子兒也沒留，現在大明宮的守衛工作就全靠二十多條土狗了。」

趙匡胤哼了一聲道：「大唐怎麼可能只有區區六十萬兵馬？」

我唉聲嘆氣道：「是啊，就算人家有六百萬，可借給你六十萬已經是仁至義盡了，看來咱大宋還是國力不濟，我怎麼忍心把趙哥你僅有的十萬人領走，總不能讓天下的皇帝都讓狗來保護……」

趙匡胤咬牙切齒道：「若是旁人就不說了，完顏兀朮這小子又欺負到我梢家人頭上來了，我豈能跟他善罷甘休？小強你說，你要多少人才夠？」

我陰謀得逞，裝做為難的樣子道：「少於五十萬的話沒有什麼意義呀。」

趙匡胤一跺腳：「那我也給你六十萬！」

我一驚一咋道：「太勉強了吧，咱全國不就十萬部隊嗎？你可別把拄拐杖的含奶嘴的都湊過來。」

趙匡胤嘿嘿道：「別挖苦你趙哥了，不擅動刀兵我也是為了百姓考慮，不過咱大宋可也不是好欺負的。」說著冷笑道：「後世都說我們是弱宋，我倒要讓他們看看我趙匡胤的開國之兵到底弱不弱！」

我照著圖把運兵點指給他，趙匡胤道：「我的那些將軍們既然都已經破了臉，就不能再用，這麼多人馬我可就全交給你一個人了……」

我見他不安的像熱鍋上的螞蟻，笑道：「皇上放心，等我把事辦完，一定回來跟你把『那杯酒』喝了。」

趙匡胤點點頭，含淚揮手道：「你趕緊走吧，我看見你心疼。」

我在人們驚詫的眼神中上了車，下一站就是成吉思汗那兒了。

一路無話，等我再停車的時候，四下已是茫茫的草原，不過看日頭天色已經不早了，根據經驗，成吉思汗應該離我不會太遠。

我放慢車速就在這無邊無際的草原上胡亂開著，不知不覺的四周又暗了不少，草原上的夜晚和早晨都特別明顯，隨著太陽的落下，你甚至能感覺到空氣都跟著暗淡下去，隨之寒氣襲來，我剛把車燈打開，外面就已經伸手不見五指了。

我找件外衣披上，仔細地搜尋著有帳篷的地方，今晚要是見不到成吉思汗，我很有可能會被凍死在這草原上。

走了十幾分鐘，還是一無所獲，這時，我忽然聞到車裡有股嗆人的塑膠味，就見引擎蓋冒煙了，並伴有微弱的火光。

我怪叫一聲，急忙停住車，打開引擎蓋一看，幾股塑膠線已經燒在一塊，好在火勢不大，我用外衣一捂就滅了。我試著再啟動車子，開始它還哼哼幾聲表示它也在努力，到後來連理都懶得搭理我了。

我欲哭無淚，車壞在草原上是一件非常不幸的事，比這更不幸的是車壞在了一千多年前的草原上！

草原上的風從四面呼嘯而來，我使勁裹了裹衣服，為了不使電瓶裡的電耗完，我關了車燈，搜尋一下車裡，唯一對我有用的，就是不知什麼時候在梁山上用真空保溫杯灌的半杯「三碗不過崗」，我吝嗇地喝了一口，提著酒，抱著膀子無奈地離開了我的車，踉蹌在茫茫的蒙古草原上。

我用充滿憂鬱的雙眼抬頭看天，繁星點點，驚喜地發現北斗七星清晰地掛在那裡，那麼它的指向是正北方！這麼說我迷不了路了！哈哈！

可是馬上我又發現一件事：在這人生地不熟的大草灘上，知道北方在哪兒又有什麼用啊?!

我迎著沒膝的草往前走了十幾步，前面是茫茫的夜色，後面也是……我忽然覺得或許在車裡捱一晚等天亮才是明智的選擇，可讓我毛骨悚然的是：當我一回頭已經找不到自己剛才走來的方向了！

我把心一橫，照著一個固定的方向狠命地插了過去——遠處傳來嘹亮的狼嗥……忽的，就見前方有兩點亮光一閃一閃的，我急忙臥倒，那到底是狼的眼睛還是牧人的帳篷？

我很快就站起來了，因為我覺得對方要是狼的話，這麼近的距離趴也沒用。我仔細端瞧，那兩點亮光在有形的風裡一動一動，像是動物在眨眼，又像是蠟燭的火光，我一咬牙索性朝那邊走過去。

才走出二十多米，我就驚喜地發現那果然是牧人的帳篷，在光影裡有人身浮動，我撒腿就跑，大喊：「有人嗎？」

一個高大的影子掀開帳篷，大聲問：「%……¥#（蒙語）？」

我興奮地大叫：「%……¥¥¥（疑似全新語種）！」

那人疑惑道：「¥%＊?（蒙語）」

我大喊：「¥¥……呃……你會說漢語嗎？」

出來的人是一個蒙古大漢，用生澀的漢語回答：「漢人？」

「是啊，可算是找著人了，能收留我一晚上嗎？」

大漢急忙把我讓進帳篷，笑著衝裡頭說：「有客人。」帳篷裡點著兩根不成形狀的羊油蠟燭，炕上有桌，還有一個蒙古女人，跟電視裡介紹的旅遊區裡的蒙古包差不多，就少一張成吉思汗的掛像了。

那女人見我進來，站起身朝我點點頭，一言不發地端上兩塊白羊肉和一瓦罐馬奶酒來。我顧不得多說，一邊狼吞虎嚥地吃肉，一邊搓著凍麻的手腳，一抬頭才發現兩口子錯愕地看著我，我不好意思道：「坐呀，嘿嘿，實在是餓壞了。」

男人吩咐女人：「再去取點肉來。」隨即坐在我身邊道：「遠方的客人，你來自哪裡？」

我嘆氣道：「我也說不上我來自哪裡了。」

我看那男人定定地瞧著我發愣，問他：「你們吃飯了嗎？」

我這麼問，是因為我粗一打量就發現這家人生活肯定不富裕，帳篷裡掛著幾件獸皮和一把弓外，就沒別的了。

男人豪爽地道：「你儘管吃，別管我們。」

我渾身上下一個勁地摸著，男人問：「你怎麼了？」

我是想找點東西回報給這對夫婦，可是摸了半天也沒找到任何有價值的東西，手不經意間碰到那杯「三碗不過崗」，頓時一喜，把它提上來獻殷勤道：「來，嘗嘗我的酒。」

我給他們每人倒了點，男人毫不猶豫地一口乾了，那女人則對保溫杯顯出了無比的興趣，我說：「這個杯子就送你們吧。」

女人忙道：「太貴重了，我們不能收。」

「貴重什麼呀，才十塊錢。」我看出女人是真的很喜歡那個保溫杯，那時候蒙古人生活窮苦，他們最貴重的東西不是牛也不是羊，而是各種器皿，好看一點的盛器都是從漢人手裡高價換回來的，這保溫杯既輕又容量大，還不怕碰不怕摔，十分實用。

我把剩下的一小口酒都倒在男人碗裡，順手把保溫杯遞給女人。

那男人卻鄭重道：「這樣的美酒我不配再喝了，我要去奉獻給大汗。」

我驚道：「大汗？是成吉思汗嗎？」

男人迷惑道：「成吉思汗？那是誰？是誰敢這麼稱自己——除了我們蒙古人的大汗？」

女人跟我解釋道：「是鐵木真大汗，他把我們蒙古人團聚在一起，再也不用受漢人和女真人的欺負了。」愛戴之情溢於言表。

男人興奮道：「我這就去把這碗美酒獻給他，順便帶上客人的問候。」

那男人去牽馬的當口，我問女人：「鐵木真大汗離這遠嗎？」

女人道：「不遠，騎上馬走，剝完一隻羊的工夫就能回來。」等於沒說，誰知道那馬跑多快，還有剝一隻羊用多長時間？

我又問：「你們平時要想見他容易嗎？」

女人道：「不算難，尤其是對遠方客人的饋贈，他一般都不會拒絕，大汗他是一個很喜歡瞭解草原外面的人。」

嗯，這說明他已經開始有外侵的野心了，不過還沒有號稱成吉思汗，我趁女人一不留神，把一顆藍藥扔在碗裡。

男人把馬牽到帳外，進來端起酒碗就走，我詫異道：「你是不是找個罐兒啊瓶啊什麼的裝？」這萬一灑了怎麼辦？

男人微微一笑，一手端碗來到外邊，飛身上馬，狂飆而去，再看那碗，在夜色裡一動不動。

大概兩根菸的工夫，帳篷外響起了嘈雜的馬蹄聲，我掀起條縫一看，只見幾十個衣履光鮮的蒙古騎兵在男人的帶領下來到門外，他們紛紛下馬，有的人把手就按在大彎刀上，我提心吊膽地想：難道是詭計敗露了？

我出神的工夫，帳篷被一個額頭有很多傷疤的蒙古頭領一把掀開，站在當地板著臉大聲道：「大汗說了，給他獻酒的人……」

我的心咕嘟咕嘟直往下沉，看這勢頭要不好了！

誰知那頭領說到這，忽然板不住臉了，噗嗤一聲樂道：「是他最好的兄弟小強，如果他彎到第十個指頭你還沒去見他，那我們就用最好的馬奶酒灌滿你的肚子。」

那蒙古將領拉著我的手笑道：「可別怪我哦，是大汗讓我這麼說的。」

我擦汗道：「哪裡哪裡，大哥貴姓？」

那頭領笑道：「我們蒙古人沒有姓這一說，我叫木華黎。」

木華黎？成吉思汗的四大名將之一啊！

木華黎拉著我說：「走吧，小強兄弟，大汗說十分想念你呢。」

那招待過我的男人意外道：「想不到是大汗的貴客，早知道就直接帶你去了。」

我能和成吉思汗搭上線，此人居功至偉，我說：「這還要多謝你了。」

木華黎對男人道：「哈斯兒，大汗說你功勞不小，賞賜給你五十頭牛，一百隻羊。」原來我的救命恩人叫哈斯兒。

哈斯兒謙遜道：「招待遠來的客人是我的本分，大汗的賞賜我不能接受。」

我說：「給你你就拿著唄，要沒你，我早餵狼了。」哈斯兒只是微笑不語。

木華黎可能對這種情況早有預料，對我說：「那就先把賞賜寄存在大汗那裡，哈斯兒也是遠近聞名的勇士，以後不難從敵人那裡搶來更多的牛羊。」

哈斯兒喜道：「這個賞賜我接受。」原來成吉思汗的意思是說，以後打仗，哈斯兒搶來的東西都可以歸在他自己名下，這對一個勇猛的蒙古戰士來說，無異於把賞賜物由一袋糧食換成了一顆種子，哈斯兒將在不久的將來變成一個貴族。

當下我們來到外面，上了備好的馬，作別哈斯兒一家，隨著木華黎去見成吉思汗。

一路上蒙古包漸行漸多，慢慢的來到了人口聚居最密的地方，路上的蒙古人紛紛朝我們的馬隊躬身施禮，木華黎不厭其煩地回禮。

不一會兒，成吉思汗的金頂大帳便出現在眼前，不過也就是大而已，比金兀朮的帳篷還是遜色不少，帳外，燈火通明，無數的牧人支起了烤架，搬出一桶一桶的馬奶酒，我奇道：「這是要幹什麼？」

木華黎笑道：「大汗為了慶祝你的到來，今晚開篝火晚會。」

隨著馬隊的歸來，一個頭戴氈帽、眼睛細長的魁梧蒙古漢子已經笑眯眯地走了出來，正是成吉思汗。我跳下馬拉著他的手喜道：「老哥哥。」

成吉思汗意味深長地笑道：「感謝上蒼讓你喚回我沉睡的記憶，和還給我很多失去的朋友和家人，從此草原不再寂寞。」

我想起剛才出生入死的經歷，心有餘悸道：「本來就不寂寞，狼多多呀！」

成吉思汗哈哈大笑，朗聲朝四周說：「你們要看好我面前這個人，不要管他是誰，你們只要知道他是我最好的兄弟就行了，我宣布，一會誰把他放倒在地上，我給他兩百個奴隸。」

我哭喪著臉道：「別呀，想放倒我很容易，你有多少奴隸也不夠賠的。」

成吉思汗笑著補充道：「只許用香醇的馬奶酒。」

頓時，所有人都高聲歡呼起來，幾十條大漢端著酒碗對我虎視眈眈。草地上，男男女女的蒙古人圍著篝火吃肉喝酒，有人唱起了蒼涼豪邁的蒙古長調，而我跟前向我敬酒的人則排起了長隊……

第五章

# 借兵之旅

朱元璋嘆氣道：「也別兩百八十萬了，我給你湊個整數吧，三百萬。」

我轉憂為喜：「這麼說，不用再湊八百萬了？」

吳用認真地道：「咱就號稱八百萬！」

有了這個「號稱」，我這次借兵之旅總算可以暫時劃上一個句號。

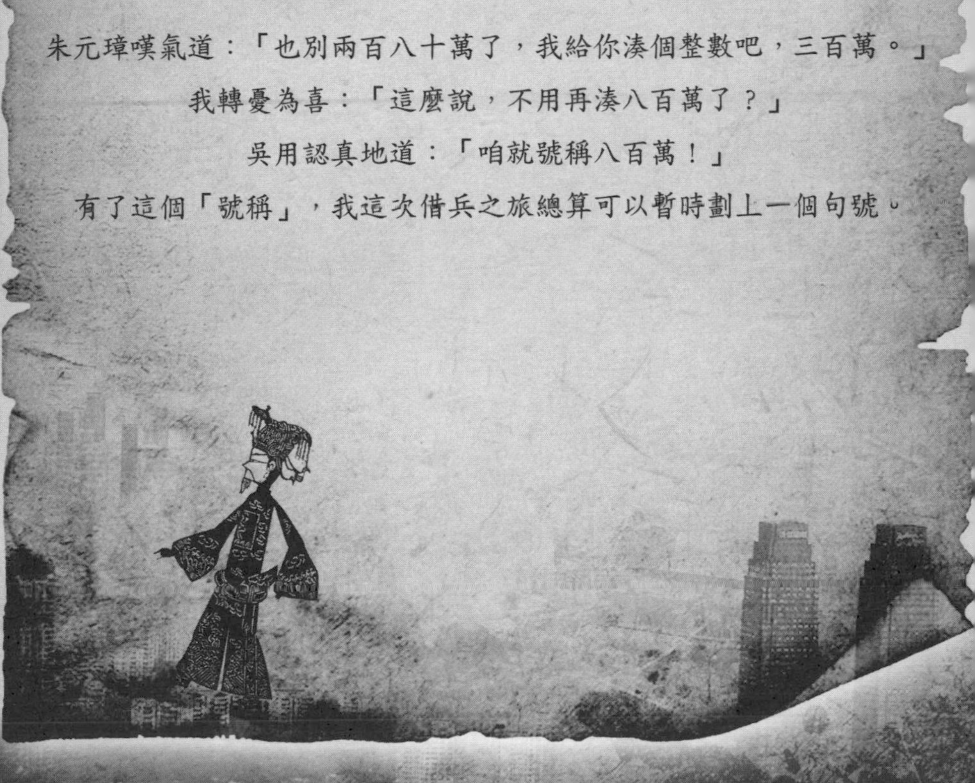

第二天我一睜眼，就見外面陽光普照，我睡在一頂寬大的蒙古包裡，外面的人們已經恢復了秩序，開始忙碌的一天，也不知道昨天晚上那兩百奴隸便宜誰了。

我把身旁一大碗奶茶喝乾，掀簾子出去，不少人都笑著和我打招呼：「小強起來了？」

我問一個會說漢語的人：「大汗呢？」

那人一指汗帳：「大汗在和四猛四傑說事呢。」

我也不客氣，直接走了進去，只見成吉思汗坐在大帳當中，他的兩邊是四猛四傑，還有幾個昨晚喝過酒叫不上名的將領。

我見三天時間已經過了一天，急匆匆地上去拉住他的手道：「老哥哥，我跟你借兵來了。」

成吉思汗微笑道：「我就知道你要沒事也不會來找我——借多少，幹什麼？」

我說：「五十萬！」

帳裡的眾將領都吸了口冷氣，紛紛小聲嘀咕。

成吉思汗笑容不動道：「現在所有的蒙古人加起來也沒有五十萬啊。」

我看眾人神色，知道他說的八成不假，於是說：「那有多少呢？」

成吉思汗道：「有多少不太好說，我們現在還沒有對外發動過整體規模的戰爭，一共能召集多少人我還沒試過。」

我伸出三根指頭說：「三十萬總有吧？」

一干將領們面面相覷，最後木華黎朝成吉思汗微微點了點頭。

成吉思汗不動聲色道：「三十萬是有的，可是你還沒說你要幹什麼呢？」

我小聲說：「包子被那個金兀朮八十萬人給圍了，我現在找人救她。」

成吉思汗一頓道：「你說金國那個四王子？」

我點頭道：「就是那小子，老哥哥，這一仗對你可是很有用的，反正遲早要和金國交手，正好讓你的人提前有實戰經驗。」

成吉思汗撓頭道：「完顏兀朮現在不是死了嗎？」

我說：「我有辦法讓咱們的人去幾十年以前跟他見面。」

成吉思汗點點頭，也不細問，緩緩道：「可是小強你要知道，蒙古人現在還在發展壯大的時期，憑我們的力量還不到跟金國決戰的時候。」

「不用決戰，就嚇唬嚇唬他，我已經從別處湊了兩百多萬人了。」

成吉思汗沉吟一會兒道：「這樣的話，提前跟金兵過過招確實不錯，可是我們的作戰不是那麼隨便的，現在還不到水草和馬匹最肥碩的時候，對外發兵供給線會出問題。」

我見他左右都是藉口，急道：「老哥哥，這忙你倒是幫不幫啊？」

成吉思汗微笑道：「這樣吧，你還記得我們當初的約定嗎？你可以騎馬在草原上奔馳一天，所過之處的土地和人民我都賞賜給你，這是你用一碗酒換來的——現在後悔當初只喝一碗了吧？呵呵。」

我抓耳撓腮道：「那個怎麼能當真呢？」

成吉思汗正色道：「我們蒙古人最重諾言，既然我說了，那就一定做到，想借兵可就全憑你的運氣和本事了——來人，去給小強牽一匹最快的馬來。」

我見事已至此，只好唉聲嘆氣地站起來。

木華黎見過我騎馬，知道我馬術糟糕透頂，忍著笑道：「我看還是算了，小強在草原裡跑丟了可不是鬧著玩的。」

所有人都笑盈盈地看著我，我一賭氣走出帳外，成吉思汗的護衛已經把一匹高頭駿馬牽在門口，還憋著笑，好心提醒我說：「你一直往北跑，運氣好的話，可以找到那裡一個小聚居部落。」

我上了馬，又不敢放開跑，失魂落魄地任牠慢慢溜達，這馬不得人的命令，就圍著成吉思汗的汗帳顛了一圈，回到帳門口的時候無辜地回頭看我，像是在問我到底去哪兒？

我忽然靈機一動，哈哈大笑，躊躇滿志地跳下馬背快步進了汗帳，眾將正準備再次議事，見我回來，均感奇怪，成吉思汗愕然抬頭道：「你怎麼還不走？」

我笑道：「我已經走完了。」

木華黎奇道：「走完了？」

我說：「大汗說的，我騎馬一天之內所過的地方和人都是我的，不好意思，剛才我騎馬繞著諸位轉了一圈——現在你們都是我的了。」

眾將你看看我，我看看你，我轉身就往外走，一邊說：「行了，就你們幾個，跟我走吧。」

我見沒人動，強調道：「大汗，你們蒙古人可是最重諾言的，你說過的話算不算啊？」

成吉思汗啞然失笑道：「狡猾的小強，你比草原上的狼還可怕。」

眾人都笑了起來。

我知道成吉思汗不可能捨得把他的左膀右臂都讓我帶去不知名的地方，笑道：「那借兵的事……」

成吉思汗招招手，眾將轟隆一聲都站了起來，成吉思汗正色道：「這次我們要面對的敵人是我們不久將要去征服的，你們去把自己手下最勇猛的戰士都找來，蒙古人的彎刀將提前降臨在這些倒楣的敵人頭上。」

眾將轟然應了一聲，都出去準備了。

成吉思汗看看我笑道：「那就給你三十萬，不過四猛四傑不能都讓你帶走，我讓木華黎統軍，還有，我們現在生活不富裕，三十萬人只能帶三天的口糧，想讓他們留下幫你打仗，剩下的供給你要自己想辦法。」

我想了想，從這裡到北宋大概用不了一天，也就是說，蒙古的鐵騎可以幫我圍金兀朮三天，這就要等秦始皇和項羽的軍隊來了統一行動了，我說：「那你們就六天以後動身。」

成吉思汗點點頭：「聽說金兀朮是金國最偉大的將軍，一直恨不能跟他交手，現在倒要看看他是什麼成色。」

我說：「老哥哥，還有一件事，我的車也不知道丟哪了。」

說話間，忽見遠處幾十匹馬分左右拉著長長的粗麻繩，繩子那頭箍著我的破車，就像雪橇狗拉雪橇一樣輕鬆地在草地上滑行。

我擔憂道：「也不知道能不能修好，要修不好，我就只能跟老哥哥在這放馬牧羊了。」

成吉思汗探頭看了一眼道：「可能是線路的問題，我給你找點羊皮裹上看行不。」

我：「……」

成吉思汗笑道：「在你那的時候閒得無聊，跟王寅學過幾天汽車維修。」

我依言處理，一打火，著了！成吉思汗忙叫人給我車上搬了一桶馬奶酒，又塞了幾塊風乾肉讓我路上吃，我搖下玻璃喊道：「老哥哥，別忘了六天以後發兵。」

我朝好客的蒙古人民揮著手，直奔朱元璋的明朝而去。

這回給我帶路的是一個小太監，朱元璋清醒後，表現出了無與倫比的熱情，我知道老朱自從當了皇帝以後就沒什麼朋友了，以前打江山的兄弟都遠了，能跟他好好聊會的，也只有我這種特殊身分的人。

他先是親自給我烤了一隻鴨子，然後擦著油手擠眉弄眼地跟我說：「嘗嘗，正宗的北京烤鴨，這還是我發明的呢，不知道吧？」

我也把從成吉思汗那帶來的臘肉和馬奶酒給他，我跟他碰了一下杯道：「朱哥，求你個事兒。」

朱元璋嘿嘿壞笑道：「明白——包子懷孕這段時間，你就在朱哥這住著，晚上我給你安排。」

「……不是這事，這回來主要是想跟你借點兵。」

朱元璋馬上警覺道：「你借兵幹什麼，想借多少啊？」

我放下酒杯道：「包子出事了，想跟你借五十萬救急。」

朱元璋聽完前因後果，嘬著牙，拍腿道：「你怎麼不早來呀，上個月還有呢！」

這話怎麼聽著這麼耳熟啊？哦我想起來了，在我還在幹當鋪的時候，以前認識的一個老混頭找我借兩千塊，我就是這樣故作惋惜地跟他說「你怎麼不早說呀，上個月還有呢！」……報應不爽啊！今兒算碰上混混祖宗了。

我假裝驚奇道：「怎麼回事啊？」

朱元璋挑著牙說：「這不是剛裁完軍嗎，現在就剩十萬了。」

我給他遞上根菸，陪笑道：「裁完不是還能再重新收編嗎？」

朱元璋吐著菸圈道：「哎呀這可不容易，費事得很吶。」

我笑了聲道：「那我等你唄，你啥時候能收編好我再來。」

朱元璋一愣，索性直話直說，道：「小強，別怪朱哥不幫你，五十萬可不是鬧著玩的，你給我領沒影兒了，我上哪兒哭去？」

我嘿嘿笑道：「看，說實話了吧？我誆你五十萬人幹什麼？還得養著他們，用幾天就還你。」

朱元璋搖頭道：「不好弄，兵這東西跟錢一樣，永遠握在自己手裡塌實——誒，要不你借錢吧，我借你五十萬『大明寶鈔』！」

「……你讓我拿著明朝的錢去宋朝花去？你這不是製造通貨膨脹嘛？」

朱元璋攤手：「那就沒辦法了。」

我變色道：「怎麼這麼難處呢你這人，實話告訴你，我已經召集了兩百多萬人了，你要不答應，我就領著他們先來你這兒！」

朱元璋警惕道：「你想幹嘛？」

我冷笑道：「放心，我不打你，你不是有錢嗎，我領著這兩百萬人來你這兒，讓他們都嘗嘗你的烤鴨。」

朱元璋哭喪著臉道：「我怎麼那麼倒楣認識你，說吧，什麼時候要？」

我說：「三天後你就動身，早點去。」開國皇帝裡這小子算有錢的，所以我也不客氣。

朱元璋肉疼道：「行了，吃完這隻烤鴨你趕緊走吧。」

我笑道：「別這樣啊，以後誰還求不著誰呀！」

朱元璋想想也是，端杯道：「來，喝酒。」

我掐著指頭算了算，苦惱道：「不能喝了，我還得去找三哥想辦法去。」

我算了半天也沒個結果，只好先給吳用打電話，他一接起就問：「借了多少了？」

我愁眉苦臉道：「不多，離目標差遠了。」

吳用小心道：「五十萬有沒？」

「加上咱梁山一共是兩百八十萬。」

吳用驚道：「這麼多還說不多，你想借多少啊？」

「咱目標不是八百萬嗎？」

吳用納悶道：「誰給你定的這是？」

「……不是你說的嘛，要十倍於敵？」

吳用失笑道：「我就是那麼一說，你還當真了？咱有這兩百八十萬……」

朱元璋嘆氣道：「也別兩百八十萬了，我給你湊個整數吧，三百萬。」

吳用笑道：「咱有這三百萬人還對付不了個金兀朮嗎？」

我轉憂為喜，輕鬆道：「這麼說，不用再湊八百萬了？」

吳用認真地嗯了一聲，一字一句道：「咱就號稱八百萬！」

我：「……」

有了吳用的這個「號稱」，我這次借兵之旅總算可以暫時畫上一個句號。

回到梁山，土匪們已經整裝待發，吳用把我拉在一邊，看著圖紙合計了半天道：「按距離算，唐軍和宋軍可能三天以後就能到太原府外，咱們就明天出發，到時候也好有個接應。」

我點頭道：「就這麼辦，我先睡一覺去。」

金少炎拉住我的手一個勁搖著說：「強哥，這次多虧你啦。」

我白他一眼道：「鬆手，要不是因為我老婆也折進去……那我也得幫啊，師師不是我表妹嘛？」

還不等我去睡覺，秦瓊打來電話質問我道：「小強，你不會是想把我們撇在這兒不管了吧？」

我笑道：「哪能呢，還指望二哥帶兵呢。」

程咬金在一旁嚷嚷道：「少廢話，快點來接我們。」

我掛了電話攤手道：「得，我還得回去。」

吳用道：「他們來了也好，三百萬人沒幾個會帶兵打仗的可不行。」

我問金少炎：「你回去嗎？」

金少炎搖頭：「師師沒救出來以前，我哪兒也不去。」

「那你總能給你奶奶打個電話吧，你個沒良心的小子！」

金少炎尷尬道：「已經打過了，公司在準備拍一部人型戰爭題材的片子，我也讓他們先準備了。」

……

回了育才，我把車扔給王寅說：「去把引擎修了，只要是咱們的人，誰想去誰去，你多跑幾趟，最後再回來接我。」

聽說有熱鬧看，十八條好漢、竹林七賢一個個不甘示弱，爭先恐後地往車裡搶，先進去的不出來，落了後的就往外拽，你拉我扯好不熱鬧，王寅在一邊大喊：「別擠別擠，我還回來呢！」

在育才住了一晚上，第二天起來一看，老校區幾乎沒什麼人了，王寅正在院裡擦車，我問他：「昨天都誰過去了？」

王寅道：「沒見麼，差不多都去了。」

我說：「那咱也走吧。」

再回北宋，梁山部隊已經全體出發，林沖帶著阮家兄弟做前鋒，吳用自領中軍，這次宋江也隨軍出馬，我也承了他的情，其實這裡最該救李師師的，除了金少炎也就是他了，畢竟人家上輩子幫他完了心願，他幫梁山完了前途。

在吳用身邊，聚集了不少稀奇古怪的人，包括隋唐的十八條好漢，竹林七賢，和尚，還有不少相貌跟梁山軍中將領酷似的傢伙：方鎮江、花榮、方臘以及四大天王，連秀秀和佟媛都來了。

其中，秦瓊等人很快就和好漢們打成了一片，不少人對唐朝的開國功臣都著意接納，但是據我觀察，他們動機未必有多純，因為秦瓊不久之後就將統領六十萬大軍，土匪們還很少有獨自帶過一萬以上人馬的人，大概是想從秦瓊手裡分點兵過癮。由此可見，潛力股永遠是受歡迎的。

羅成一來就和林沖寸步不離，通過切磋，兩人槍法不分上下，但是林沖更富經驗。玄奘現在帶著三個徒弟：倆鄧元覺和一個魯智深，四個人在一起的時候就談佛法，後三個人在一起的時候就談打仗。

這裡惟獨忙壞了湯隆，很多人的兵器都得由他重新打造，好在圖紙齊全，他日夜開工地幹，很快就把楊林等人也武裝起來了。

經過兩天的行軍，我們比計畫提前一天到達太原府城外，金軍的營帳依舊鐵打不動地矗立在對面，林沖和羅成已經在遙遙相對的地方安下營盤。

我們是在深夜到達，廿五萬大軍就默默無聲地駐紮下來，金軍得信後並沒有什麼大舉動，金兀朮大概是沒把我們這些人放在眼裡。

天剛亮的時候，忽聞戰鼓大作，有人高聲傳報：金兵副帥粘罕帶兵三千在外討敵罵陣！

還不等我反應過來，數不清的土匪和亂七八糟的人像餓了三天乍聞開飯的餓鬼一樣撲出去，紛紛上馬，然後一窩蜂似的擁向陣前，最後還得老將楊林幫著點了三千人馬隨後壓陣。

兩軍陣前，金國副帥粘罕一身貂裘，威風凜凜地騎在馬上，一張瘦臉上，雙眼瞇成一條縫隙往我們這邊打量著，看著看著，忽然忍不住噗嗤一聲笑了出來，以手點指對身邊眾將說：「看看，一群農民。」眾金將大笑。

我們的裝備看上去確實是寒酸了一點，不說土匪們和十八條好漢盔甲各異，連梁山的士兵都沒有統一服飾，有的穿著繳獲來的軍衣和護具，有的戴著皮甲，但是我敢打賭，這絕對是北宋最具戰鬥力的一支部隊。

粘罕輕蔑道：「誰能去連斬對方三員大將，我給他記個首功。」

他身邊一員鐵塔似的金將厲聲道：「末將願往！」

粘罕都懶得說話，隨便揮了揮手，那金將催馬衝到我們眼前，一晃手中大刀：「誰敢戰我？」

「嗡……」我只覺腦袋一麻，我們這邊又開始吵了，梁山的人要上，方臘的人要上，十八條好漢也要上，你爭我奪地異常熱鬧。

那鐵塔金將不懂他們在爭什麼，還以為這群「農民」誰也不敢先出馬在相互推搡，高聲道：「一起上也行啊，你們就那麼怕死嗎？」

「哄——」金兵全都大笑起來，粘罕和一干金將笑得東倒西歪，樂不可支。

李元霸怒氣勃發，喝道：「若誰再搶，先問問我的錘！」

眾人噤聲。秦瓊道：「元霸，下不為例，這次應了你，以後不許跟我們搶！」

李元霸大喜，顧不上多說，撥馬掄著牛屎錘便向那金將殺到。

那金將眼見一個孩子掄著白花花棉花團似的東西向自己衝來，錯愕不已，隨即把大刀擱在馬背上，笑盈盈地道：「好好好，看來你最好欺負，他們就把你踢出來送死，那我就讓你三……」

話音未落，崩的一聲，這人已經被李元霸的大錘砸飛了，像顆被擊出的高爾夫球，再也找不著了。

李元霸縮著脖子手搭涼棚觀望，等了半天也不見那人落地，失去耐性的他沮喪道：「本來我很喜歡他的盔甲，現在不見了……」

不光是金兵一個個慄生兩股，梁山眾人也驚詫不已，隨之士氣大振，漫天價的歡呼起來。

李元霸把大錘扛在肩膀上，眼神往對面掃視，凡被他掃到的金將人人自危，傻小孩看罷多時，撥馬回營，喃喃道：「不打了，剩下的盔甲沒一副好看的！」

金將集體鬆了一口氣，下意識地愛撫救了自己一命的盔甲。

李元霸剛回營，宇文成都向眾人抱拳道：「各位兄弟行個方便，我去取件趁手的兵器。」

人們還沒明白他什麼意思，宇文成都已經策馬出陣，用手一點金軍陣前一員將領，微笑道：「你也用鏜啊，過來切磋切磋。」

我這才注意到宇文成都手裡只拿著把砍山刀，主要是一把鏜的製作工期太長，所以湯隆把給他的訂單壓後了，但是金將中恰巧有個使鏜的，看著熟悉的老夥計，怎能叫宇文成都不心動?!

那金將剛從震驚中緩過神來，現在又被叫了號，定睛一看，李元霸已經回來了，頓時寬心，大喝一聲撲出隊伍，叉子似的大鏜分心便扎，宇文成都抓住鏜頸一把奪過，然後用兵器桿子把那金將捅下馬，笑說：「謝啦，看在你給我送鏜的分上不殺你。」

宇文成都一回來，裴元慶操著條槍，急赤白烈地跑到陣前，一邊看一邊大聲問：「有使錘的沒？」

與此同時，十八條好漢裡使生僻兵器的那些主兒紛紛跑出去，像要飯的一樣叫喚：「有使混金鏜的沒？」「有使熟銅棍的沒？」「誰使雙槍啊?出來一個！」「行行好，來個使槊的吧！」……

丟人啊！這是打仗來了還是要飯來了，人們常說臨陣磨槍，我們這倒好，直接上陣繳別人已經磨好的槍。

十來分鐘後，好漢們每人繳了三四件兵器，開始分贓，裴元慶抓著幾件傢伙高舉著喊：「誰那兒有錘，我跟他換。」

單雄信急忙說：「我這有我這有，你那狼牙棒給我。」……金軍尚勇，好漢們收穫頗豐，每人都拿到滿意的兵器，都嘻嘻哈哈地回來了。

等陣前恢復了平靜，金兵金將一個個鼻歪口斜，面面相覷，他們的副帥粘罕鐵青著臉，撥馬往前走了幾步，叫道：「讓你們主將出來說話。」

我看沒人搭理他，就上前道：「什麼事？」

粘罕忿忿道：「你們到底是什麼人？」

我笑道：「成分很複雜，一時跟你說不清，但我們梁山的兵馬已經如期到了。」

粘罕哼了一聲道：「好，我這就去請示主帥，把你們一舉蕩平！」

我擺手道：「你們敢不敢等我們幾天，我們的人馬還沒有集合完畢，這只是一成不到。」

粘罕氣極大笑：「好個一成不到，既然我們主帥跟你約好十天之期，那我們就再等你七天，七天後，我要親自帶兵和你決一死戰！」

粘罕正要帶兵回營，我說：「一定要打嗎？你回去讓你們大帥把我老婆和李師師放了，咱們兩家休戰怎麼樣？」

粘罕頭也不回，氣咻咻回營去了。

接下來只能等待，過了今天晚上十二點，要等劉老六給我兵道口令，我那號稱八百萬的軍隊才能趕來。

到晚上十一點半，劉老六還沒動靜，我坐臥不安，又等了十幾分鐘，我再也忍不住把電話打了過去，聽聲音，劉老六好像在吃飯，電視聲音開得很大，不時傳來陣陣歡笑和鼓掌，我急道：「還有心思喝酒呢，口令到底是什麼呀？」

劉老六茫然道：「什麼口令？」

「兵道口令！」

劉老六一拍腦袋：「差點忘了。」我無語……

劉老六問何天竇：「咱口令是什麼呀？」

何天竇：「不是還沒設嗎？」

這時就聽電視裡有個演員扯著嗓子喊：「五毛倆，一塊錢不賣！」

劉老六頓時有了主意，跟我說：「口令就是五毛倆，這是入口的口令，等到了宋朝再喊一塊錢不賣。記住，這是區域通道，除了宋朝，別的地方去不了。」

掛了電話，我看時間差不多了，於是開始跟各個朝代通話，我聲嘶力竭地喊：「口令是五毛倆，一塊錢不賣！請速速發兵，請速速發兵！」

早先我已經在項羽那和唐朝各放了一個信號增強器，除了跟秦始皇說話比較費勁以外，其他人都很順利地接到了口令。

這一晚註定是不平靜的一晚，凌晨三點多的時候，金軍聯營的西部忽然天現異色，隱隱有兵器磕碰和馬蹄的聲音。凌晨五點，梁山的探子和金軍的斥候幾乎是同時發現：在那個方向已經有一支人數六十萬的軍團集合完畢，但看服色無法辨認是哪國軍隊，既不是西夏，也不是吐蕃，更不是大理。

不知底細的金軍自然是大為慌亂，這一點從他們營盤驟然燈火通明就可以看出。

我也比他們好不了多少，雖然知道是救兵到了，可不明白到底是誰的兵先來了，這就像很多朋友都答應給你借錢，你帳戶上多出一筆鉅款之後，卻一時無法判斷是誰匯的一樣。

秦瓊拿過地圖研究了半天，笑道：「應該是我大唐的兵到了，我這就繞過去看看。」

我把一部手機插進他胸甲裡，安頓道：「二哥，要真是咱的隊伍，那就辛苦你帶軍了，不過要記住一點，圍而不打，金兵要來騷擾，給他們點苦頭吃就是了，後一步等人到齊了再說。」

秦瓊道：「這樣的話，最好是能擺陣……」他說著話，眼睛一個勁往定彥平身上掃。要說擺陣，定彥平的一字長蛇陣當年讓瓦崗的人吃盡了苦頭，那是這裡的行家高手。

羅成會意，親熱地拉著定彥平道：「乾爹，這就得勞煩您老人家再把那個長蛇陣擺一回了。」

定彥平甩開他道：「還用得我擺嗎，你不是都會破了嗎？」

羅成陪笑道：「那還不是您教得好嘛！」

眾人都笑了起來，大家都知道羅成當年陰了老定一把，從他嘴裡套出了長蛇陣的破法和單槍破雙槍的秘訣，可是要論擺陣，老定還是不二人選。

定彥平聽說有六十萬人給他擺佈，也是躍躍欲試，正好借坡下驢，老頭朗聲道：「擺陣需要幾個猛將作陣眼，誰跟我走？」

梁山的土匪們是再也忍不住了，爭先恐後道：「我去我去。」一大幫人叫嚷著擁出去了。十八條好漢裡跟著秦瓊去了一半，宇文成都和楊林等人都留在我這邊，我定睛一看，見尉遲敬德沒走，這可是興唐的班子呀，我奇道：「恭哥，你怎麼沒去呢？」

尉遲恭勉強笑道：「那邊有叔寶一個人足夠應付了。」

我想了想便即恍然，秦瓊和尉遲恭都是元帥的料子，其實要說戰略方面，還是尉遲恭要成熟一些，只不過秦瓊人氣旺，所以一直是他掛主帥，尉遲恭過去那邊難免尷尬，我安慰他道：「正好，等朱元璋的人來了你幫我帶著。」

尉遲恭欣慰地點點頭。

秦瓊他們早上出發，直到中午才打回電話，重新掌軍的秦元帥英姿勃發道：「確實是咱大唐的兵馬，我已經給金兀朮下過戰書了，咱不能不宣而戰，再說也好好給他一個威懾。」

我說：「嗯嗯。」

對突然莫名其妙就多出六十萬敵人的金軍，可以看出他們確實感到了壓力，從我們這裡就能見到金軍大營裡行色匆匆的人馬有很大一部分在往西調動，梁山在他們正東，唐軍在他們正西，如果我們現在兩邊一夾，金軍將會非常被動。

但金兀朮果然不簡單，也不知怎麼做安撫工作的，金兵看上去情緒還算穩定，只是忙還沒有亂。

下午，我收到一封金軍的勸降信，當然，這無非是打擊敵人士氣的一種手段罷了。信上說，弱宋的滅亡已成定局，我們不該逆天而行，把一群烏合之眾和無辜的農民武裝起來做無謂的頑抗，如果早降，可免我一死云云。

我很憤怒，我就不明白姓完顏的小子為什麼抓住農民這倆字不放，農民怎麼了，歷史上最兇悍的隊伍哪個不是由農民充大梁的？再說他這麼形容梁山還能說得過去，這麼說唐軍可就強詞奪理了，唐軍的裝備華美而務實，雖然又過了幾百年，可絕對還能算當時世界上數一數二的豪華配置。

傍晚，正北方風起雲湧，當夜色再次降臨的時候，梁山探子飛馬來報：「北方二十里以外忽有大批不明武裝出現，人數約在三十萬左右。」

吳用判斷了一下方向，篤定道：「是蒙古人。」

我笑道：「金兀朮不是嫌咱是農民嗎，這下好了，牧民也來了。」

從正北方而來的軍隊，這不能不引起金兀朮的重視，金國的老窩就在北方，金兀朮滿懷希望的以為那是來支援自己的援兵，可讓他失望的是，那只是一群穿得破破爛爛的牧民。

在大致確定了這是成吉思汗的人馬以後，我帶著幾個人騎馬去迎接他們的到來，我站在高處，一眼就看見了成吉思汗的大纛，一員將領正在指揮軍隊慢慢前進，在這個人生地不熟的地方，凡事都得小心，探馬已經告訴他前方有大批軍隊對峙，他得先分清敵我。

我在山坡上高喊：「老木！」

木華黎抬頭見是我，頓時寬心，單人匹馬騎上山坡，笑道：「小強，我們蒙古人沒有失約吧？」

我笑道：「豈止沒有失約，還早來了好幾天呢，咱們不是說好六天以後發兵嗎？」

木華黎道：「大汗生怕錯過什麼好戲，就讓我們早早出發了。」

我忽然想到一個問題，面有憂色道：「只帶了三天的口糧嗎？」

木華黎點頭道：「是的，省著點能吃六天。」

我忙道：「別委屈將士們，糧食我來想辦法。」

木華黎眼望金軍營帳，微笑道：「用不著，我們的敵人會替我們想辦法的。」

我失笑道：「你們可不要擅自去劫營，咱們的目的不是消滅他們。」

蒙古軍是歷史上最擅以戰養戰的軍隊，去劫掠敵人的物資，在他們看來就像去取託管在自己倉庫裡的東西一樣天經地義。

木華黎正色道：「既然你這麼說，我只有領命，大汗在出發前讓我只聽你一個人的命令。」

我放眼看去，只見蒙古人把整個北邊的天空都踏得煙塵瀰漫，方圓百里都看不見人了，要說梁山也有廿五萬人，可就遠遠沒有這麼雄壯，我仔細一看，漸漸地發現了奧秘：每個蒙古人身邊至少還跟著好幾匹沒騎人的空馬，三十萬人卻帶了一百多萬的馬，難怪聲勢驚人。

我笑道：「老哥哥知道我要虛張聲勢，還搭了這麼多空馬來。」

木華黎道：「不是這樣的，我們蒙古人征戰，每個戰士都不止一匹馬，多的有六七匹的，少的也有三匹，這樣就可以養足馬力，長途奔襲中，我們就在馬上吃飯馬上睡覺，衝鋒的時候就換上最快的馬，一旦進攻，世上就再也沒有能阻止他們前進的障礙，哪怕是銅牆鐵壁——除了大汗的命令。有什麼任務你就說吧。」

我說：「你們來得正好，你讓咱們的人把陣營鋪開，一直連到唐軍那邊去，再過幾天人湊齊了，咱們好把金兀朮圍起來。」

木華黎道：「不會引起誤會吧？我們在路上看見好幾撥探馬，因為不知道是敵是友，所以都沒動手。」

任何一支軍隊看到有武裝接近自己的時候都會警惕，這是很正常的，唐軍並不知道蒙古兵的來路，所以木華黎的擔心很對，我拿出電話道：「我這就給秦瓊打電話。」囑咐秦瓊準備好和蒙古軍接壤的工作，木華黎看著我手裡的電話驚奇道：「這個小盒子裡有魔鬼嗎？」嗯，這是一位升級版二傻。

我拿出一個電話遞給他說：「你也拿一個，等有工夫了教你往外打，現在你只要會接就行，就按這個……」

誰知木華黎像見了鬼一樣把兩手背在背後，驚恐道：「我不要，這個東西會把人的靈魂吸走。」

看來蒙古人也有迷信的一面，我說了半天木華黎就是不肯接，我無奈地回頭看看，正好育才版花榮在我身後，我說：「花榮，那你就留下負責接電話吧。」

花榮微笑道：「好啊，正好能跟蒙古兄弟們切磋切磋箭法。」

秀秀騎在一匹溫順的小母馬上舉手道：「我也去。」

我板臉道：「你去幹什麼，糧草本來就不多。」

秀秀從包裡掏出零食來啃著說：「才不吃你們的乾糧呢。」

安頓好蒙古軍，我們已經對金兀朮完成了三面合圍，正東、正北和正西三個方向由梁山、蒙古、大唐佔據，東北和西北交界處連亙成營，這次再去唐軍營地，我們就可以從蒙古軍中通過了。

鬱悶的金兀朮怎麼也沒想到新來的這支部隊也是他的敵人，他是直到黃昏時分才接到一封由秀秀寫的中英文戰書。

晚飯的時候，我經由蒙古大營檢閱了唐軍部隊，他們雖然由秦瓊統領，但李世民的任命書上我才是主帥，在本就極其熟悉操作指令的秦瓊等人帶領下，煥發出蓬勃的殺氣。

陪同檢閱的有集團軍副司令秦叔寶以及程咬金和羅成等人，據秦瓊介紹，今晚的口令是「滅此朝食」，意思是把敵人消滅掉再吃早飯。

我騎在馬上，和顏悅色地跟幾個戰士聊了一會兒，看看天色，跟隨行的唐軍後勤部長說：「先不要考慮早飯嘛，今天晚上吃什麼呀？」

後勤部長躬身：「大餅醃菜。」

我點頭道：「嗯，要注意給戰士們補充時鮮蔬菜和水分……」

正說著，忽見正北方炊煙四起，緊接著一陣陣的肉香飄來，程咬金在馬背上直身瞭望，喃喃道：「蒙古人開飯了，伙食真好呢，都是烤羊肉啊。」

我見唐軍戰士不少人在咽口水，撥馬往蒙古大營走，笑道：「行了，也別時鮮蔬菜了，我這就給你們換肉去。」

到蒙古大營一看，三十萬人都在烤羊肉吃，場面蔚為壯觀，我找到木華黎說：「你們都吃這個呀，不嫌油膩嗎？」

木華黎道：「有什麼辦法呢，我們又不種糧食，只能吃肉和乳酪。」

我指指西邊的唐軍陣營說：「我替他們拿糧食跟你換點肉吃行嗎？」

木華黎笑道：「都是朋友，還換什麼換，叫他們儘管來吃就是了。」

這會兒梁山方面軍也開飯了，只見大土匪指揮著小土匪搬出大罈小罈的三碗不過崗來，吆五喝六地暢飲起來，蒙古人一見大驚：「打仗的時候還能喝酒？」

花榮笑道：「我這些哥哥們，喝上酒時才能倍加勇猛。」

木華黎吞口口水道：「我們蒙古人何嘗不是這樣——小強，能不能跟你商量個事兒，我們拿肉跟他們換酒喝怎麼樣？」

我大笑：「都是朋友，換什麼換，叫你們的人儘管去喝。」

這樣，三軍的第一次接觸就在會餐中完成了。沒多大工夫，三個營盤裡點起了無數的篝火，戰士們吃餅，就羊肉，喝燒酒，歡聲笑語沸反盈天，席間還佐以唱歌、跳舞、摔跤、馬術表演等節目，火光從近處一直燒到眼不可及的方向，直如天火傾落……

因為處在下風頭，金軍營地被我們的炊煙完全籠罩了，陣陣的香味和笑聲傳來，金軍士兵一個個臉現茫然，貌似呆癡，手裡抓著乾硬的行軍糧不住踮腳張望。

這一晚，金軍很多高級將領都徹夜未眠，我不知道金兀朮在不在其列，反正我是睡得很好——我和哈斯兒倆人喝了五斤多三碗不過崗。

在夢裡，我夢見包子像平時一樣給我打電話，責問我這麼晚了在跟誰鬼混，她氣咻咻地說：「你們幹什麼呢，還讓不讓人睡覺了？」

我迷迷糊糊地說：「老子還不是為了救你？」

包子惡狠狠地說：「你給老娘小心點，別沒救出我們把自己也搭進去，金兀朮正在商量偷襲你們呢！」

我猛然睜眼，發現電話就在手裡，還發現……原來這不是夢。

要偷襲我？我一骨碌爬起身問：「什麼時候？」

包子道：「聽他們說好像定在明天夜裡。」

我納悶道：「明天，為什麼不今天來？」

包子道：「我怎麼知道？」

想到包子現在的處境，我忙問：「你在哪給我打電話呢？」

包子道：「就在帳篷裡，我都聽見你們唱歌了。」

「安全嗎？別被人發現了。」

包子道：「我現在對面就有倆金兵看著我給你打電話，他們還以為我是神經病呢。」

「師師怎麼樣了？」

「還好，就是人很憔悴，你們行動快點行不？」

掛了電話，我立刻召開將領會議，秦瓊和木華黎等人參加了旁聽。

林沖等人一進來就問：「喲，你怎麼知道金兀朮要偷襲咱們？」

我給他們讓座倒茶道：「包子給我打電話了。」

眾人都說：「這仗金兀朮要能打贏才有鬼了。」

吳用笑道：「這金兀朮也真有點意思，偷襲不說今天來，可見此人確實深諳兵法，知道蒙古和唐軍新到，雖然看似放鬆，可外鬆內緊，如果是我，也會選擇明天偷襲。」

方臘道：「只可惜光知道他要來偷營，卻不知道具體要攻擊哪一點，咱們現在對其三面合圍，真是防不勝防啊。」

吳用點頭道：「咱們以前沒跟他過過招，對他的習慣和思維完全沒有根據可尋，要是有個慣和他交手的人給點撥一下就好了。」

我以手輕點桌面道：「慣於和金兀朮交手的……那就只有岳元帥了！」

吳用眼睛一亮：「你說岳飛？」我點頭。

吳用道：「可惜岳元帥現在還只是個青澀少年，而且他沒有經過輪迴，你就算給他吃藍藥也無濟於事啊。」

我笑道：「這個時代的岳元帥是個青澀少年，可你別忘了，咱們還認識一個岳元帥呢。」

吳用喜道：「對，在紀檢委工作那個。」

「我這就給他打電話。」我找到岳飛的號碼，撥過去，岳飛有點疲憊地說：「喂？」

我忙說：「沒打擾您休息吧，我是小強。」

「哦，是小強啊。」

我說：「元帥，求您幫忙來了。我跟金兀朮打起來了，想請您再次統軍呢。」

岳飛迷糊道：「金兀朮？你在哪呢？」

「我在北宋呢，身後就是太原府，對面是金兀朮八十萬大軍……」

岳飛頓時來神道：「你說吧，要我怎麼幫你？」

我喜道：「現在我們知道金兀朮要偷襲我們，可是有點摸不準他的重點在哪裡。」

岳飛愕然道：「那你們加強防備不就是了，還有什麼可問的？哦，你的意思是將計就計吧？」

「對對對。」

岳飛道：「你那邊什麼情況？」

我說：「北邊是三十萬蒙古軍，西邊是六十萬唐朝軍，我和梁山廿五萬人在他正東，指揮部就在這裡，我們要不要從那兩邊調集些人馬過來？」

岳飛道：「如果你想將計就計，那就不要打草驚蛇。」說到這，元帥笑呵呵地說：「想不到你小強才是真正手眼通天的人物，看來你那不缺人手啊。」

我嘿嘿道：「可是缺少跟金兀朮交過手的老兵——元帥，你把徐得龍那三百背嵬軍借我吧。」

岳飛怔道：「怎麼借你啊？照你說的，他們現在不是不認識我了嗎？」

我搖手道：「我都幫您想好了，不用您親自去，您只需要寫一道軍令，讓他們把藥吃了就行，然後從兵道回北宋。」

岳飛目瞪口呆道：「這種辦法你都想得出來?!可是……他們現在的直接領導是另一個我啊。」

我笑嘻嘻地說：「看，您都說了，是另一個您，都是自己人嘛。」

岳飛無語半天，最後才嘆氣道：「那你叫人來取命令吧，記得給我帶一張宋朝的紙。」

## 第六章

# 當頭棒喝

秦舞陽明白這肯定是二傻幫他出了不少力，嘆道：

「我自詡不怕死，可你是從沒把生死當回事，你確實比我有種啊，我服了。」

玄奘這才放開秦舞陽，道：

「你們看，有時候戳人的痛處才能讓他清醒，這是另一種當頭棒喝。」

掛了電話，我讓王寅趕緊出發，我跟他說：「你拿上調令以後，岳元帥會告訴你在什麼時候進入軍營『偷』人，千萬別讓那個岳元帥發現了，這是三百顆藥。」

王寅撓頭道：「三百個人，我哪能都記住啊？」

我說：「你怎那麼笨呢，你只要先給徐得龍吃了，剩下的事他自然會安排。」

王寅頓時對我刮目相看：「咦，小強有時候還挺聰明的。」不知道是誇我還是罵我?!

現在是凌晨三點多，我叫人傳令三軍加強警戒，如果不出意外，這次偷襲與反偷襲之戰將是我們和金兀朮的第一次交手，用吳用的話說，只能贏不能輸。

而事實上，知道敵人要偷襲，這仗已經先贏了一半，我們現在只要擺出嚴陣以待的姿態，金兀朮就非更改作戰計畫不可，可我們並不想這麼做，與其扛著槍去打狐狸，不如把狐狸放進院子裡來。只不過我們現在還不知道金兀朮這隻狐狸會以什麼樣的方式來偷，所以我們在等有經驗的老獵人——三百個有經驗的老獵人。

快到吃中午飯的時候，王寅開著車返回梁山基地，我問他：「人呢，接來了嗎？」

王寅往帳外一指：「一車全給你拉來了。」

我往外一看，只見我那破車後面掛了一排木板車，從上面劈裡啪啦跳下幾百個戰士，當先兩人緊跑幾步，親熱地叫道：「蕭大哥！」

喜歡這麼叫我的，只有岳飛的三百壯士，那兩個小戰士正是李靜水和魏鐵柱。其他人也紛紛跟我和梁山好漢們打招呼。

我拉著他們的手笑道：「你們來了，路上順利嗎？」

李靜水笑道：「如果從家往這裡趕，最早晚上才能來，幸虧王大哥想了這麼個辦法。」

我看看那一排木板車，對王寅說：「有時候你也挺聰明的嘛！」終於報了一箭之仇了。

王寅：「……」

這時，一個人走到我近前敬個軍禮大聲道：「奉岳元帥令，背嵬軍三百人隨時聽從小強命令！」正是徐得龍。

我笑著回個禮道：「徐校尉，又見面了。」

徐得龍也微笑著說：「是啊。」

剛從抗金陣地回來的他們，身上重新釋放出一股鐵血的味道，我一揮手道：「走，先吃飯。」

徐得龍道：「沒時間了，先說說情況吧。」

我往對面一指道：「那是金兀朮八十萬大軍，在他們身後是幫咱們的六十萬唐軍，北邊是三十萬蒙古人，這邊你也見了，就是咱廿五萬梁山軍，現在光知道金兀朮要對我們搞偷襲，摸不準他的重點和方式。」

「金兀朮搞偷襲一般會在夜裡，從現在開始，我們有很多工作要做，不知道能不能來得及。」徐得龍嘿嘿笑道：「想不到換了個地方又交手了，咱們就跟他打一回時間戰！」說著，他大聲命令道，「李二狗王老三，幹活！」

兩個戰士應了一聲，飛跑而去，他們是負責偵察敵情的。

我問：「要做什麼準備工作？」

徐得龍道：「咱們的總指揮部在哪兒？」

「就在這，梁山就是總部。」

徐得龍點頭道：「那兩邊的盟軍戰鬥力怎麼樣，能經得起衝擊嗎？」

我說：「應該沒問題，都是精兵。」

「那他們的任務就簡單了，金兀朮會各派一批人馬發動衝鋒，他們只要頂住一次進攻，就算大功告成，你讓他們太陽一落山就做好迎敵準備就是了。」

我問：「那總部呢？」

徐得龍嘿嘿一笑：「這裡就費工夫了，你給我派五千壯丁，再準備幾百方巨木，同時把梁山主力後撤五里，前方只留空帳篷。」

這次梁山傾巢而出，人和物資都不缺，不多時就調集全了徐得龍要的人和木頭，徐得龍撿根木棍，彎腰在梁山營地上畫了一個十米見方的大圈，吩咐那些前來聽命的士兵道：「畫圈的地方挖成一人半深的大坑，每排三個，往後每三十步再挖一排，一共挖十排。」

李雲是土木工程高手，很快就領悟了徐得龍的意思，一邊分組幹活一邊湊上來問：「就算在晚上，挖這麼多坑，金兵會上當嗎？」

徐得龍再抬頭看天，深思道：「如果來得及做偽裝，這個問題就不是問題，我現在最怕的是金兀朮提前行動。」

不多時，李二狗王老三都回來了，徐得龍問：「怎麼樣？」

李二狗神秘地點點頭：「是有偷襲計畫。」

我奇道：「你們是怎麼看出來的？」

王老三驕傲地說：「這還是當年我們岳元帥的首創呢。」

徐得龍見我滿頭霧水，微笑道：「小強，你聽沒聽過一句話叫馬無夜草不肥？」

我納悶道：「聽過啊，可這跟你們岳元帥的首創有關係嗎？」

徐得龍緩緩道：「當年我們元帥第一次和金兀朮兩軍對壘，雙方都不知彼此底細，在諸多回報裡，我們元帥終於發現了一條有用的線索：金兀朮沒有叫人給馬備草，這就是咱們剛才說的馬無夜草不肥的道理，養馬人都要給馬在夜間添料，尤其是咱們軍中的馬，更是有專人飼養，晚上的草料會在白天就備在馬廄旁，金軍不備夜料，說明晚上會有行動需要用馬，這樣，金兀朮的詭計就被我們元帥識破了。」

我嘆道：「元帥真不好當啊，這麼說，金兀朮那小子今天又沒給馬備草？」

徐得龍笑道：「是啊，想不到這小子死性不改，不過他大概一直也沒想通我們是怎麼識破他的。」

我問：「上次你們就是靠挖坑來對付金兀朮的？」

徐得龍帶笑點頭：「相當管用。」

在下午的時候終於挖出了十排巨型坑，我在一個坑的坑口繞了兩圈，問徐得龍：「這麼大的坑，金兵會往裡跳嗎？」

徐得龍挽起袖子跳進坑裡道：「要讓他們乖乖往進跳，就該我們動點技術性的活了。」

徐得龍一伸手，李靜水便把早準備好的方木遞給他一根，徐得龍接住立在坑當中，然後以這根木頭為中心，在它兩旁又立了幾根方木，在這些木頭的頂端又搭上橫木，我越看越迷糊，蹲在坑口問：「你這是做陷阱呢，還是搭高架橋呢？」

徐得龍把木頭都固定好，爬出坑外，把坑口用薄木板一點一點遮起來，最後在上面鋪上一曾沙土做偽裝，他找了幾個戰士在上面又跑又跳試了試，滿意道：「嗯，這就算做成一個了。」

我也上去踩了踩，感覺幾乎跟平地無異，納悶道：「我明白你的意思，可是你這陷阱做的是不是太結實了？一會兒金兵踏過去怎麼辦？」

徐得龍道：「這第一排就是要讓他們踏過去。」

說話間，三百的其他人也都忙碌起來，漸漸地我也看出了訣竅，這十排巨坑的前幾排用的都是一人多粗的方木做支撐，木板都有三四公分厚，基本可以保證人馬在上面短時間內暢通無阻，可是越往後的坑，用的支撐也就越細，木板也越薄，到了最後一排，只能勉強讓人跑過。

我心下大定，站在最後一排坑邊上，小心地用腳試探著顫巍巍的陷阱笑道：「還真是技術活啊。」

徐得龍最後一次抬頭看天，眼見夕陽西下，拍著手上的土說：「時間差不多了，現在就剩最後一件為難事了。」

「什麼事？」

徐得龍道：「要想讓咱們的坑都用上，必須得有一個誘餌，能讓金軍奮不顧死地往前衝。」

我說：「那你看用什麼合適呢？」

徐得龍問我：「咱們聯軍的主帥是誰？」

我左右看看，最後只好指了指自己，不好意思地說：「好像……是我。」

徐得龍瞪大眼睛看了我半天，訥訥道：「這可不是開玩笑的時候。」

吳用和好漢們在一邊亂哄哄地搭腔：「就是他沒錯！」

徐得龍忍著笑道：「那好，蕭元帥——今天晚上的行動還得請你配合。」

我納悶道：「這裡還有我的事啊？」

徐得龍道：「要使金兵全部落坑，必須得有個他們一見就眼紅的引子……」

「……我就是那個引子？」

徐得龍笑道：「我的計畫是這樣，陷阱區裡只留我們三百人和你，金兵一旦衝過來，你就帶頭跑，只要跑到陷阱區外，咱們就安全了。」

「那……那要是沒等跑出去就被人追上呢，還有，萬一你做的陷阱沒起作用呢？」

徐得龍正色道：「我們三百人拼死一戰，足夠你跑回梁山大營。」

李靜水和魏鐵柱也道：「是啊蕭大哥，我們一定保護好你。」

我愁眉苦臉地說：「那我就當一回引子吧。」

夜色慢慢降臨，聯軍和金軍的營帳一片安靜。

事實上，大戰來臨之前總是伴以令人窒息的安靜，為了讓對方輕易發現我，湯隆用黃金給我打了一頂帥盔，風向標似的，盔頂鑄有避雷針一根，針頂有馬鬃幾許，遇上腦子不好使的，拿著這東西都得卡在城門上。

因為知道敵人要偷襲，唐軍的一字長蛇陣已經發動，老將定彥平為了把傷亡減到最小，盡可能多的調集了人馬參與了佈陣。

一字長蛇陣本來就講究以少勝多，你打其蛇頭蛇尾捲來，你打其蛇尾蛇牙咬你，破陣其實很簡單，就是那句話：打蛇打七寸，但這相當於一句廢話，誰都知道這句話，可沒見過蛇的人幾乎都找不到七寸，至於長蛇陣的七寸在哪兒，連定彥平也說不清。

蒙古人晚飯都吃七分飽，這是他們的習慣，連大戰前也不例外，因為吃太飽人容易倦怠，他們在帳篷裡小憩了一會兒之後，就默默地盤腿坐在自己最得力的馬旁，在這個時刻，他們不願意浪費一丁點的馬力。

他們把形貌醜陋的彎刀抽出來，用磨石打著，相互間偶爾交談一兩句話，安靜得像一群圍著餐巾等著吃法國菜的紳士。

梁山軍已經悄無聲息地後撤五里，營地裡燈火依舊，一如往時，我和岳家軍三百戰士就坐在陷阱的最前端，我坐在徐得龍身邊，一個勁地抖，徐得龍道：「第一次上戰場都是這樣，非常興奮，靜水和鐵柱他們都是這麼過來的，等真正上了陣就好了。」

我沒好意思告訴我這不是興奮而是嚇的。

凌晨一點半的時候，還不見對面有什麼動靜，我把頭盔摘了又戴，戴了又摘好幾回，有點坐不住了，徐得龍安慰我道：「別著急，偷襲一般都是凌晨兩三點的時候來，這時候的人最容易犯睏。」

我是著急嗎？我巴不得他們別來才好。

又過了半個小時，包子忽然打過電話來，她鬼鬼祟祟地說：「你們小心點，我聽見他們在集合了。」

我急忙把這個消息通過電話告訴秦瓊和留在蒙古軍中的花榮，秦瓊久在軍中，熟知這些伎倆，六十萬唐軍平靜如常，但已經格外加強了戒備，木華黎則少諳陰謀，還沒處理過類似的情況，聽我一說興奮道：「但願他們趕緊來吧，我們這刀都快磨沒了。」……

二十分鐘後，金軍正西方和正北方的轅門突然同時大開，各有五千精銳騎兵衝出來，人無聲，刀出鞘，巨大的馬蹄聲裹脅著凜冽的殺氣，標槍一樣刺進唐軍的大營和蒙古人的營地。

這些人一旦衝進敵方的陣營，這才拼命喊殺，唐軍的長蛇陣如馬蹄形橫呈在金軍前方，所以金兵在一開始很有長驅直入的勢頭，直到觸及了蛇腹，唐軍十萬人的大陣才猛地收縮起來，剛才還勢不可擋的五千騎兵被這十萬人一圍，頓時像隻溫順的小白鼠被條巨蟒盤住一樣失去了生機。

在陣外，又有十萬人馬分兩路攔在金兵的退路上，一是防止有人漏網，二是防備金兵的後援部隊，在金兵的正前方，慣於抵擋突厥騎兵的唐軍已經豎起了無數面三米高、長滿丈把直刺倒鉤的巨盾，別說血肉之軀的騎兵，就算坦克來了也未必能短時間突圍。

最前面的幾排金兵撞在盾上，非死即傷，而圍在四面的唐軍也都紛紛出手，有的投擲標槍，有的扔斧頭，還夾雜著無數的箭矢和流星錘之類的暗器。

蒙古人是聽到唐軍那邊喊殺聲起，這才紛紛上馬，一個個仍舊從容不迫，面色恬靜。

金兵衝過第一排空帳，就看見冷靜的蒙古人在那裡等著他們，排著一列列整齊的衝鋒隊形，迎接他們的，首先是蒙古人精絕的箭術，蝗蟲群一樣的箭陣鋪來，前幾排的金兵基本清場，花榮發了兩組連珠箭，便射落了五十四人。

他前面的陣地空白一片，像被機槍掃過似的，木華黎笑道：「兄弟，好箭法呀！」

花榮微微一笑，掛好車把弓綽起雙槍道：「我槍法也不錯的。」

這時金兵已經衝到近前，在對射中先失一局，他們並沒有太當回事，女真人也以騎射著名，騎兵才是他們的秘密武器，靠著蠻橫的武力，他們硬是打垮了另一個蠻族契丹，可以說在沒和蒙古人交手以前，大金的騎兵是無敵的。

今天，金國人碰到了一支命裡註定把自己趕出歷史舞臺的騎兵，也只能說他們倒楣，在面對著如此危險的敵人時還抱著輕敵的態度。

到了適合衝鋒的距離，木華黎把刀一揚，百裡挑一的一萬蒙古精兵一改常態，他們手裡的彎刀不停的畫著圓圈，緊接著，蒙古人給足了驕傲的金兵教訓，一輪衝鋒過後，蒙古人依舊騎在馬上，而金兵所騎的馬上則像被遷徙的牛羚撻伐過的莊稼一樣荒蕪了。

這一切，大本營裡的金兀朮並不知曉，喊殺聲一起，今天的重頭戲——準備突襲梁山大本營的一萬精銳中的精銳金兵排好陣形，眼望我們的方向躍躍欲試，這工夫我們也沒閒著，三百岳家軍人手一個火把，點燃了早就插在營地裡的各種火蠢，給人造成一片荒亂的景象。

金兀朮面帶自信的微笑，一根指頭向著正東方一畫，一萬精騎頓時殺聲震天地飆了出來，我撒腿就跑，徐得龍一把拉住我：「讓他們看見你再跑！」真懷疑徐得龍是臥底，讓他們看見我還能跑得了嗎？

在轟鳴的馬蹄折磨聲中，漲潮般的金兵越來越近了，我心驚膽戰地問徐得龍：「還不能跑？」

徐得龍死死拉著我，眼睛一眨不眨地望著對面，喃喃道：「上回我們岳元帥是射死一個敵人以後才撤退的。」

這時，金兵已經越發接近了，我幾乎可以看到頭前那個副將的五官，到這個時候，我反而放鬆下來了，就像徐得龍說的，還真有點興奮，這就像第一次入洞房一樣，在沒入以前可能還有點膽怯，可真到了關鍵時刻，你早已顧不上別的了。

眨眼工夫，金兵已經衝進了我們的營地，憑著多年的經驗，那個副將已經感覺到了異樣，在偌大的營盤裡只有幾百人不能不引起他的警覺，他下意識地放慢速度，借著火光一打，立時就看見我了，大喜道：「務必生擒此人！」說著不顧一切地催馬趕來。

受徐得龍一激，我現在手裡抓著塊石頭，見他看見我，便奮力地朝他一丟，徐得龍使勁在我背上一推，大喊道：「小強快跑！」接著叫道：「其他人依次掩護！」

我飛一樣的朝陷阱區跑去，很快就隱沒在一頂帳篷後面，那副將邊追邊招呼手下：「就追那個頭盔！」

從我發力奔跑到副將喊話，我們之間的距離已經不足五十米，而從第一排陷阱到最後一排，大概在五百米左右，也就是說，我要利用不到五十米的距離和已經跑起來的快馬搶時間。

當我的腳踏在第一排陷阱上的時候，徐得龍和戰士們緊緊跟在我身後，手裡拿著小型弩，抽冷子就回身放一箭，不時能聽到有金兵慘叫落馬的聲音，可這絲毫阻止不了他們的速度：已經紅眼的金兵一心要拿我去換高官厚祿，尤其是衝在第一排的！

我玩命地跑，三百戰士就亦步亦趨地跟著我，徐得龍的聲音在我身後道：「加油，就快勝利了！」

跑到第九排坑邊的時候，我實在已經到了身心崩潰的邊緣，等跑到第十排陷阱上頭的時候，這排坑上用的都是最薄的木板和最細的支撐，你左腳踏上去，右腳根本不用自己邁，那巧妙的結構會把你彈得高高的，人跑在上面像在太空漫步一樣，我的心真是涼透了——這坑絕對會把我吃了！

徐得龍本來是跟在我身後的，這時為了不讓坑體坍塌，飛身從邊上跑過，我驚恐地要回頭張望，徐得龍大喝一聲：「跑，別回頭！」我一個激靈之下終於躥出坑口。

在我腳踏實地的一刻，扭身一屁股癱在地上，這時那個副將臉上露出了猙獰的和勝利的微笑，他猛地一提馬韁，戰馬人立，高高舉起馬刀，照著我的額頭狠狠劈下，就在那刀口離我腦袋還有半指頭的時候，「撲通」一聲，我眼前的木板一翻，可憐的傢伙就那樣眼睜睜地憑空消失在地平線上……

我一跤摔倒扭頭觀望，只見身後大批大批的金兵消失在平地上，這時第一排坑體也被踏壞了，只要一角崩潰，方圓十米內就會驟然坍塌。

伴隨著轟隆轟隆的聲響，一隊隊的騎兵被陷了進去，一人半高的坑雖然不算深，但加上馬的速度，人掉進去以後難免被撞得鼻歪口斜；前排的人掉進去，後邊的人來不及勒馬就趕了上來，很多坑是被填平以後又被後人踩踏而過，更有不少人甚至是身在半空就做了後邊的踏板。

最前邊的金兵死傷慘重，哭爹喊娘，最後邊的金兵還懵然無知地繼續前進，眨眼工夫，十排巨坑就吞噬了無數人馬，只有最後一批人得以保存，但已經十成去了七八成。

我抱著膝蓋坐在地上呆呆看著眼前的景象，說實話，造成這麼大的傷亡並非我的本意，可項羽也說過，打仗哪有不死人的？

離我最近的一個坑裡，一個金兵摔進去以後唉聲嘆氣地想爬出來，這時我的心裡充滿悲憫之意——一腳又把他踹進去了，死人歸死人，在這個時刻我不當人不就完了嗎？

三百岳家軍也全部脫離了陷阱區，這會的主要工作就是把還有戰鬥力的金兵推進坑裡，在我們逃跑的過程中，梁山軍已經悄悄潛過來，這時悉數殺到，用長槍幫著三百往坑裡推人，金兵最後面那不到兩千人的倖存者眼見大勢已去，撥馬落荒而逃。

坑裡的八千人其實絕大部分還都活著，只有坑底被壓死了一部分，中間的被馬踩得骨斷筋折了一批，多數是被自己人已經出鞘的長刀給扎傷的，最上面一層人被我們團團圍住，站在同僚的身上衝又衝不出去，腳脖子不停被人扒拉，尷尬異常。

我見景況過於悲慘，也不欲太甚，吩咐道：「活著的，只要繳械投降我們不殺。」

金兵聽說，忙把武器紛紛扔出坑外，梁山士卒收走他們的兵器，便叫還能行動的人自己走出來抱頭蹲成一排。

吳用擔憂道：「拉出來的金兵人越來越多，萬一反抗，我們難免也有損傷。」

我揮手道：「把他們褲帶都繳了！」結果剩下的金兵只能一手提著褲子站在一邊。幾千傷兵相互攙扶，在梁山士卒的看押下，一個個沮喪地低著頭，看來也不抱什麼生望了，吳用小聲問我：「這些人怎麼處理？」

我大聲問：「你們這裡誰職位最高？」

金兵左顧右盼，最後推舉出一個兩條胳膊都耷拉在腳上的將領來。

我看了看他說：「我不殺你們，回去告訴你們元帥，這次只是一個小教訓，為的是償還一部分他以前欠下的血債；還有，我再說一次，我對你們的事情並不感興趣，讓他趕緊答應我的條件。」

那金將聽我口氣似乎是還有生還的希望，甩了甩兩條斷臂表示禮貌，帶著人就要走，我喝道：「站住！」

眾金兵臉色一變，又都回過身來，我說：「想來就來，想走就走啊？」

那金將哭喪著臉道：「那還要怎麼樣？」

我指了指滿地的大坑說：「看看，為了你們我這營地挖成什麼了，你讓我怎麼住？給我把坑都填上再走。」

那金將又甩甩胳膊道：「可是我幹不了活了。」

「你幹不了不是還有別人嗎？」我說：「你認便宜吧，你是沒碰上白起，我們沒打你沒罵你還想怎麼樣？」

那金將還想再說什麼，我變色道：「你們是想給我填坑呢，還是想讓我拿你們填坑？」

眾金兵聞言，不由分說趕緊幹活，挖出來的土就堆在旁邊的帳篷裡，少數的人就拿鐵鍬鏟，部分缺胳膊短腿的就用身體拱，總算把幾十個大坑填了個大致平，我揮手道：「都滾吧。」

幾千殘兵敗將拖著同伴的屍體，提著褲子像魂魄似的晃悠回金營了。

其實我說得沒錯，雖然來偷襲我們大本營的金兵損失慘重，可至少我們沒有動他們一根指頭，殺到唐軍大營和蒙古人地盤上的那兩隊就沒他們這麼幸運了。

攻打正西方的那支金兵被唐軍十萬人圍住，一愣神的工夫就被兩邊的斧頭幫和標槍黨丟了個傷亡過半。

領隊的頭頭倒是很有大將之風，在危急關頭還想著觀察一下局勢，看哪邊比較弱好突圍，可是他剛往西一跑，東邊就立刻露出破綻，他再指揮人往東打的時候，西邊又好像出現了混亂，就兩邊一倒騰的工夫，他帶來的人已經像花瓣似的被唐軍剝落了一層又一層，等他反應過來，手下已經就剩一千人馬了。

唐軍暫時停止攻擊，金兵領隊滿臉悲憤，把刀豎在鼻梁上，是當悲情英雄還是投降這兩個念頭在他腦海裡轉來轉去。

正在他舉棋不定的時候，秦瓊催馬出陣，失笑道：「投降吧兄弟，你一個侵略者還玩什麼英雄主義呀？」

那金軍領隊受了侮辱，把刀橫在脖子上想要自刎，手下一看也都紛紛效仿，那金將把刀橫了半天，最後長嘆一聲，扔了刀下馬投降了。

羅成啼笑皆非，鄙夷道：「你投降就投降，瞎比劃什麼呀？」

秦瓊來到一干降兵面前大聲道：「我們蕭元帥有好生之德，你們回去以後，讓那個完顏兀朮速速放了李師師和元帥夫人，不然我們八百萬聯軍朝發夕至，讓你們灰飛煙滅！」

一群金兵丟下馬匹兵器，唯唯諾諾倉皇出逃。

金兵五千人已經所剩無幾，在他們周圍，是滿坑滿谷的蒙古兵，剩下的這些金兵都是僥倖沒有對上對手的，活下來的金兵你看看我，我看看你，驚異非常，這是他們第一次在馬上吃這麼大的虧。

木華黎笑眯眯地把刀插好，在馬上抱著肩膀道：「放下武器，脫下盔甲，人可以走，馬得留下。」

被蒙古人嚇破苦膽的金兵一言不發地扔掉武器脫下盔甲，徒步跑出包圍圈，木華黎在他們身後叫道：「記住，不殺你們是為了得幾副完整的盔甲好給我們大汗做紀念，下次就沒這麼幸運了！」

這一戰直到凌晨四點多才徹底結束，以聯軍的完勝告終。

天大亮之後，金營還是一片平靜，但從營門守衛那看我們驚懼的眼神，可以看出我們想要的威懾作用已經起到了。可是早飯的時候，金兀朮不但沒有任何要講和的意思，還派出大量的士兵加固營防。

也不知道逃回去的金兵把我的意思帶到沒有，我的要求其實很簡單呀，只是兩個女人而已，其中一個還是個又醜又懷了孕的女人，另一個按劉邦的話說，也就「頗有幾分姿色」，值得讓上百萬人一起捲進去嗎？

吳用在帳篷裡踱來踱去，納悶道：「這個金兀朮難道真想跟我們決一死戰？」

我說：「這小子八成還有點下不來臺，轉不過彎，剛吃點虧就陪著笑臉來求和，那他以後還怎麼混？」

吳用忽然恍然道：「不錯！他這是在做表面文章，我們要防止他南竄！」

這時，忽有梁山探子大聲來報：「報各位頭領，我們南方突然出現大批朝廷軍隊，約有二十萬左右，請哥哥們下令我們該怎麼辦？」

盧俊義道：「朝廷軍？二十萬？他們是抗金來的還是剿匪來的？」

林沖百思不得其解道：「朝廷現在還能組織得來二十萬軍隊嗎？」

我說：「二十萬總不難吧？」

林沖呵呵一笑道：「打咱們梁山那陣子是有，可這短短幾個月裡都被金軍打散了。」

我也跟著納悶：「那這朝廷是……」隨即猛地一拍額頭，「不是朝廷！是宋軍——趙匡胤的人馬來了！」

為了驗證對方身分，我親自帶人去南面偵察，十里外，一面大旗高高飄揚，上有一斗大的「宋」字，二十萬人馬已經初步駐紮，並做好了抵擋敵人衝鋒的準備。

在西邊，唐軍也派出了一個萬人隊，時刻觀察著這群新軍的動向，畢竟是多國聯盟，在不知底細的情況下對任何人的到來都不能放鬆警惕。

宋軍見大量不明軍隊出現，更加戒備，不多時，一員副將在多名扈從的陪同下來在我們面前，那副將高聲叫道：「前方的將軍可是姓蕭嗎？」

我往前溜達了幾步道：「你們是誰的部隊？」

那副將看看我，若有所思，忽然從懷裡掏出一幅畫卷展開對了幾眼，抬頭跟我說：「你笑一笑。」

我愕然，便笑了一笑，那副將見「笑」大驚，急忙下馬單膝跪倒，抱拳道：「回安國公並大元帥，皇上命我率六十萬精兵日夜兼程前來助你破金，末將劉東洋隨時聽候調遣！」

一提安國公，那就是趙匡胤的人沒錯了，只是他手裡拿的那個卷軸讓我十分好奇，我伸手道：「你手裡是什麼，給我看看。」

劉東洋把畫卷雙手呈上，我展開一看，只見上面畫著一個粗線條的人臉，正在賊兮兮地奸笑，張順和阮家兄弟探過頭一看，都笑：「畫得真像，尤其是那個笑太傳神了。」

我鬱悶道：「這像我嗎？」

眾人都道：「不笑不像，一笑就活脫了！」

我把畫藏在身後，問劉東洋：「這誰畫的？」

劉東洋向上拱手道：「乃是陛下親筆所繪。」原來趙匡胤怕有人冒領，還畫了一幅我的肖像，想不到老趙還有這一手呢。

我擺手讓劉東洋站起，隨即問道：「你說你領了多少人來？」

「回大元帥，六十萬。」

我站在馬上伸著脖子看了看——其實我也看不出有多少人，但探子說是二十萬，那八成是錯不了的，我沉臉道：「我怎麼看著只有二十萬呢？」這小子吃了回扣了？

劉東洋佩服道：「元帥果然眼力過人——是這樣的，為了保證體力，末將讓四十萬重步兵隨後緩行，他們最遲在一兩日之內就到。」

我滿意道：「嗯，你做得不錯，現在正好南方空虛，你讓咱們的人往前推十里，和東西兩邊接壤，咱們把金兵圍起來。」

劉東洋乾脆道：「得令！」可是馬上又為難道：「元帥，不知友軍旗號如何辨認？」

我往東西各一指道：「替天行道和唐字號都是自己人，最北面穿得破破爛爛的也是，不過你們沒什麼機會能見到他們。」

這時唐軍也已得知是新盟友到了，緩緩回歸本營，我留下張順他們幫我接電話傳達口令，劉東洋謹慎地把我拉在一邊小聲道：「元帥，皇上在末將臨行前再三囑咐，軍令傳達一定要元帥和末將嘴對嘴地執行，以防有人矯擬將令啊。」

我不悅道：「你哪那麼多毛病，這沒人想奪他的兵權。」

劉東洋執拗道：「這是皇上的意思，請元帥不要為難末將。」

我左說右說就是不行，最後只得用一個折中的法子：每次發佈命令完，還要對一個只有他知我知的口令：上句他問「地振高崗，一派溪山千古秀」，下句我對「門朝大海，三河合水萬年流」，劉東洋默念了好幾遍，帶著人去前方紮營去了。

這樣，聯軍終於從三面兜著金軍完成了四面合圍，可是經過眾人合計之後，我們又不太樂觀了，現在，金軍主力八十萬基本未傷元氣，而我們兵力總和只有不到一百五十萬，兵法上講十則圍之，可聯軍連對方的兩倍都不到，雖然都是精銳，但金兀朮萬一真鐵下心從某一面突圍，那是萬萬擋不住的。

自然，他從任何一面突圍，其他三面會發動聯攻，這樣雙方難免拼個魚死網破，其實事情本不該搞到這麼僵的，就因為點小事，可是到了這一步，兩家都騎虎難下了。

半下午的時候，唐軍正後方風塵大動，大約二十萬以上的不明人馬氣勢洶洶地殺了過來，秦瓊急命羅成和單雄信各帶五萬人馬從兩邊挾制，雙方軍隊相距不足一箭之地，展開對峙。

據探馬來報，新來的這批人馬非常怪異，他們的騎兵都晃晃悠悠地騎在沒有馬鐙的馬上，手裡端著半人多長的弩；還有就是，這幫傢伙看上去土裡土氣，像剛從地裡刨出來的似的，但是非常兇悍，隨時有可能發動致命的攻擊。

我一聽就急了，拿起一個車上做裝飾的銅車馬問那個探子：「是不是全長這樣？」

探子道：「對對對，就是這樣的。」

我邊往外跑邊大聲道：「趕緊去告訴羅成他們，是自己人，都不要衝動！」

等我匆匆趕到現場，得了消息的唐軍正擺出防禦陣形，那邊是不計其數的喘氣版兵馬俑，一副得理不讓人的樣子，長戈林立，與地面呈銳角對準唐軍，更有一排排我看見就膽顫的秦弩已經上了簧，則都瞄著羅成。

統帶兵馬俑的是一個方頭方腦的將軍，此人把青銅劍拿在手裡，不停策馬在軍隊前面奔跑動員，一邊怒氣衝衝地喊道：「不管你們是誰，速速閃開道路讓我去見蕭校長，否則我大秦的雄師將踏著你們的屍體而過！」

羅成上輩子就是被亂七八糟的東西射死的，這次見自己又成了這麼多人的目標，渾身不自在，又驚又怒又是哭笑不得，說道：「你先告訴我，你找他幹什麼，我得由此來決定該不該讓我們大唐的雄師先踏過去！」

這兩個都是不懂得謙讓的主兒，越說越僵，眼看就要動手了。我趕緊大叫一聲：「王賁，住手。」

那方臉將軍正是被我和蒙毅包圍過的王賁，王賁一見我，大喜道：「蕭校長！」

我縮頭縮腦地迎上去，跟王賁說：「你讓兄弟們先把傢伙收了，看著肉疼。」

王賁一揮手，秦軍全體收弩，羅成這才擦汗道：「這是秦始皇的人吧——一千多年都過去了，脾氣還這麼大。」

我看看王賁，拍著他肩膀道：「你們怎麼來得這麼快，我給你估計的是六七天呢。」

王賁道：「我聽說蕭校長你被圍了，帶著人馬不停蹄地趕來。」

我一陣感動。說：「被圍的不是我，是包子和咱們陛下的乾妹妹。」

這就怪胖子沒把話說清楚，否則王賁也是一代名將，不可能毛躁到不問青紅皂白就要和羅成火拼，他以為我被圍在裡頭了。

想不到王賁聽說包子被圍，驚道：「大司馬她被人抓了？」

我點頭。

王賁回頭怒吼：「騎兵下馬，全軍休息進餐，我們將在黃昏的時候衝進敵營，救出大司馬。」

我和羅成急忙攔著，我說：「目前南面的力量比較薄弱，你帶人過去和他們合營，他們的統兵叫劉東洋，你過去跟他說『門朝大海，三河合水萬年流』就行了。」

至此，秦始皇的廿五萬秦軍到帳，南方軍團也由二十萬宋軍驟然增加到四十五萬宋秦混合軍，金兀朮待在大營裡毫無所動，但為了試探聯軍南方的實力，他還是派出了一支三千人的部隊前來挑戰。

不等劉東洋帶人迎戰，王賁一聲令下，秦軍萬弩齊發，把金兵全射在牆上了——秦軍是從來不講究單打獨鬥的。

從黃昏到傍晚，宋軍又趕到十萬人，聯軍總兵力已接近兩百萬，包圍圈也越來越厚，但眾將都認為還不到最後跟金兀朮攤牌的時候。

深夜時分，西南方再次湧現大批人馬，看其行軍風格應該是目空一切的楚軍——他們硬是不管三七二十一在唐軍和宋秦聯軍的空隙中插了進來，好在秦瓊等人已經有了一定的適應性，而王賁則認識這位新到的統軍將領：荊軻。

二傻以其一貫的執拗風格在聯軍中占好了位置，這才一個人跑來見我，我見他第一句話就抱怨道：「人家嬴哥的人都來了，你怎麼才到啊？」

二傻不好意思地說：「嘿，我把口令後一句給忘了，就記得五毛倆了。」

我納悶道：「那你最後怎麼進來的？」

二傻自豪地說：「我矇的，才矇到第十句頭上就對了。」

看來劉老六他們當初的設定還是始料未及了，他們單知道一般人想不到這麼變態的口令，可怎麼也沒想到有人派了個傻子來帶兵……

我問：「就你一個人來的？」

二傻道：「章邯也來了。」

我頓時頭大如斗，我想起來，項羽派給我的三十萬人馬裡有二十萬章邯的部隊，他們是秦國的降兵啊！

我忽然意識到一個問題：如果章邯帶的都是秦國的老兵，那麼嬴胖子的軍隊裡會不會有他們年輕的前身？這一老一小見了會怎麼樣？會不會像金二見到金一似的消失掉？

我忙說：「軻子，你趕緊領著你的人從西邊繞到北面蒙古大營去。」

二傻道：「為什麼呀？」

我敷衍他道：「北邊吃緊，需要你們。」

我可不想打著打著仗莫名其妙就少二十萬人！

安頓好楚軍，吳用興奮難抑道：「總算到了三分之二了，等朱元璋的人一來就萬事俱備。」

一人憤然道：「等他幹什麼，就咱們現在的實力，從四面把狗日的金兀朮這麼一夾，還怕他成不了王八餡兒的湯圓？」

正是秦舞陽。

我愕然地看看帳門，說：「剛才你不在啊？」

秦舞陽道：「我剛進來。」

……那麼他是剛好沒碰上荊軻，我們這個大本營裡從育才跟來不少閒雜人等。

這時一人誦聲佛號道：「阿彌陀佛，上天有好生之德，這事要和平解決，和尚願做回說客。」

我們一看是玄奘，都恭敬道：「陳老師不能以身犯險。」

玄奘笑道：「不礙的，我就不信那金兀朮還能把我個老和尚怎麼樣。」

我們又七嘴八舌地勸了半天，玄奘臉一沉道：「你們非要我說什麼我不入地獄誰入地獄之類的話才肯答應嗎？」

眾人：「……」

寶金和鄧元覺同時道：「我陪陳老師去！」

我連忙擺手道：「不行不行，要麼去一個，要麼去倆，你們風格不一樣啊。」

一人站起微笑道：「我看還是我陪陳老師去比較合適。」

我們一看這人均點頭——這是職業說客：毛遂。

毛遂來到我跟前笑道：「小強，這可能是我為你做的最後一件事了，本來我要早走幾個月，你去找我的話，我還能幫你說服幾個戰國的諸侯出兵幫你，可現在也就這點能力了。」

我緊緊拉著他的手再三囑咐道：「談得攏就談，談不攏可千萬別威脅人家……」

毛遂道：「放心，有陳老師在，我不會造次的。」

兩個人穿戴整齊，未攜一兵一卒，輕身前去金營談判。

我們站在遠處，眼睜睜地看著二人進了金營，一個多小時過去還不見出來，吳用不住張望道：「看來有戲？」

董平哼了一聲道：「也可能是徹底沒戲了……」

又過了半個多小時，只見毛遂和玄奘顛顛地在前面跑，後面跟著十幾個金兵用棍子追打，我們同時勃然大怒，等跑到近前，龐萬春和花榮一起放箭射傷幾個金兵，玄奘和毛遂才得以解脫，我怒道：「我這就叫李元霸去他們門口叫陣，非再砸飛他們幾個不可。」

玄奘攔住我道：「不要衝動，金兀朮也是被逼無奈才這樣做的。」

「什麼意思？」

玄奘把我們拉進帳裡，緩緩道：「我們一開始進去他們還挺客氣的，可怎奈就是說不對路。」

我問毛遂：「你又拿菸灰缸砸人頭啦？」

毛遂無辜道：「沒有啊。」

玄奘擺手道：「聽我說，那金兀朮說話的語氣裡已經有退兵之意，但他就是不相信咱們的目的那麼簡單，現在他一面騎虎難下，一面還得用兩個女孩子好使我們投鼠忌器，輕易放人那是萬萬不肯的。」

「那他們也不該打你們啊。」

玄奘道：「這是沒辦法的事，對我們太客氣了就會動搖軍心，好在那幾個兵丁也沒有真打我們。」他倒真能替別人著想。

我叫道：「那怎麼辦啊？」

吳用把我叫到一邊道：「看來咱們的威懾力還是不夠呀，你問問朱元璋的人什麼時候能到？」

我邊掏手機邊忿忿道：「是啊，這小子答應借我兵的時候就賊眉鼠眼的，別是騙我的吧——喂，朱哥，我說你的兵怎麼還沒到啊，人家秦朝那邊的人都來了，你可不能晃點我啊。」

朱元璋信誓旦旦道：「怎麼會呢，我第一批人都打發出去老半天了，你再等等吧。」

「你還分批呢？」

朱元璋道：「你以為將近一百萬人說湊就能湊齊啊？離著近的都已經給你送過去了。」

我嘿嘿笑道：「真要是那樣，就多謝你了，朱哥。」

朱元璋忽然神秘道：「最後一批人馬也快出發了，我送給你一個大驚喜，不是我吹牛，我這批人一到，你那所有人都得樂開花。」

我壓低聲音道：「你給我搞了一批營妓啊？」

朱元璋鄙夷道：「你怎麼那麼齷齪呢，反正你等著吧，絕對夠分量。」

我把電話一扔。秦舞陽道：「要不我再去一趟金營——小強你放心，這回我絕對不會掉鏈子！」

我失笑道：「這事用不著幹你們這行的，還有，沒掉鏈子那個也來了，你可不許抓著以前的事不放。」

秦舞陽愣道：「你說荊軻？」

隨著他話音，荊軻一撩帳篷真的進來了，秦舞陽希奇道：「荊軻，你沒死？」

二傻笑嘻嘻地說：「你不也沒死嗎？」

秦舞陽張手道：「不對，我死了一次了。」

二傻道：「我也是。」

秦舞陽聞言，上前一步親熱道：「原來你也……誒不對啊，那我怎麼沒在小強那見過你？」

我知道這事要讓二傻解釋會越說越亂，只好三言兩語把真相告訴了秦舞陽。

秦舞陽反應了幾秒鐘，勃然道：「姓荊的，你陰老子！」說著就要衝上去跟荊軻拼命。

一幫人忙攔腰的攔腰，抓手的抓手，秦舞陽在眾人的懷抱裡一衝一衝地怒吼：「姓荊的，我今天跟你沒完！」

眾人忙又勸，秦舞陽揮舞著手臂道：「哼，今天誰說也不行！」

混亂中，玄奘一把拽住秦舞陽的手，眼神灼灼道：「我就問你一句話，前兩次你是不是慫了？」

秦舞陽回想當初刺秦情景，訥訥道：「我……我是慫了，可是哪來的兩次啊？」

玄奘道：「你以為你就上回慫了？你去問問在場的列位，誰不明白怎麼回事，第一次你更慫！」

林沖小聲把秦舞陽和荊軻上上次正版刺秦的事情告訴了他，秦舞陽沮喪道：「你說真的？」

眾人都笑瞇瞇地看著他，秦舞陽知道無假，帶著哭音道：「我真的慫了兩次啊？」

我忙安慰他說：「我覺得你第二次已經明顯比第一次強多了，誰不是慢慢成熟的？我相信要有第三次，你絕對會是條硬漢！」

人們趕緊跟著說：「是啊，你第一次基本上就相當於路人甲，第二次已經好多了。」

秦舞陽：「我明白了……可是我是不是比他多死一次啊？」

二傻定定地看著他說：「現在六國的人都說咱倆是英雄，可我見不得光。我倒是很羨慕你，你要不高興，可以殺我一次，省得我難受。」

秦舞陽明白這裡面肯定是二傻出於內疚，幫他正名出了不少力，嘆道：「我自詡不怕死，可你是從沒把生死當回事，你姓荊的確實比我有種啊，我服了。」

玄奘這才放開秦舞陽，為眾人講解道：「你們看，有時候戳人的痛處才能讓他清醒，這是另一種當頭棒喝。」

毛遂擦汗道：「我的水準跟陳老師一比就比沒了。」

我笑道：「不一樣，你是專門挑起麻煩的，陳老師是化解矛盾的，術業有專攻嘛。」

這時探子慌慌張張跑進來報：「來了，來了……」

我問他：「誰來了？」

探子上氣不接下氣道：「不知道，從咱們後邊來了幾十萬人馬，服色不明，番號不認識……」

我起身道：「應該是朱元璋的人來了。」

為了以防萬一，吳用仍命人全軍警戒，我們來到梁山後方一看，只見黑夜中無數人馬在影影綽綽地向我們接近，看不出他們是想偷襲還是想幹什麼。

我回身跟一直充當文書的山濤說：「記下，聯軍沒有統一旗號這個問題，一定得優先解決。」

經過幾次試探性接觸，我們終於確認了對方的身分，確實是朱元璋的明軍，這次帶兵的是一個叫胡一二一的副官。

## 第七章

# 八國聯軍

「我們聯軍除大唐六十萬精兵以外，
還有秦始皇麾下廿五萬秦兵和項羽的三十萬楚軍，
至於蒙古人和明軍跟你一時也說不清，
你只要知道這些人都是從各朝代聚起來的就對了。」
宋徽宗算了算道：「這麼說你們是八國聯軍？」

這次明軍的先頭部隊有三十萬，跟梁山合營後，我們最薄弱的大本營終於得以鞏固，至此，秦、楚、唐宋元明、梁山、七個方面軍的編制終於到齊，四個方向平均兵力也均超過了五十萬。

第二天一早，我召開了第一次所有集團軍副司令級別的將領會議，與會者包括：隋唐十八條好漢、梁山和方臘軍部分高層將領、蒙古軍代表木華黎、宋軍代表劉東洋、明軍代表胡一二一、秦軍代表王賁及楚軍代表章邯和二傻，徐得龍和他的戰士們權且算南宋的官方代表吧，一些無黨派人士（即閒雜人等）參與了旁聽。

會上，王賁和章邯進行了簡單的交流，章邯和王賁的兒子是一起共過事，也就是王賁的晚輩，但他看上去比王賁還大了二十多歲，劉東洋、木華黎、胡一二一作為級別相同的與會者坐在了一起，看起來聊得還不錯。

我看著這些人忽然意識到一個問題：這些人本身或許談不上有仇，但他們所代表的國家卻有著非常微妙的聯繫，劉東洋和木華黎雖然差著不止一代，可蒙古人最終是抹滅了包括南宋的多國政權，而胡一二一也肯定帶著隊伍跟蒙古兵幹過仗，這可是相當複雜敏感的。

我清清嗓子說：「各位……那個，我不知道你們來前，你們的上頭是怎麼跟各位說的，但是咱們這些人聚在一起絕對是一種緣分，又是為了同一個目標，所以我希望你們之間不管是私人恩怨還是立場矛盾都能暫時放在一邊，要實在有想不開的，你們找陳老師做心理諮詢……」

這其中，梁山軍和秦楚聯軍跟我關係很鐵，算半個嫡系部隊，劉東洋和胡一二一等人也都笑道：「安國公（蕭太師）放心，臨行前陛下已經囑託過我們，嚴格聽從您的命令，您手往哪指我們就往哪打。」

聽他們這麼一說，我還真有點意外，按說趙匡胤和朱元璋不該是這麼厚道的人吶。吳用探過頭來小聲跟我說：「聯軍作戰不能同心，主要是諸侯害怕此消彼長，咱們這不存在這個問題。」

我恍然，打完這仗就各回各國了，朱元璋自然不怕宋朝人跨著代去打他，趙匡胤也不用擔心秦始皇的人跑到他地盤上去，這些傢伙出兵主要是為自己以後謀個強援，自然要先討好我幾分。

見最棘手的問題解決了，我馬上進入大會第二項議程，商量一個讓金兀朮妥協的辦法。我說：「目前咱們聯軍是兵強馬壯，可那個金兀朮就是死不悔改，談判已經失敗，大家商量一個萬全之策出來——不過儘量避免你死我活的火拼，雖然滅他是小菜一碟，可咱們也難免損傷，各位大概也不想把一把忠骨葬在異國他鄉吧。」

眾人你看看我我看看你，胡一二一向上拱手道：「太師……」

我擺手道：「你要覺得叫小強不順口，叫元帥什麼的也可以，別叫太師。」

胡一二一道：「是，元帥，我提議咱們再等幾天，大宋這位劉兄弟說他的人馬也沒到齊，我們大明也是這樣，而且我們皇上派出來的秘密武器也還在路上。」

我好奇道：「你們皇上到底弄過來的什麼秘密武器——我以太師的身分命令你不許說不知道。」

胡一二一苦臉道：「真不知道……我是臨行前才聽皇上說起，秘密武器好像還在製造中，這一兩天才能最後成功。」

大殺器？朱元璋除了會做烤鴨，難道還掌握了鈾元素的提煉技術？

這時木華黎站起道：「小強，繼續圍下去我沒意見，可是我們蒙古人已經沒有糧食了。」

我一拍腦袋，把這事給忘了，成吉思汗跟我當初說好的就是他們只帶三天的糧食，要想留下蒙古人也可以，必須得我自己解決糧草問題，熱情憨厚的蒙古人剛來的時候就把他們帶來的羊肉給唐軍和梁山軍打了牙祭了，這兩天吃的還是梁山的口糧。

秦瓊有點不好意思地說：「我們的麵餅可以分給蒙古朋友一半，不過也支應不了幾天了。」

我悄聲問吳用：「咱們梁山……」

吳用搖頭道：「只夠一百萬人半月之用。」這已經算多的了。

我大聲道：「各軍彙報糧草儲備情況。」

結果最多的是宋軍和秦軍，也只有一個月的預備，其他有半個月的，有十來天的，這確實不能怪人家，動輒幾十萬人，那物品消耗是驚人的。

這下好，沒商量出對付金兀朮的法子，我們自己一個致命的問題倒是浮出了水面——糧草怎麼辦？原來沒想到金兀朮能這麼頑固。還想著兩三天解決呢。

我看看吳用，吳用小聲道：「實在不行，看來就得裁軍了。」

這時一個人站起來大聲道：「強哥，我來想辦法吧。」

我一看是金少炎，這會見我要裁軍急了，我說：「你能有什麼辦法？」

金少炎道：「我就是傾家蕩產也要救出師師，你看咱們能不能用錢從別的地方買一批糧食？」我們都忘了這苦主還是個有錢人。

我撓頭道：「我知道你有錢，可是你總不能拿人民幣跟別人買糧食吧？」

金少炎道：「可以換成黃金。」

王賁在一邊嘀咕道：「就算有錢，從哪買那麼多糧食呢？」

二傻拿出一張也不知從誰手裡淘換來的人民幣在光下看著，喃喃道：「這錢多好啊，為什麼要換金子呀，又沉又髒——胖子還欠我三百塊錢呢。」

我和金少炎對視一眼，忽然都笑了起來，是呀，為什麼要換金子啊，人民幣在哪最值錢？而且也就廿一世紀的糧食最便宜，總聽說哪哪的糧食滯銷，農民愁得睡不著覺。

金少炎又犯愁道：「可是怎麼運呢？」

我看看王寅道：「你那拉人的平板車還在嗎？」

王寅這會也領悟了我們的意思，點頭道：「在是在，可是從咱們那往這拉，東西不怕化了呀？」

李元霸拄著大石錘悶聲悶氣道：「糧食還怕化？腦子有問題吧？」

我們看看李元霸的大石錘，又都笑了——我記得他來前是把這東西綁在車頂上的，當時我沒多想，可是後來也納悶，這玩意兒為何沒在時間軸裡化成一堆石粉呢？現在看來，兵道開通之後，物品也應該可以流通了。

我跟王寅說：「不管怎麼樣，你先拉一車試試吧，成不成也就看它了！」

金少炎抓出兩塊金磚給王寅，王寅不接，隨口道：「不就一車泡麵的事嗎，這個錢咱哥們還掏得起。」

王寅走後，尉遲恭道：「我看咱們還得想一個萬全之策，去那麼遠的地方拉供給未必就一定成功，而且這麼一車一車拉，畢竟是杯水車薪，最多解決一部分問題。」

「那照你看呢？」

尉遲恭微微一笑道：「我問你，我們這麼多人都是為誰打仗來的？」

我聽他口氣微妙，不大確定地說：「為了我唄。」

尉遲恭搖搖頭道：「不是。」

「……那是為了誰？」

「從情意上講，我們當然是為了你，可客觀上講，這一戰誰得益最大，那就是為了誰——誰得益最大呢？」

「……是啊，誰呢？」

尉遲恭提示道：「如果我被人家幾十萬大軍打得就要國破人亡了，可突然又冒出幾百萬人來頂住了這幫人，那麼你說是誰得益最大？」

我一拍頭道：「你是說宋徽宗那小子！」

尉遲恭笑道：「對嘍，咱們幾百萬人幫他把敵軍圍在家門口這麼長時間，難道不該找他要點好處嗎？」

我哈哈笑道：「說得對呀，咱們怎麼把正主給忘了，早該向他要糧食了！」說到這，我納悶道：「對了，這麼多天，怎麼不見姓趙的這小子有動靜呢？」

方臘笑道：「誰家的皇帝誰瞭解，趙畫家八成是嚇破膽了。」

我嘿嘿壞笑道：「這可是個宰大肥羊的好機會，誰去？」

我剛一說完，一個人縮頭縮腦地站起道：「我去吧。」

我們一看這人，異口同聲道：「你不能去！」

站起這位正是宋江，這個一心想招安的土匪頭兒，讓他去，別說能不能搞來油水，恐怕我們聯軍都得被他賣了。

宋江愕然道：「我為什麼不能去？」

我們都嘿然無語，一群人嘻嘻哈哈欲蓋彌彰道：「此去風險太大，哥哥不宜冒險。」

「那你們打算讓誰去呢？」

吳用托著下巴道：「這人需得熟知朝廷底細，還不能面慈心軟。」

符合他這個條件的，梁山上就有不少，像呼延灼、秦寧和張清他們以前就都是混在政府機關裡的，不過要說熟知朝廷底細，這些人好像又有點級別不夠。

我左看右看，來到帳角一個老頭身前，這老頭身穿一件小汗衫，手捧宜興紫砂壺，正在悠然自得地吸溜著茶水，像位帳房先生似的，見我過來，此人放下茶壺，抄起毛筆道：「元帥有什麼吩咐，我這都記著呢。」

這人姓王，以前是朝廷的太尉，前段日子被派來招安後被我們反招安了，現在扈三娘和王英麾下管點小帳目，這次梁山出兵，他也就順便當了隨軍文書。

我把他的毛筆拿開，拉他站起，上下打量了一番道：「嗯，已經像我們梁山的人了。」

王太尉嘿嘿一笑，我一拍他肩膀道：「給你一個榮歸故里揚眉吐氣的機會！」

王太尉茫然道：「幹啥呀？」

我說：「我想了想，這趟活還就你合適，高俅他們不是迫害過你嗎，你可以回去收拾他們了，順便訛你舊主子一把，讓他把糧草給咱們送來。」

王太尉苦臉道：「我去合適嗎？」

「再合適沒有了，怎麼說你也幹過朝廷的高層，我現在以聯軍總元帥的身分任命你為總督糧使，去跟宋徽宗『借』糧。」

王太尉道：「可我以什麼名義去呢？」

我想了想道：「就說車馬費吧，他這麼大的企業，請記者做個廣告還得給宣傳費呢，咱們八百萬聯軍替他抵抗了這麼多天『金』融風暴，他總得意思意思吧？至於能弄來多少糧草就看你本事了，趙畫家有多少家底，你心裡也大致有數兒吧？」

王太尉眼睛一亮道：「我倒是跟六部的人都打過交道，以朝廷的家底，三百萬人馬養個把月還是不成問題的。」

我擺手道：「對外你得說八百萬，好了，你這就動身吧。」

王太尉攤手道：「可我穿什麼去呢，以前的官服都燒了。」

我說：「就算在也不能穿了，你現在代表的可是我們聯軍，這樣吧——」我把頭上的帽子摘下來扣他腦袋上，「我這頭盔借你，你再隨便去唐軍或明軍裡找副鎧甲，反正朝廷那幫人也不認識。」

王太尉被我幾句說得死灰復燃，眼睛裡重新冒出那種老奸巨滑的賊光，拱手道：「一定不負大帥厚望——我這次去帶多少人呢？」

「隨便帶幾個意思意思就行了，帶的人多了，顯得咱聯軍心虛。」

王太尉道：「帶的人少了我心虛……」

我揮手道：「快去吧，你是歷史上第一個有八百萬軍隊做後盾的官方代表，要好好珍惜這個機會。」

打發走王太尉，糧草問題總算有了解決管道，宋朝的軍隊雖然不行，可是經濟絕對是當時世界首屈一指的，這些儲備軍糧與其被金兵搶去，還不如送給我們。

幾個小時後，王寅駕駛我那輛破車拖著兩輛平板車停在帥帳門口，我出去一看，見兩輛車滿滿的物資，問他：「東西沒飛呀？」

王寅從車窗裡把一條菸扔給我，李靜水跳上板車掀起帆布，一一翻檢道：「是泡麵和麵包，快到效期了，不過還能吃。」

我笑道：「就要這快到效期的，從育才往這來，絕對比剛出廠的還新鮮。」

王寅下車跟我說：「我已經把育才附近農民的平板車都借來了，又聯繫了好幾個嚴重滯銷的食品廠，只要錢一到位，滿滿的物資源源不斷啊！」

金少炎把一張銀行卡塞在王寅手裡道：「王哥，那就辛苦你了，這事完了，我在西湖邊上給你買套別墅。」

王寅撇嘴道：「你給我弄西湖邊上幹嘛？讓你嫂子知道，還以為我外邊有小三呢。」

金少炎不好意思道：「嘿，這是以前買下的不動產，王哥要嫌不方便，我給你換在育才邊上……這最近不是手頭緊嗎？」

我笑道：「你小子終於知道省著花錢了——誒，我說你來北宋身上揣張銀行卡幹什麼呀？」

金少炎撓頭笑道：「習慣了，沒張卡還真沒安全感。」

王寅道：「行了行了，把你的別墅賣了，給我們方家軍的人改善生活吧，也算我這個尚書為自家兄弟做點貢獻。」

我說：「不許拉黨結派啊，尤其是你身在這個敏感的職位上，讓人家知道多不好。」

金少炎風趣道：「不用給我省錢，咱就照著家破人亡花，泡麵和麵包以外，牛奶香腸什麼的儘管讓將士們吃。」隨著事情的明朗化，這小子心情也好了起來。

方鎮江從一邊溜達過來道：「那也花不了多少錢，三百萬人都給你養著，每人每天十塊錢才三千萬，你隨便請個得過金棕櫚獎的明星不得給這個數啊？」他走到王寅身邊道：「我跟你輪班開，有個第二駕駛，咱就相當於開飛機的了。」

金少炎突發奇想道：「對呀，我們為什麼不租他十幾架飛機空投物品呢？」

我失笑道：「別就知道搞你那大片模式，這地界會射箭的人太多了……」

不想金少炎雙拳一擊道：「強哥的話提醒我了，這麼大的場面早就該拍大片了——王哥，你這次回去幫我帶台攝影機過來，我要把咱們每天的生活都拍下來，也好給以後的大場景做個借鑒。」

我說：「還借鑒什麼呀，直接剪接到螢幕上用去唄，誰還能告你侵權怎麼的？」

金少炎惋惜道：「可惜前幾天的場景沒拍下來。」

這時佟媛玩弄著電話道：「手機拍下來的行嗎？」

金少炎探過頭去一看，只見佟媛手機裡拍了一段長達五分多鐘的金兵偷營視頻，雖然是遠景，而且清晰度也不敢恭維，可是那真正的千軍萬馬衝殺和陷落的情景卻絕對是任何大製作大導演也虛擬不出來的。

金少炎看了興奮道：「你這手機送我吧。」

佟媛靦腆道：「視頻可以傳給你，手機不能送你。」

金少炎看看佟媛的電話說：「我拿個鑽石版的跟你換。」

方鎮江道：「你怎這麼不懂浪漫呢，多少錢也不能換，那上面還有我和小媛的合影呢。」

我們一起恍然高叫：「哦——」

佟媛臉更紅了，眼睛一瞇，當著我的面劈了兩塊壓帳篷的泥磚，一甩秀髮走了。

方鎮江笑道：「據我所知，蒙古大營那邊秀秀也拍了不少照片，不過衝鋒的時候沒有，她暈血。」

金少炎搓手道：「以後公映的時候，我會在攝影師那一欄裡給你們掛名的。」

我嘆氣道：「可惜嬴哥沒在，要不然用ＭＰ４就能給你拍個滿地肅殺的意境。」

因為第一車物品純屬實驗性質，數量不足以分發，所以也就是發給了一些將領嘗嘗，他們拿著咬了一口的麵包都讚不絕口地說：「嗯，這饅頭真軟乎。」

經過一下午和一晚上的搬運，新到的食品在梁山基地堆積如山，王寅在車後面套了二十輛板車，這些東西也不重，只要一進時間軸完全就是滑行，至於物品來源，正如王寅所說，錢一到位，一個普通地級市的食品廠就能提供穩定的支援。

這段時間裡，宋軍的總兵力迅速增加到了四十萬，明軍也差不多，可是朱元璋的秘密武器還遲遲未見，金兀朮做何感想我們不得而知，但從死氣沉沉的氣氛上看，金兵肯定是士氣不高了。

一夜之後，王太尉忽然帶著人回來，問他出什麼事了，王太尉道：「你猜我在半道上碰上誰了？」

我問他：「誰呀？」

王太尉道：「宋徽宗，原來他早就從開封出發，準備來跟金兀朮談判了。」

我說：「那糧草的事你跟他怎麼說的？」

「他聽說太原府外忽然冒出八百萬軍隊，非要親自跟你談談不可。」

我笑道：「喲，這不是挺有種的嗎？」

吳用道：「如果不是我們橫插一槓，現在金兵已經攻陷了太原，宋徽宗是被迫來跟金兵談判的，按時間算差不多，只不過談判對象不一樣了。」

我說：「也就是說，年內北宋就該滅亡了？」

吳用點點頭。

我問王太尉：「趙畫家走哪了？」

王太尉道：「他已經繞道進了太原府，現在打不定主意是該請你去呢，還是他來我們營裡？」

我乾脆道：「我去！」

吳用道：「那你打算帶多少人呢？」

劉東洋忽然道：「帶我一個人去就行了。」

我瞄他一眼，質疑道：「你萬夫不擋？」

劉東洋把嘴伸在我耳邊悄聲道：「我主陛下臨來之前交給我一封密函，聲稱凡是趙氏子孫，見此函如見祖宗，絕無紕漏，我想那徽宗總不敢連祖宗都不認。」

我好奇道：「寫的什麼我先看看再說。」密函裡寫的要是「替我殺了此人」怎麼辦？

劉東洋堅決道：「陛下說了，此信若流於外姓人之手，不論是誰，一律滅口！」

我一哆嗦。

劉東洋寬慰我道：「安國公請放心，陛下早想到有這麼一天才精心準備的，末將說句斗膽的話，陛下就算有加害國公之心，他總不能棄我們六十萬宋軍於不顧吧？」

這話倒對，趙匡胤視兵如命，他可捨不得拿六十萬精兵給我陪葬。

我考慮再三，道：「那好吧，就咱倆去——那個軍師，等王寅他們再運回一批東西來，就開始給大家發吧。」

我和劉東洋兩人兩馬穿過聯軍陣地來到太原府城門下，經過這麼長時間的對峙，我們幾乎都忘了身後還有個北宋的太原府存在。

我抬頭往城上一看，見守軍個個畏畏縮縮面白如紙，顯然是被嚇得不輕。

我報了姓名，守軍急忙放下吊橋，同是宋軍，趙匡胤帶出來的人和太原府的守兵簡直是天壤之別，劉東洋看看紀律鬆散的北宋軍，心痛道：「想不到陛下一手創立的基業竟然淪落到這種地步。」

當下有一個軍官陪著小心引著我們去見宋徽宗，一路上百姓也躲在門口旮旯對我們指指點點，驚懼之情油然而現，我喃喃地跟劉東洋說：「看來還得印一批安民傳單來撫慰百姓。」

宋徽宗到來後，就暫住在太原太守的官邸裡，我們一路趕來，只見府門口已經有身穿大紅禮服的太監列成兩排恭迎，又有一個太監站在臺階上，見我們到了，尖聲道：「吾皇陛下有請蕭將軍入府面聖。」

我滿意地點點頭，剛要往裡走，劉東洋忽然拉了我一下，他面沉似水，忽然從懷裡掏出一個小紙卷，珍而重之地平舉齊眉，威嚴道：「皇上口諭，見此函如見朕面，速叫趙佶掃階迎駕！」

一群太監禁軍均自愕然，我擦著汗小聲說：「是不是有點太超過啦？」

理論上講，人家宋徽宗畢竟是皇帝，勢力歸勢力，級別是級別，我要光從安國公上論還得給他磕頭呢，很簡單，不管你三朝老臣還是十幾朝老臣，你終究是臣。

劉東洋見無人回應，又大聲喊了一遍，那個太監急忙跑進去了，幸虧太原府外還停著我們號稱的八百萬大軍，要是平時，我們早就被亂刀分屍了。

我瞪了劉東洋一眼，悄聲道：「人家要是不出來接，你怎麼辦？」

劉東洋聽我這麼問，從牙縫裡回答說：「我也不知道。」……

太監跑進去不一會兒又滿臉尷尬地走了出來，支支吾吾道：「皇上禮賢下士，親自來請二位了。」

在他身後，一個惆悵的中年人唉聲嘆氣地跟出來，看了我們一眼，側身站著往大廳一擺胳膊道：「兩位請。」

這在他的皇帝生涯裡應該是史無前例的，我生怕劉東洋得寸進尺，趕緊拉著他隨著宋徽宗進了太守府處理公務的正廳。

進了廳，宋徽宗揮手讓侍從都退下，一些做給別人看的繁文縟節也就此都免了，劉東洋大剌剌地往椅子裡一坐，一言不發，我趁這個機會好好打量了一下宋徽宗，發現這老小子還挺帥的，面皮白淨唇邊微鬚，戴了一頂皇帝日常起居戴的軟帽，氣質優雅中又帶了三分憂鬱。

他見劉東洋不太友好，便朝我微笑了一下，擺手讓我坐下，問道：「這位便是蕭將軍嗎？」

我撓頭道：「嘿嘿，好說，好說。」

不知道為什麼對這個可憐蟲我有點橫不起來，我們之間本來沒有任何矛盾，我還是來訛人家的，雖然口口聲聲說是為了他好，可這件事上，宋徽宗已經得不到任何好處了，李師師救出來基本也沒他什麼事了，按人界軸他還必須得退位……

宋徽宗道：「蕭將軍，朕聞你攜虎狼之師號稱八百萬，把金國四王子完顏兀朮圍困在太原府外已達數日，卻不知將軍意欲何為，是要幫我大宋復興河山？還是有虎視中原，一舉掃平我宋金，好自立為王？」

這是問我是想幫他還是想黑吃黑，不等我回答，宋徽宗忽然表情古怪道：「據朕所知，將軍乃是水泊梁山上排名第一百零九位的義士，梁山之名朕早有耳聞，可是朕費盡猜疑總也想不通，你們是怎麼嘯聚起百萬之眾的——將軍號稱八百萬雖然未免誇張，但據探馬回報，三百萬恐怕還是有的。」看來他手底下也不全是吃乾飯的。

宋徽宗眉頭緊皺，緩緩道：「最讓朕好奇的是，我大宋各地的子民雖有遷徙移居，可總人數並沒有少啊，那麼將軍的人馬從何而來？坦言說吧，這件事之匪夷所思，比先前的金兵八十萬北下中原更讓朕寢食難安。」

我輕輕地拍著腿道：「怎麼跟你說呢，反正這事最後也不能瞞你，就全實說了吧，這三百萬人只有廿五萬是你們本地的，在你們趙家人當皇帝以前，你總該知道這江山還有別的皇帝吧？」

宋徽宗向上拱手道：「我太祖皇帝為解民之倒懸，陳橋驛勉為其難黃袍加身，乃是得於後周柴氏的天下——可這兩者有關係嗎？」

我撇嘴道：「再往前呢？說大國！」

宋徽宗道：「那便是李淵和李世民父子建立的唐了。」

我點頭道：「嗯，跟這個就有關係了，再往前我怕你說得累，直接告訴你吧，我們聯軍除大唐六十萬精兵以外，還有秦始皇麾下廿五萬秦兵和項羽的三十萬楚軍，至於蒙古人和明軍跟你一時也說不清，你只要知道我們這些人都是從各朝代聚起來的就對了。」

宋徽宗算了算道：「這麼說你們是八國聯軍？」他把方臘和梁山算成兩股勢力了。

我跳腳道：「能不能給起個好點的名字，叫多國部隊不好嗎？」

宋徽宗呆呆無語，良久才喃喃道：「這怎麼可能……」

劉東洋一拍桌子站起身來，怒道：「怎麼不可能，你到底是幹什麼吃的，還得你老祖宗替你分憂解難，你這個不肖的昏君！」

宋徽宗訥訥道：「這位是……」

我說：「這位就是你祖宗趙匡胤手下的將軍，我們聯軍裡有六十萬人就是他老人家派來的。」

宋徽宗愣怔半晌，忽然變色道：「爾等竟敢胡言亂語辱我祖上！」這種事畢竟不是馬上就能接受的，所以我們一提趙匡胤，宋徽宗是蔫兔子發威，也火了。

劉東洋把一直托在手裡的紙卷往前一遞道：「你自己看吧！」

宋徽宗猶豫了一下，這才一把抓過，撕毀封漆展開紙條一看，頓時臉色大變，一雙手也哆嗦起來，看到最後，整個人就像打擺子一樣劇顫不已，像神經病似的不停嘀咕著：「這可如何是好，真真羞煞我也……」

我忍不住探過身去，想看看上面寫什麼，宋徽宗觸電似的把紙條合上，對我怒目而視，我沒事人一樣溜達在一邊，說：「你信了？」偷偷使個讀心術，卻什麼也沒讀出來。

宋徽宗面如死灰，長嘆道：「我真的是個不肖子孫！」

我說：「信了就好，那咱們說正事吧。」

宋徽宗控制了一下情緒，對我深施一禮道：「蕭將軍助我抗金，乃是我大宋的恩人，還請受趙佶一拜。」

我遠遠跳開道：「別亂搭關係，誰想幫你啊？要不是因為我老婆小孩折裡頭，就算你祖宗跟我是哥們我也不樂意來。」先占他一個便宜。

宋徽宗眉開眼笑道：「原來蕭夫人也不幸被那完顏兀朮擄去了。」

我瞪眼道：「我老婆被抓你高興什麼呢？」

宋徽宗忙調整出一副惋惜的模樣道：「不敢不敢，既然這樣，蕭將軍就不必客氣，佶願以傾國之力相助將軍破金，迎回夫人。」

我微笑道：「嗯，找你就是這事，我那三百萬人等著吃飯呢，你把糧草備足。」

宋徽宗信誓旦旦道：「區區小事，自當忝任。」

我問：「能搞多少？」

宋徽宗微一思量便說：「太久了不敢說，一季之份不在話下。」

那就是三個月，這大概是他能承受的極限，總算把實話套出來了。

我嘿嘿一笑道：「那就這麼說定了，不過你心裡在想什麼我也知道，除了我老婆，那個金兀朮還抓了一個叫李師師的小妞，你是惦記著救她吧？」

宋徽宗一愣，隨即尷尬道：「呵呵呵，蕭將軍都知道了？」

我把臉一沉道：「那我就把醜話說在前面，這個小妞你甭算計了。」

「這是為何，難道將軍對她……」

我連忙擺手：「不是我啊，你別亂說，讓我老婆聽見那還了得？」

宋徽宗鬆了口氣道：「那就好。」

「雖然不是我，卻是我一個兄弟，你也別心理不平衡，那小子長得比你帥，以前是不如你有錢，不過你這也快破產了，那就又不能比了，最重要的是師師和他已經在一起了，你總不願意皇冠上綠油油吧？」

宋徽宗體會到我說的意思後，先是沉默了半天，然後長長地嘆了一口氣道：「既是如此也就罷了，將軍破金之後就隨他們去吧，我身為皇帝，總算能為天下蒼生謀福，使百姓免於塗炭。」

我心也一涼，他嘴上說得好聽，什麼為蒼生謀福，其實還是更注重他的皇位不失，李師師不過是他身邊眾多女人中的一個，看來他對她的情意也就那麼回事，雖然這樣皆大歡喜，可我還是替李師師不值。

我冷言道：「還有一件事也得跟你說在前頭，我們可不是來破金的，人一救出來我們就走。」

「那……」

「也就是說，你的皇帝位子得讓出來，你還得跟金兀朮去一趟五國城，對了，還有你兒子。」

宋徽宗臉色越來越難看，最後一甩袖子道：「一派胡言，要是這樣，我為什麼還要幫你？」

我針鋒相對道：「因為我們八百萬雄師就駐紮在太原府外，想奪你的江山也是易如反掌！」

宋徽宗道：「你就不怕我跟完顏兀朮聯合起來對付你們嗎？」

劉東洋喝道：「你敢！」

我微微一笑，制止住劉東洋道：「說實話我還真不怕，不說我們三百萬人馬對付你們綽綽有餘，我既然能從秦楚大唐借兵，也能從三國兩晉南北朝借，在你之後，還有元明清，到時候可就不是號稱的八百萬了！」

宋徽宗怒道：「我真沒想到這世上還有你這麼卑鄙的人！」

我樂道：「那是你缺乏一雙善於發現的眼睛，你身邊這樣的人可不少。」

宋徽宗滿臉沮喪，訥訥道：「那你說我到底能得到什麼好處？」

我說：「你雖然當不成皇帝了，可是我能保證你的子民不受塗炭，這樣你的罪過也輕一點，你祖宗不至於一見你就抽你！還有，按以前的發展，你和你兒子被抓到五國城以後還得了兩個封號，一個昏德公，一個昏德侯，過的日子比戰俘還不如，你如果跟我合作，我可以替你倆申請政治庇護，送你們到山清水秀的地方去，據我所知，你的畫在後世很值錢，不難再過上混吃等死的日子。」

宋徽宗難過道：「我的大宋江山就真的沒希望了？」

我安慰他道：「想開點吧，當年你祖宗搶人家江山的時候，姓柴的那家跟誰哭去？反正再過多少年以後都是一家人，老百姓不受苦是最重要的。」

宋徽宗泫然欲泣道：「好吧，糧草我晚上就給你送過去，你可千萬別不管我呀！」

我拍拍他肩膀道：「老趙，你也就是生不逢時啊，要是生在好年代，有的是漂亮小妞給你當模特兒，每天換著畫！」

事情談妥，我和劉東洋起身往外走，我一個勁看著被宋徽宗緊緊攥著的紙條，實在忍不住了，道：「那上面到底寫的什麼，我能看看嗎？」

換誰也得好奇啊，區區一張紙條就能讓人輕信原本一天一夜都未必能說清的事，這得是什麼級別的秘密？難道是家族病史？

宋徽宗見我目光灼灼，怕直接拒絕得罪了我，他把紙條捏在手裡掐去最上面一條，把剩下的都給了我，我一看上面的字雖然半認識不認識，可根本沒有什麼驚天秘密，前半段是趙匡胤跟宋徽宗聊的一些家常話，中間話鋒一轉，措辭嚴厲地痛罵宋徽宗不肖，最後卻又以長輩的口氣殷殷勉勵他不要自暴自棄，不管身在何位都要做個對社會有用的人云云。

最關鍵的地方看來就是被宋徽宗掐去的那一段，那麼小一點地方能寫什麼呢？

帶著滿腔的疑問，我們離開了太原城回到聯軍大本營。

是晚，一車車的糧草從太原城裡源源運進聯軍大營，北宋的軍隊已經被打垮，他們原計劃在此與金兵鏖戰，所以囤積很厚，同時，王寅和方鎮江的運輸工作也很順利，聯軍物資空前豐富。

晚上十點半，我們開始統一分發物品，不論各軍手裡還有沒餘糧，一律按人頭均攤，聯軍士兵除了得到兩天的口糧以外，還每人領到五碗泡麵，兩袋麵包，兩聽罐頭，除此之外，還有牛奶和礦泉水——這些瓶子都被他們妥善地保存起來，以便日後行軍再次使用。

第二天我一睜眼就聽見了嘹亮的軍歌，聯軍的戰士們有了糧草，喝了牛奶，一個個精神百倍，在各國將領的帶領下分別展開了獨具特色的晨練。

這段時間，宋軍和明軍的人馬仍舊斷斷續續地前來報到，左一撇右一捺地把包圍圈包得更加嚴實。

看著生龍活虎的聯軍基地，我忽發奇想，為什麼我們不搞一次軍事演習呢？反正閒著也是閒著，再這麼無所事事地晃幾天，這幫人只怕都快忘了自己是為什麼來的了。

當下我立刻召開將領會議，把提議一說，眾人面面相覷，誰也不說話，我看有些冷場，訕訕道：「大家有意見嗎？」

秦瓊道：「軍事和演習我們都懂，可是連在一起是什麼意思，我們還不太明白。」

我恍然，原來這幫人都不知道什麼是軍事演習。我想了想，說：「軍事演習就是把訓練場搬到敵人家門口去，讓他們看看我們的實力，這麼做可以有效地打擊對方的十氣，甚至可以起到兵不血刃的效果。」

宇文成都道：「就是嚇唬人唄，能唬住最好，唬不住再說。」

我手托下巴道：「你總結得很好！」

秦瓊跟吳用還有王賁他們相互看看，都說：「我們看能成。」

接下來就是確定出場次序，為了公平起見，我決定以年代排先後，嬴胖子的秦軍排在最前，接下來是楚軍、唐軍、宋軍……

我找到王寅說：「咱們的演習還得好好準備準備，你去買一批無線電裝備，還有大喇叭什麼的。」

劉東洋道：「報安國公，我覺得我們應該把旗號也暫時統一一下，最近咱們聯軍很多自己人大批過境時發生了不少誤會，如果金兵利用這個空檔偷襲，很可能讓他們得逞。」

我拍頭道：「對對，這個問題早該解決了。」我面向眾人道：「你們看誰家的旗號比較好認一些？」

大家又互相看看，都不說話了。要說好認，當然是自家的旗號最好認，但多國部隊統一行動，你總不好意思讓別人都換上你家的旗號吧？再說人家又未必就同意，這可不是小事情。

我忽然靈機一動道：「這樣吧，你把咱育才的校旗複製一百面拿來。」

王寅撓頭道：「這合適嗎？」

我偷偷打量了一下眾人的表情，見他們沒什麼反應，就跟王寅說：「合適，就這麼辦吧。」

經過一中午的籌備，東西都拉全了，我們從每國挑選了一部分人，打算搞個閱兵加演習，地點就在金軍大營門口，代表聯軍標誌的三角旗幟已經分發下去，我特地把梁山上我那根最高的旗桿扛來，立在金營門外不到一里處，電線連著蓄電池，上面架起了大喇叭。

下午兩點半鐘，一切工作就緒，我和幾個集團軍副司令坐在臨時搭建的主席臺上，桌上鋪了紅桌布，我們人手一瓶礦泉水，大會主持由秀秀和毛遂連任。

秀秀見一切妥當，把麥克風端到我面前，我清清嗓子，把嘴探在麥克風上吹了口氣，整個方圓十里以內頓時傳出一陣令人手腳抽筋的雜音：「吱——」

秀秀急忙喊花榮：「電量關小！」

我又試了幾下，滿意地點點頭，這才說：「今天，是個特別的日子，我們多國部隊在這裡進行一次意義長遠的軍事演習，這次演習旨在提高我們聯軍的聯合作戰反恐能力，多兵種配合，快速反應以及現代化……」

吳用跟我耳語道：「少說幾句吧，再扯出人質營救什麼的，咱們下一步就被動了。」

我省悟，忙說：「……下面，演習開始！」

在慷慨激昂的樂曲聲中，秀秀接過麥克風，以飽滿的熱情解說道：「首先進入我們眼簾的是秦朝的遊騎兵，他們鬥志昂揚精神振奮，是最早一批優秀軍人的典範……」

隨著秀秀的解說，五千名秦朝戰士騎在沒有馬鐙的馬上，配合著秀秀的介紹，秦軍先集體向主席臺敬禮，然後整齊劃一地向立在三百米以外的無數稻草人斜舉硬弩，緊接著「嗡——」的一聲，弩箭畫著銳利的拋物線密集地射在稻草人身上，幾千具稻草人身上插滿了箭矢，讓人觀之不寒而慄，秦軍緩緩退場。

秦軍退場，毛遂接過麥克風，用渾厚的男音道：「緊跟在秦朝勇士身後的是五千名百戰百勝的楚軍士兵，他們曾破釜沉舟以一敵百，創造了歷史上最為耀眼的戰績，他們註定永遠名垂史冊！」

五千名楚軍向主席臺敬禮，高呼「雄楚必勝」，退場。

秀秀適時地接過麥克風，盔甲鮮豔、武器繁多的唐朝混合軍團從我們面前經過。

秀秀被唐軍的歡快氣氛所感動，也用輕鬆的口氣說：「現在頻頻向主席臺招手的是唐朝的將士們，唐朝，是著名的文化、軍事、經濟強國，一度引領世界潮流……」

唐軍過完是兩萬人的宋軍步兵方陣，毛遂用興奮的聲音道：

「下面我們看到的，是算半個東道主的宋軍將士，他們邁著整齊的步伐，雄赳赳氣昂昂經過主席臺前，宋朝是我國歷史上經濟發展的一個里程碑，守衛著她的，是百萬敢打硬仗、能打硬仗的鐵血男兒，在他們入伍的第一天，他們就曾以鮮血起誓：要讓一切敢於挑戰祖國尊嚴的敵對勢力灰飛煙滅！」

兩萬宋軍齊聲喝道：「我皇英武！」

躲在掩體下的金兵譁然，秦楚那幾國的軍隊他們摸不著底細倒也罷了，可宋軍是被他們一路打下來的，從軍容士氣上看，面前的這支隊伍絕非善類，不像是自己的老對手，可從編制和服裝上看又差不多，一時好奇中帶了三分惴惴之意。

為了使宋軍看上去氣勢恢弘，所以我們安排了兩萬的名額，在他們後面，就到破破爛爛的蒙古人了，和宋軍相反，他們只派了一千人做代表。

蒙古人大部分反正不知道我們在說什麼，於是也不管，一個個談笑風生地經過主席臺。

秀秀款款道：「撲面翱翔而來的是草原上的雄鷹，我們的蒙古勇士，海一樣的草原給了他們海一樣的胸懷和豪情……」

這時哈斯兒見快走過主席臺了，忽然拉出彎刀立馬站好，蒙古人立刻停止說笑，都拔刀在手，眼睛集中看著哈斯兒，哈斯兒向剛才被秦軍射過的稻草人群一揮，一千蒙古騎兵以閃電般速度刺了過去，他們揮舞著彎刀，毫不減速地掠過草人群，快馬過後，稻草人無一例外的身首異處。

排在蒙古軍後面的是明軍，可是不知道為什麼，明軍的出場卻很低調，在毛遂的解說中有點沉默和匆忙地經過了我們面前。

按照慣例，東道主梁山隊是壓軸出場，土匪們沒有帶人，光是自己和方臘的八大天王鬆散地溜達上來，向觀眾招手致意。走到中間居然朝金營裡的人豎起中指。金兵見這群人手勢曖昧神色得意，也不知是什麼意思，有的出於禮貌，也有的不想吃虧，紛紛豎起中指回敬。

這次閱兵並沒有起到很好的效果，除了我們用的喇叭多少給金軍一些震撼以外，金兀朮依舊沒有動靜，可能我們一開始的方針就不太對，這種炫耀武力的方式對他現在這種死豬不怕開水燙的人威懾有限。

鑒於這種情況，我們決定改變政策——很簡單，那就是繼續圍而不打，我就不信他的八十萬人也能從廿一世紀的食品廠解決供給問題。

晚上幾個將領找到了我，提議我們搞一次對抗性的軍事演習，秦瓊道：「我覺得軍事演習是個很不錯的主意，特別是中原兵，最少的就是實戰經驗，打起仗來自然不如每天行獵的外族兵。」

尉遲敬德道：「尤其是現在咱們各國兵種齊全，搞一次聯合演習可以總結出很多實戰經驗，對以後配合作戰很有意義，也算大家不白來一趟。」

我點頭道：「可以，不過要注意尺度，還有陣亡的判斷標準，可不要真玩出人命來。」

王賁道：「放心，我們在演習過程中仍然會打聯軍旗號，對抗只不過是象徵性的。」

我說：「那就好。」

吳用在一邊道：「我也提個建議，各位雖然現在都會熟練使用電話了，不過演習的時候就不要用了，畢竟以後的日子還要照常過，太依賴科技產品反倒不是好事。」

眾人想了想，都點頭。

為了給戰士們以切身的體會，他們雖然被告知這是一次演習，但演習的具體時間並沒有通知，這是一次以鍛煉隊伍應急素質和觀察新人表面為主要目的的演習。

頭頭們一商量，決定在凌晨兩點半鐘由梁山、蒙古人、楚軍和明軍組成的紅方，對唐、宋、秦聯軍代表的藍方發動突然襲擊，雙方均不設總司令，而是由多方首腦協商調度和臨時發佈軍令，這樣難度要大很多，也對以後的行動有著切實的意義。

兩點半一到，蒙古騎兵慢慢接近藍軍營地，在被哨兵發現後，這才喊殺著進行極速衝鋒，那幾家的聯軍雖然知道這是在演習，可是具體時間是真的不知道，所以著實慌亂了一陣，不過秦瓊和王賁等人都是帶兵的老手，不多時就穩住了陣腳，唐軍在「損失」了三千人的情況下終於結起盾牌大陣，由秦弩一頓狂射，蒙古人紛紛落馬。

在盾牌後面，是嚴陣以待的宋軍重步兵陣，胡一二一急忙跟木華黎協商，讓蒙古軍退了下來，換以等量的明軍重步兵，王賁大公無私的把一半軍力分給秦瓊指揮，幾萬秦軍在宋軍後方進行掩射，大批大批的明軍被判定陣亡，躲在一邊休息去了……

與此同時，熟悉地形的梁山軍和善於迂迴奔襲的楚軍已經偷偷摸到了擔任主力的唐軍兩邊，喊殺聲一起，蒙古人再次上馬，對藍軍完成了一次合圍。

秦瓊見狀急命唐軍收縮，劉東洋不但不以唐軍的退縮為憂，反而默契地把宋軍主力都頂了上去，等紅方人馬損失慘重地突破了宋軍防線，唐軍的一字長蛇陣已經完成，秦瓊感激地拍了拍已經「陣亡」的劉東洋肩膀道：「劉兄弟，我一定會給你報仇的！」

進入了一字長蛇陣的紅方軍終於迷惑了，他們完全搞不清對方到底有多少人，就見眼前的敵人一觸即走，瞻之在前忽焉在後的，他們這才發現自己費盡千辛萬苦，只不過是闖進了人家的包圍圈裡。

就在這萬分危急的時刻，一員黑甲將軍從容地指揮著梁山和方臘軍裡的頭領，對長蛇陣裡的陣膽進行一一擊破，此人正是熟知唐軍內情的尉遲恭，這也是我們送給秦瓊的一個小責難，指揮中心很想知道他將怎樣完成這樣一個艱難的命題：當在戰爭中遇到身邊的高級將領叛變該怎麼應付？

一時間十八條和一百零八條好漢以及八大天王展開了大混戰，我們還刻意把武松、方鎮江、寶金、鄧元覺這樣版本的將領分在不同陣營，所以一看之下，有很多長成一模一樣的人在打架……

# 第八章

# 最後一根稻草

秦始皇到來以後，金兀朮終於沉不住氣了，
我不知道他的心態發生了怎樣的變化，
從前幾十萬的軍隊他都沒放在眼裡，如今兩萬人就把他觸動了，
這可能就是那根所謂的壓死駱駝的最後一根稻草——
尤其是胖子這根稻草很是不輕啊。

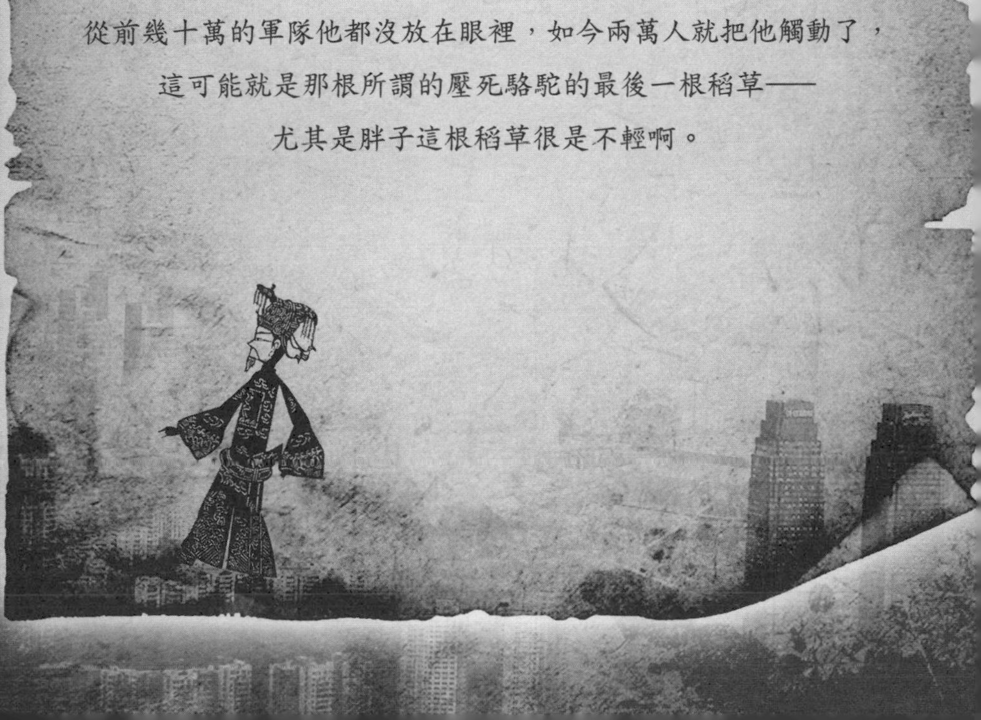

我坐在帳篷裡，不斷聽有人回報演習情況，說實話，要不是事先知道這是一次演習，任誰聽見這殺聲和火光都要心驚肉跳的。

演習正在如火如荼地進行著，擺在桌上的一排電話中有一支忽然邊響邊震起來，我抓起一看，見是負責在最前方放哨的時遷，我接起來叫道：「不是說了今天晚上一切按原始的來，不許用電話！」

時遷叫道：「不用不行了，金兵從營裡衝出來了！」

我有點意外道：「他們衝出來幹什麼，有多少人？」

時遷道：「就朝著我們演習的地方，大概在五萬人馬以上！」

我吃驚道：「這是要幹什麼？」

吳用在一旁提醒道：「金兵八成以為咱們內訌了，要趁這個機會把聯軍一舉擊潰！」

「什麼！」我叫了一聲，剛想問時遷前方負責警戒的兵力頂不頂得住，吳用眼睛一亮道：「咦，這也不失是個好機會——讓前邊的部隊撤下來，放金兵進入咱們的演習場。」

我想了一下道：「這樣行嗎？如果不防禦，金兵從他們大本營到達演習場只需要五分鐘的馬程。」

吳用手摸著桌上一排電話微笑道：「五分鐘已經足夠了。」

我頓時恍然，如果靠傳令兵傳達命令，五分鐘很可能什麼也做不了，但是用電話的話，五分鐘好像確實很充裕。

我馬上拿起電話緊急通知這次演習的將領：「本次演習結束，從現在起立刻進入實戰準備！」

吳用在一邊道：「讓大家不要停止喊殺，全體更換旗幟。」

吳用的判斷沒錯，我們的演習歪打正著，金兀朮雖然不清楚聯軍各部底細，但他知道這些人馬並不是一國的，所以他見我們這裡又是喊又是燒的，真以為敵軍內訌，任何一個統帥都不可能放過這樣的機會——他之所以這麼長時間以來不動聲色，就是在等待這樣的機會，但謹慎之餘，他還是只派了五萬人來試探我們。

金兵從營地出發，所遇敵人全部不戰而退，這在平時或許值得警惕和防備，但在此刻卻絕對是一個印證元帥判斷正確的好兆頭，帶兵的副帥粘罕一馬當先，不住地催部下加速前進。

利用這段時間，全體聯軍已經做好了迎敵準備，參加演習的部隊全部撤下本國旗幟，只留聯軍標誌。為了很好地貫徹吳用的提議，戰士們並沒有停止叫喊，二傻還把吃麵包用的果醬塗遍全身，戰士們也紛紛效仿，更有不少人躺在地上，把刀劍夾在胳肢窩裡裝死，明明沒一個人受傷，但放眼看去，那折戟沉沙的場面太催人淚下了。

粘罕跑到距演習場不足二十米的地方，只抬頭一看便大喜若狂，只見面前身著各色服裝的士兵喊殺不止，不少人鮮血淋漓，戰場上已經是一片狼籍，粗一判斷便知這裡已經肉搏了一個時辰以上，粘罕興奮地一聲大喝，馬鞭一舉，五萬金兵以潮水之勢湧了上來……

在指揮部，我盤腿坐在一大桌電話前頭忙得不亦樂乎，拿起這個放下那個，兩眼通紅聲嘶力竭地喊：「什麼，二號高地已經拿下？很好，我會給你記功的！」「我明白了，敵人已經被包圍，原三號地區需要秦弩大面積轟炸。」……

整場戰役中，金兵莫名其妙的一敗塗地，當他們看到那些已經「頭破血流」的聯軍戰士仍然在矯健地戰鬥，地上被長劍洞穿的某個「屍體」突然蹦起來突施暗算後，再愚蠢的人也該明白這是怎麼回事了。

我看差不多了，抓過麥克風，通過大喇叭向被包圍的金兵喊話：「各位女真兄弟們，你們已經被包圍了，放下武器雙手抱頭投降吧，我們一向的政策是優待俘虜……」

金兵當下趕緊扔掉武器雙手抱頭，我騎馬來到前沿陣地，見粘罕已經被五花大綁，我拿了個喇叭衝金兵喊話：「你們這裡誰的軍銜最高？」

金兵蹲在地上你看我我看你，一個人愁眉苦臉地站起來道：「你吩咐吧，這次該怎麼著？」

我說：「不怎麼著，還放你們回去，跟你們元帥說，趕緊把我要的人送回來，你們的副帥就留下，我招待幾天。」

那頭領點點頭。我揮手道：「馬和武器留下，把你們的人不管死的活的都帶走。」

金兵們一個個唉聲嘆氣，攙死扶傷地往回走。這次金兵帶來的五萬匹馬和無數兵器被聯軍平均分配掉了，看著歡呼鼓舞領取戰利品的聯軍戰士，我踢了一腳地上的粘罕：「你們到底是打仗來的，還是扶貧來的？」

粘罕瞪我一眼，哼了一聲不說話。

我蹲下身子笑瞇瞇地說：「你說我是該老虎凳辣椒水給你招呼呢？還是該像個儒將一樣禮敬自己的敵人？」

方臘的侄子方傑好奇道：「強哥，老虎凳和辣椒水是什麼東西呀？」

我抱著提攜後進的態度，認真地跟他說：「這其實只是各種刑罰的統稱和代表，比這狠的多得是！」

粘罕一哆嗦，抬頭抗議道：「你不能這樣對我，你在我們營裡的那兩個女人可是沒受任何虐待！」

我心情轉好，粘罕這麼說我還是相信的，金兀朮怎麼說也算個名將，應該不會刻意為難兩個女人，我高聲吩咐：「來人啊！」

粘罕絕望地看著我，兩個衛兵應了一聲，抓住他肩膀把他提了起來，我樂呵呵地說：「給粘罕將軍泡碗泡麵，打了一晚上也該餓了。」

遠處的高地上，金兀朮單人匹馬踟躕在那裡，他眼望連綿的敵營，預感到這可能是自己這輩子也征服不了的對手，他的披風被輕輕地拂起一角，右手反握著寶劍，在山坡上久久凝立不動。

這一切都被我從新疆人手上買的望遠鏡裡盡收眼底，我咕噥道：「媽的，想當英雄給自己來一下啊，省老子的事兒了。」

我的猜測對了一半，金兀朮很可能就是想當英雄，不過不是犧牲小我成全大我那種，而是負隅頑抗那種，我見他悲情地抹了一把眼睛，毅然地消失在山坡上，隨之又是良久的沉默。

眾將一致建議我趁熱打鐵狂轟金營，被我否決了，我讓王寅複印了不少傳單，宣傳我們聯軍熱愛和平的主張，把他們的主帥金兀朮刻畫成一個窮兵黷武，為了自己不顧士兵死活的暴力頭子，連同聯軍每天產生的數十噸垃圾，填上火藥通通打到金軍那面去。

第三天上午，一支兩萬人組成的陌生部隊駐紮在唐軍後方，他們的首領坐在一輛銅馬車裡，穿過唐軍，直接來到正在發射傳單的秦軍前，正在指揮部隊的王賁一見此人，大驚失色道：「皇上！」

嬴胖子緩緩走下馬車，微微點了點頭，幾萬秦軍見狀，急忙一起匍匐在地，大聲歡呼道：「皇上！」

我聽外面嘈雜，跑出去一看正瞧見秦始皇，我高叫道：「嬴哥，你怎麼來了？」

秦始皇拉住我的手問：「歪（那）包子和絲絲（師師）出來摸油（沒有）？」

我說：「還沒呢，正想辦法呢。」

嬴胖子瞪了一眼王賁道：「你絲（是）咋回四（事）麼，餓（我）讓你跑嘴兒（這）來發（耍）來咧？」

王賁惶恐道：「皇上恕罪。」

我忙道：「這不怪他，情況有點複雜，咱們進去慢慢說。」

胖子在帥帳的門口隨手拿了一桶泡麵和兩塊麵包，邊啃邊道：「伙食不錯嘛。」

我吩咐人把胖子帶來的人馬接應回來，一邊說：「沒辦法，大家都是幫忙來的，不給人家發工資總得管飽吧。」

胖子端起指揮部裡的暖壺給自己泡上麵，把叉子擺在面前，問我：「咋回四（事）情，包子她們好著捏？」

我說：「好著捏好著捏，就是對方那個主將有點水米不進。」

嬴胖子皺眉道：「還要人不，餓就絲（是）擔心你人不夠所以來看看，歪（那）要不夠一句話，還有二十萬就來咧。」

我感動道：「人是夠了，可說實在的，咱們還真不能把他們怎麼樣，損兵折將不說，金兵身上還有任務呢。」

這時帳門一掀，金少炎和二傻進來了，金少炎見嬴胖子親自來了，感動得哽咽道：「嬴哥……」

嬴胖子笑道：「你娃叟（瘦）成嘛咧。」

二傻看著嬴胖子嘿嘿傻樂，胖子瞪他一眼道：「掛皮！」

秦始皇到來以後，金兀朮終於沉不住氣了，我不知道他的心態發生了怎樣的變化，從前幾十萬的軍隊他都沒放在眼裡，如今兩萬人就把他觸動了，這可能就是那根所謂的壓死駱駝的最後一根稻草——尤其是胖子這根稻草很是不輕啊。

金兀朮給我們寫來一封冷冰冰但又挑不出毛病的信，邀請我去金軍大營一敘，並商討交換人質等的相關事宜。我們開會簡單商量了一下，有一半將領不同意我輕易犯險，有些人則認為金兀朮絕不敢拿八十萬人的性命當兒戲，最後我決定還是親自去一趟，事情總得要跟金兀朮說清楚，而且——我真的有點想包子了。

還有幾個人是一定要跟著，二傻不用說，嬴胖子也非要去，其他人要求去的也很多，最後佟媛因為是保鏢專業占了個便宜搶走一個名額，金少炎死死拉著我的手不放，我跟他說：「我保證把師師帶回來，而且你實在不能走，萬一被扣下，這三百多萬人還指你養活著繼續跟他奮戰呢。」他這才作罷。

護衛隊當然是非三百莫屬，我特意叮囑徐得龍不可意氣用事，徐得龍道：「你放心，我們跟金兀朮雖說是敵人，但那是各為其主的事情，要說仇，秦檜那小子最可惡。」

於是我們一行三百多人，帶著金軍的俘虜粘罕，在這天下午出發去往金軍大本營。

在路上，我問那個送信來的牙將：「我們的那兩位姑娘在你們那沒受什麼罪吧？」

那牙將道：「沒有沒有，我保證，開始我還偷偷給她們送過吃的，後來我們元帥知道了也是睜一隻眼閉一隻眼，以我看，我家元帥其實早有和談的意思了，就是拉不下面子，尤其是這些天，我們都沒吃的了，兩位小姐還是沒敢虧待。」

金營已經開放，轅門前象徵性地安排了幾個兵丁歡迎，一進來，我就在粘罕的背上推了一把道：「去吧，你自由了。」

粘罕意外道：「你就這樣把我放了？」

我說：「那你想怎麼樣呢，給你開個歡送會？」

粘罕道：「不是說交換人質嗎，你就放心先把我放了？」

我冷笑道：「誰說我同意了？你是人質不假，只不過是被我們釋放了，至於我們的人，不存在交換的問題，就算沒你，我也要把她們接回去的。」

佟媛拍手道：「說得好！」

我嘿嘿低笑道：「夠爺們吧？這就是哥哥我聰明的地方，反正咱進了人家敵營裡也別想再把他帶回去，過過英雄癮也是好的。」

往前走了一截，金兀朮已經等在那裡，他見我們來了，還要假模假式地來場面上那一套，我一揮手道：「趕緊吧，找地方說事，天黑之前把手續都辦了。」

金兀朮陰著臉陪同我們一行往中軍大帳，這一路上，只見金軍士兵一個個兩眼呆滯、精神恍惚，金兀朮道：「說吧，你們到底想要什麼？」

我輕笑一聲道：「我們不是早就說了嘛……」

金兀朮懊惱地把手放在頭頂搖了搖：「不要說你們只想要那兩個女人，誰都不是傻子。」

我認真道：「可是我們真的就只想要那兩個女人。」

金兀朮愕然道：「那個昏庸皇帝的姘頭和那個醜八怪，真的值得你這樣大動干戈嗎？」

我提醒他道：「你可別再說醜八怪這個詞了，加這次四次了。」

金兀朮把手放在膝蓋上道：「這兩個人我隨時都可以放了，說吧——你們到底想要什麼？」

佟媛不耐煩道：「你這人怎麼翻來覆去跟個婆子似的，不是說了嗎，我們只要那兩個姐姐。」

金兀朮一指我道：「讓他說。」

我撓撓頭道：「她說的沒錯，我不想再說第二遍了。」

金兀朮詫異道：「我是不是可以這樣理解：我現在放人，然後就可以安全撤兵了？」

我點頭道：「就是這樣。」

秦始皇怒道：「你慫有完摸（沒）完，餓還能騙你捏？」

金兀朮遲疑了一會道：「好，我先相信你，不過要等我們撤退到安全地方才能放人。」

我說：「這又是何必呢？你也該拿出點誠意來，還是那句話，要真想滅你，就算你跑回老家去照樣滅，你大度點還能在我這落個好——不是沒糧食了嗎，回家路費我給你掏。不管怎麼樣，你先讓我們見見那倆小妞，我要視她們的健康情況來決定給你多少糧食回家。」

金兀朮道：「這是可以的，等你們見完之後咱們再談別的。」

仍舊是那個牙將領路，穿過幾頂帳篷，我們來到一頂帳篷前，牙將站在一旁做了個請的手勢：「幾位隨便聊，有什麼吩咐就叫我。」

我當先走進去，一眼就看見包子正百無聊賴地斜靠在床上，李師師以手托腮，坐在椅子上癡癡無語。

包子一眼看見我，跳下床道：「呀？不是做夢吧，你們怎麼來了？」

李師師面無表情地掃了我一眼，幽幽嘆道：「當然是做夢，這種夢我們不是天天做嗎？」

我摟著包子的肩膀笑對李師師說：「做夢還倆人一塊做啊？」

李師師聽我跟她說話，猛地抬起頭，接著就見秦始皇、二傻、佟媛一個一個走進來，驚愕道：「你們……是真的？」

秦始皇嚴肅地點了點頭，拿眼睛使勁看她。

李師師如在夢中，恍惚地站起，緩緩地把頭靠在秦始皇肩膀上，胖子又軟又暖的肩膀讓她省了掐自己大腿的過程，淚下道：「嬴大哥，真的是你嗎？」

嬴胖子笑瞇瞇地輕輕拍了拍她的背道：「呵呵，掛女子。」

李師師又是哭又是笑，轉臉又見二傻，張開雙臂，二傻把鼻子探在她額頭前聞了聞道：「咦，果然沒以前那股難聞的味兒了，那就抱抱吧。」

李師師咯咯嬌笑，投進了二傻的懷抱。

佟媛抱住李師師心疼道：「姐姐你受苦了。」

我把包子扳在面前好好地打量了她一下道：「你呢，有沒有把老子的兒子餓著？」仔細一看，我發現包子的肚子已經凸起了不少，在金營待了半個多月的包子終於像個孕婦了。

包子不好意思地說：「餓是沒餓著，師師吃不下的東西都被我一個人給吃了。」

我攬住她說：「好了，咱們現在就回家，有什麼話回去再聊。」

李師師捂嘴道：「我們可以走了？」

我說：「那你以為我們幹什麼來了？」

我們一行人又重新來到金兀朮的帥帳，我說：「將軍，想好了嗎，我們可以走了吧？」

金兀朮已經把帥盔重新戴端正，鄭重地說：「你們走了以後，確定我們也可以走嗎？」

我直視他眼睛，用渾厚而緩慢的語調道：「確定。」

金兀朮來到李師師和包子面前，微微點了點頭道：「你們可以走了。」

金兵已經得了命令，所以無人阻攔我們。

走到金營門口，包子望了一眼對面聯軍的營地，舒心道：「終於可以回家了。」

徐得龍卻若有所思道：「金兀朮如果就此一走，我們岳元帥怎麼辦呢？」

我聽完他這句話，猛地一拍額頭道：「壞了，把一件重要的事給忘了！」我撥馬就往回跑，眾人在後叫道：「你幹什麼去？」

我大聲道：「你們趕緊護著她們回去，我還得去找那姓完顏的小子！」

我頭前一跑，眾人在後還想跟著，我叫道：「你們回去。」
徐得龍道：「讓他們先回去，你要幹什麼我陪你去。」
二傻他們紛紛道：「還有我。」
我說：「沒必要，我去找金兀朮談點他感興趣的事，肯定沒危險。」
佟媛道：「既然沒危險，那我們大家就一起去吧。」
我見他們意志堅決，只好讓李靜水他們護著包子和李師師先走，我們幾個調頭又跑向金軍帥帳。
我們來到金兀朮帳前，信步走入，金兀朮正在指揮士兵收拾物什準備撤兵，見了我納悶道：「你怎麼又回來了？」
我不自在道：「還有件事忘了跟你說了。」
金兀朮見我表情複雜，揮手讓手下都退出，道：「有事趕緊說吧，我一刻也不想在這個地方待了。」
我搓手道：「那個……就是這事，你們暫時還不能走。」
金兀朮愣了一下，頹廢道：「你是怕我捲土重來？放心，我們這就回遼東打獵去，這輩子再不南下了。」
我急忙道：「別別別，你們得留下繼續攻打宋朝，這幾十年的江山還得你們來坐呢。」
金兀朮道：「什麼意思？」

我說：「該走的是我們，你留下，你們金國不是想要宋朝的天下嗎？」

金兀朮勃然道：「你是在戲耍我嗎，我們大金就算寡不敵眾，也不能讓爾等如此褻玩，今天天黑之前，你們若讓開道路就罷了，否則我們八十萬勇士誓與爾魚死網破！」

我把兩手來回招著說：「別生氣呀，可能是我話沒說清楚，再說，我真要是光想噁心噁心你能親自來嗎？」

金兀朮幾乎就要把我們亂刃分屍，聽我這麼一說暫時冷靜了下來，鐵青著臉道：「你究竟有什麼陰謀？」

「來來，說來話長，咱們都坐下心平氣和地聊聊。」

金兀朮勉強坐下，拿眼睛使勁瞪著我。

我嘿嘿一笑，整理了下思路，這才悠然道：「怎麼跟你說呢，我先問你，假如要是沒有我們的話，你們金軍有沒有可能已經拿下了宋徽宗的江山？」

金兀朮哼了一聲道：「那是八成的事。」

我拍手道：「對了，就從這兒說，按理呢，我們是不應該存在的，你們金國命裡註定可以佔有宋朝的半壁江山——將軍信命不？」

金兀朮：「……」

我繼續道：「你要是無神論者，那咱們就再換一個角度說，以前你聽說過我們這幾百萬人嗎？」

金兀朮若有所思道：「這個的確沒有，我只知道你是那個什麼梁山上的第一百零九個土匪頭子，可沒想到一幫草寇能有這麼大的能力。我們女真人說話直，得罪莫怪。」

我笑道：「沒事，你說得對，而且我們梁山其實只是一小部分，你不想想一座山上能住得下三百多萬人馬嗎？」

金兀朮道：「我也知道你們這些人是聯軍，可至於怎麼個聯法就想不明白了。」

「那我告訴你，我們的聯軍是由秦、楚、唐宋元明幾國部隊組成的——除了元和明，其他幾個國家你都聽說過吧？」

金兀朮露出了迷茫的神色：「秦就是那個統一了七國的秦嗎？」

我一指贏胖子：「不瞞你說，這位就是秦始皇陛下。」

金兀朮一陣大咳，完了捂著脖子面紅耳赤道：「你又開始玩我了？」

我看出他其實已經有幾分信了，便語重心長道：「其實他是不是秦始皇不重要，可若非這樣，當今天下有哪幾個國家能聯合起這麼多精兵來？」

金兀朮看了贏胖子一眼，有點畏縮地問我：「他……一直活到現在？」

我把我的身分仔細地介紹了一下，然後把聯軍的由來也告訴了他。

金兀朮長長地嘆了口氣道：「你索性一次跟我說明白吧，元軍和明軍又是什麼門道？」

我猶豫了一下道：「關於這個，本來不太應該對你多說的，元軍就是你們北面那群穿著破爛但格外勇猛的人馬，也叫蒙古人，他們以後會把你們金國，包括西夏和南宋的軍隊全部消滅，建立一個大大的統一國家，就是元朝；至於明朝，你就沒必要知道得太清楚了，每天往你這飛垃圾的，全是他們大炮的功勞。」

金兀朮面如土色道：「元軍會把我們消滅掉？我們大金國國祚幾年？」

我隨口道：「沒幾年，反正歷史書上你們也就是欺負了宋徽宗才留的名，而且宋朝的江山也不是全被你們打下來了，南邊還有人家一半股份呢。」

金兀朮呵呵苦笑一聲：「勞苦一世所為何者啊，既然遲早要被趕回遼東，我們這是何苦來哉？」

我說：「也不能太消極嘛，要都像你這麼想，就算沒人打你反正最後也得一死，那社會還進不進步了？」

金兀朮這會已經被我說的心如止水，理了理身上的盔甲，虛弱道：「我意已決，這就回遼東打獵採參，終身不入中原一步。」

我急道：「合著我說了半天是白說了？跟你囉嗦這麼大半天就是讓你留下。」

金兀朮用顫音問我：「這是為什麼呢？」

我手舞足蹈道：「因為歷史就是歷史，就跟甘蔗似的，這是頭，那是尾，中間就該著你在北宋待幾年，你要走了，不就等於把這根甘蔗砍斷了嗎，我們大家就都得玩完。」

金兀朮憤然道：「我明白了，你是想讓我們大金當墊腳石，我們不幹！」

我指著他鼻子道：「你怎麼那麼自私呢，歷史上朝代交替，誰不是墊腳石啊？」

金兀朮冷眼道：「我如果就不幹呢？」

我再也忍不住了，張牙舞爪道：「不幹也得幹！明軍的大炮厲害吧？我告訴你還有比這厲害幾千倍幾萬倍的呢，核子武器原子彈聽說過嗎？」

金兀朮愣了一下，隨即翹著二郎腿冷笑道：「來吧，把我們都弄死我看你怎麼辦？」

「喲——」我詫異地看著金兀朮，失笑道：「沒想到今兒還碰上無賴了！」

金兀朮得意洋洋地搖著腿微笑不語。

佟媛嘀咕道：「德行！」

我眼珠子一轉，計上心來，一把拉過佟媛跟金兀朮道：「你小子別得意，看見這妹子沒，嚴格說她也是女真人，我那本書上就說女真人滅了北宋，可沒說多少人，你要再這樣，我就真把你的人都搞死，讓這妹子一個人頂替宋徽宗，剩她一個女真我們照樣過！」

金兀朮聞言，像被菸頭燙了似的坐直身子，氣憤加無奈道：「這世上怎麼會有你這麼卑鄙的人呢？」

我哈哈笑道：「就衝這句話，你跟宋徽宗肯定很有共同話題。」宋徽宗也這麼評價過我。

我見金兀朮已經軟了下來，拍著他肩膀溫言道：「別這樣，又不是讓你倚門賣笑去，再說，你還欠我人情呢你忘了？」

金兀朮道：「我欠你什麼人情？」

我指著他鼻子道：「你叫了我老婆幾聲醜八怪？」

金兀朮立刻蔫了下去，有氣無力道：「那你想怎麼樣嘛？」

我說：「宋徽宗就在太原城裡，明天咱們三方代表都進城，搞個儀式，宋朝的北邊就歸你了，然後你把宋徽宗和他兒子帶到你們五國城溜達一圈，咱們這事就算扯平了。」

金兀朮垂頭道：「剩下呢，就等蒙古人來打我們了？」

我微笑道：「還打什麼打，蒙古人來了你們走就完了唄，大家好合好散嘛。」

金兀朮唉聲嘆氣道：「只能這樣了。」

我把兩手搭在他肩膀上，拍了拍，然後老氣橫秋地說：「別這樣小夥子，悲劇才更有感染力，你不是想當英雄嗎，你們的族人會永遠銘記你的好處的。」

金兀朮喃喃道：「我更願意別人被銘記。」

我呵呵一笑道：「好了，那我們走了，一會兒你可以派人到我那領一晚的救濟糧，咱們化干戈為玉帛。」

金兀朮呆呆地把我們送到帳外，我們剛上了馬，他忽然像有什麼重大問題想不通似的一把拽住我的韁繩道：「誒不對，既然這樣，你找來幾百萬人圍著我幹嘛？早別管我，我現在不是也把趙佶那小子拿下了嗎？」

我喝道：「誰讓你抓住我老婆和我表妹不放的？」

金兀朮的表情像被幾十萬伏特的電擊中一樣，先是僵硬，再是癱軟，繼而懊惱地喃喃自語道：「我真傻，想不到這場戰爭竟然真的只為了那兩個女人。」

我說：「也不是啦，這樣一來不是少死不少人嗎？」

金兀朮鼻涕一把眼淚一把叫道：「可是我一點也沒少死！」

我嘿嘿一笑道：「打仗哪有不死人的？明天見！」

等我們回到聯軍營地，這裡已經是一片歡騰，包子被梁山好漢們圍在當中，正在意興橫飛地訴說她被俘的這半個月的遭遇和感悟。

我擠進去說：「你別丟人了，就算你腰跟螞蟻精似的那麼細，你以為那洞是誰想挖就能挖的啊？」我又問：「師師呢？」

包子曖昧地指了指一個帳篷說：「正互訴衷情呢。」

我走過去貼著門聽了聽，裡頭沒什麼異常動靜這才進去，一看，果然她和金少炎正抱在一起又哭又笑。

是晚，聯軍第無數次燃起了篝火，進行空前的慶祝活動。金兀朮派來一支小分隊來跟我們領救濟，眾人的意思，既然都和解了，就把八十萬人一天的口糧給足算了，我堅持只給三十萬人的分量，然後解釋道：「在沒徹底完事以前，不能讓金兀朮吃飽有了力氣！」

眾人都笑：「小強太壞了。」

晚上，我派人給在太原城裡的宋徽宗送了個信兒過去，讓他準備明天的事宜。

不多時，吳用他們幾個和徐得龍找到我，要跟我談談金宋交接以後的事，身在工作忙硃之中的岳飛也打電話來，表示對此事極為關注。

我們商量了一會，覺得還是應該起草一個合約，把諸多事宜寫在白紙上，其中就包括金政府建立後不得對原宋朝百姓施加暴政、不得實行文字獄、稅收至少要保持十年不變等等。

吳用看看這份長達五十幾頁的合約，笑道：「這倒像是兩個企業的收購合約嘛。」

我靈機一動道：「乾脆明天就弄個收購儀式的見面會算了，咱們把宣傳做到位，宋朝老百姓心理上也好受點。」

李靜水和魏鐵柱說：「最好再有個監督機構，要不咱們走了以後，外資企業虐待本地職工怎麼辦？」

我說：「那明天把各軍首腦也都叫上，他們就是仲介和監督機構，金兀朮要不按合約辦，就繼續圍他的。」

第二天一早，各方代表齊聚太原城內，金兀朮作為收購方，已於昨天深夜下榻在五星級酒店「悅來客棧」內，因為歷史上北宋的最後一個皇帝是宋欽宗，所以昨天宋徽宗也舉行了一個短暫的儀式，把董事長的位子讓給了自己的兒子。

上午九點一刻，原太原太守府張燈結綵，大紅的地毯一直鋪出府外，金兀朮已經被承辦方——太原太守的馬車接到指定地點，徽欽二帝相陪左右，仲介方——我和秦始皇、秦瓊一群人跟在他們身後，二十門洪武大炮也都披紅掛彩，今天作為禮炮擺放在太守府門口，炮內填充少量火藥和大量碎彩紙，炮聲一響，梁山軍樂團吹奏軍歌，我們一行人款款走入大禮堂。

擔當今天儀式主持的仍舊是秀秀，她身著旗袍，手持喇叭，用甜美的聲音道：「下面，有請各方代表落座，簽約儀式正式開始。」

我拉著金兀朮和宋徽宗的手在掌聲中各歸本位，對左右的金兀朮和宋徽宗道：「兩位看看合同吧。」

宋徽宗信手翻了幾頁道：「我沒意見。」

金兀朮卻拿過仔細地審閱起來，結果是邊看邊唉聲嘆氣，愁眉苦臉道：「最後問一遍，我能不簽嗎？」

我保持微笑不變的表情，在他耳邊低聲道：「不能。」

金兀朮啪一下合上合約道：「那還有什麼可看的，反正就一個意思：對宋朝老百姓不能打不能罵，還得好生供著——我們大老遠跑來就是為他們服務來了。」

宋徽宗二話不說，拿過毛筆在最後一頁簽上了自己的名字，那毛筆字寫得真是漂亮，看得出這小子非常滿意，這是他以北宋最後領導人的身分為老百姓做的最後一件好事。

金兀朮則捏著筆一個勁顫抖，比看著自己的賣身契還悲傷，抖抖嗦嗦地簽上了自己的名字。

接下來宋徽宗和金兀朮交換合約，再次簽字，我領頭鼓掌，禮儀小姐用盤子端走書面協議，張清董平急忙拍開兩罈三碗不過崗，還用嘴模仿開香檳的聲音：「砰！」

與會的人都倒上酒，除了金兀朮以外的所有人都高舉酒碗大聲道：「合作愉快！」

金兀朮陰著臉，象徵性地喝了一口跟我說：「那我先走了，回去準備準備，好給你們當公僕來。」

我指了指下面的各國元首和將軍對他說：「合約上的事你可得嚴格遵守，否則我們還來找你，下次來可就不光是嚇唬嚇唬你了。」

秦始皇上前安慰沮喪的金兀朮道：「好好兒幹，歪（那）打打灑灑（殺殺）滴有撒（啥）意思捏麼？餓現在脾氣就好多咧，百姓念你怪（個）好兒不比撒（啥）強？」

金兀朮嘆氣道：「你是給自己幹，我是給別人瞎忙活。」

木華黎端著杯酒道：「也不能這麼說，你好好對別人，別人也能好好對你，以後我們蒙古人來收購你的時候，也會很溫柔的。」

金兀朮打了個寒噤，灰溜溜跑了。

剩下來的時間反正只有我們自己人，乾脆就在太守廚裡開個酒會，忙碌了半個月的聯軍終於大功告成，可以好好放鬆一下了。

我看著多少有點失落的宋徽宗，問他：「想過沒有，逛完五國城去哪定居？」

宋徽宗呆呆無語，儘管我們把他亡國之君的恥辱減到了最小，可畢竟不是什麼光彩的事情，我說：「要不你就跟著劉東洋回你祖宗那吧？」

宋徽宗把頭搖得撥浪鼓一樣道：「不去！」可見這小子一點也不傻，知道去了趙匡胤那肯定沒好果子吃，很可能連待在五國城都不如，他說：「有沒有個山清水秀、民風淳樸又都熱愛藝術的地方？」

我手托下巴琢磨道：「山清水秀、民風淳樸還得熱愛藝術？你還挺難侍候啊！」

這時我就發現宋徽宗整個人心思都不知道跑哪去了，眼神發直，身體發抖，順著他的目光一看，只見李師師穿著一身水順溜光的晚禮服，在金少炎的陪伴下笑靨如花，有錢人就是有辦法，一夜之間金小敗家子就給她找來一身拉風行頭。

宋徽宗喃喃道：「只要有她陪著，我去哪都行。」

我氣道：「都什麼時候了你還有這心思呢？你看看你怎麼跟人家那小夥兒比，何況你現在都破產了。」

李師師這會兒也發現宋徽宗在看自己，落落大方地走上來，跟宋徽宗道：「以後好好照顧你自己，祝你幸福。」

金少炎把手環在李師師腰間，溫和地對宋徽宗說：「我叫金少炎，幸會。」這是兩個情敵之間的第一次見面，不過宋徽宗已經構不成什麼威脅，所以金少炎優待俘虜般跟他打了招呼。

宋徽宗面如白紙，訥訥道：「你們也幸福……」

金李二人旋即翩翩離開，去舞池裡跳舞去了。

李師師對他並沒什麼感情，宋徽宗也只不過是貪圖她的美色，緩了一會兒也就釋然，嘆道：「對了小強兄，我聽說你們那裡有個地方叫什麼藝校，那裡的美女不少吧？」

「……是不少。」

宋徽宗興奮道：「那我跟你走，軟玉浮香，溫存之餘還能暢談藝術，不亦快哉！」

我沉著臉道：「皇上請自重，那裡的女孩子是賣藝不賣身的！」

酒會開完，秦瓊最先找到我說：「小強，要沒什麼事的話，我就先讓我們的人分批撤了，反正啥時候要用可以再來，也好給金少炎省點錢。」

我想了想，點頭道：「說得是，那就走吧，替我好好謝謝將士們。」

於是，唐軍的第一批二十萬人開始最先撤離北宋。

唐軍這帶頭一走，其他人也都紛紛動身，劉東洋找到我說：「安國公，我們也告辭了，這段日子是我參軍以來最輕鬆愉快的時光，末將要走了。」

我拉著他說：「給弟兄們把路上的口糧帶足，新鮮玩意多拿點，尤其是攜家帶口那些，代我向軍屬慰問。」

劉東洋忙表示感謝，末了欲言又止道：「安國公，皇上在我臨走還安頓了一件事……」

「說吧。」

劉東洋為難道：「皇上請你去跟他喝酒。」

我看他表情扭曲，不禁納悶，反應了一會頓時恍然，笑道：「你放心吧，回去告訴皇上，等這邊的事一完，我馬上回去跟他把那杯酒喝了。」

老趙還惦記著我手裡有兵權呢，不忘要跟我把那杯歷史上有名的解聘酒喝了。

在聯軍營地裡，幾國的戰士們抱在一起失聲痛哭，他們有的是在跟金兵的實戰中結識的，有的是在演習裡配合過的，秦朝的士兵抱著的可能是一個明朝的軍人，項羽的手下則可能和一個蒙古人相擁而泣。

一天之後，聯軍營地就空曠了很多，秦軍主力部隊也已回國，只剩下王賁帶著幾千人在等秦始皇，唐宋元明的大軍也都進入了兵道，徐得龍帶著人來跟我話別，我納悶道：「你們還回去幹什麼，就留下上梁山多好？」

徐得龍微笑道：「我們有我們的使命，嚴格地說，我們這段時間已經是當了逃兵了。」

我嘆氣道：「那走吧，記住，要實在應付不來了要聯繫我，咱們再去南宋接著教訓金兀朮那小子。」

徐得龍也知道這事說來簡單其實不大實際，仍舊是一笑，帶著李靜水和魏鐵柱他們給我敬了一個禮，集體回南宋抗金去了。

眾人裡，該回育才的回育才，土匪們也收拾輜重，跟我道別後緩緩向梁山進發。

我見身邊只剩下我和嬴胖子、二傻、李師師和金少炎幾個人，拉著包子問他們：「你們有什麼打算？」

嬴胖子道：「都跟餓回氣（去），你捏？」

看來金少炎和李師師是在外面混怕了，終於知道要找一個靠山，李師師不能回現代，所以決定去秦朝旅遊結婚，二傻有人陪著，也一起去，我說：「等包子生了孩子，我再去看你們。」

旁邊忽然一個人蹦過來道：「把我也帶回去吧！」

我們回頭一看一齊大驚，這人正是秦舞陽，二傻下意識地攔在秦始皇身前。

秦舞陽笑道：「我不殺嬴政了，就是想回去，育才那個鬼地方晚上比白天還亮，我睡不著。」

我失笑道：「你現在不能回去，不過等一年以後，想不回去都不行了。」

秦舞陽摳摳嘴道：「一年以後我回去了，是不是還得刺殺嬴政？」

他這句話一問出來，我頓時呆若木雞……

好艱難的一個命題啊，胖子和二傻在我那待了一年，因為天道突變又回去了，我費盡千辛萬苦幫他們恢復了記憶，又拍戲騙過天道，那秦舞陽在我這待完一年再回去，那個空間裡的胖子和二傻還是我現在面前的胖子和二傻嗎？真後悔給這書起名叫史上第一混亂啊！

琢磨著秦舞陽說的，想到徐得龍他們可能要去南宋面對另一個金兀朮，我腦袋一個頂三個大，真要是那樣，光拿嬴胖子來說，就不光嬴胖子一號和嬴胖子二號能了事了，到時候秦舞陽回去一次，王賁來育才之後再回去一次，加上他老爹和他兒子，光不同空間就得有四個嬴胖子……

第九章

# 巾幗不讓鬚眉

花木蘭沉吟一下道：

「傳我命令，全軍就在此駐防設下埋伏，你去通秉元帥，請他速速增援。」

虞姬見花木蘭英姿颯爽的樣子讚道：

「這個姐姐可真是了不起，比許多男人都強。」

我說：「這叫巾幗不讓鬚眉。」

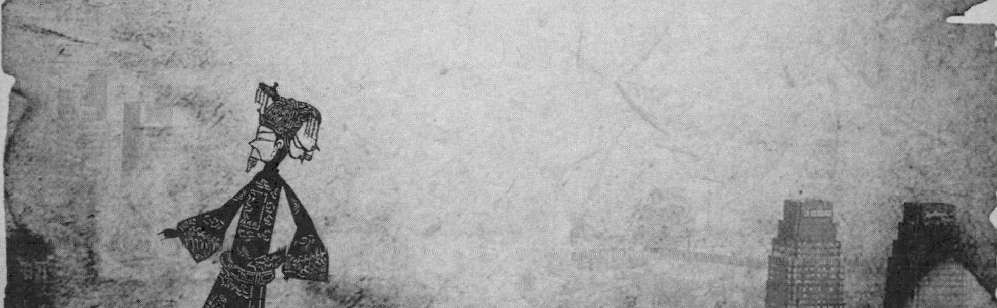

金少炎陪李師師度完蜜月就開始了兩地奔波的生活，因為兵道已經關閉，所以每次都得我開車去接他，這小子每次都感激涕零。

一個多月後，他送了我兩張《全兵總動員》的首映門票，金少炎這小子靠這部片賺了個盆滿缽滿，所有育才參加過「拍攝」的人都得到了一大筆錢，佟媛和方鎮江拿這錢把他們那套複式小別墅裝修得無比精緻奢華，一切規格都是照著佟媛的身分——大金國王儲來弄的。

又過了兩個多月的平靜日子，包子預產期在一個多月以後，肚子裡小傢伙已經非常不老實了，把腦袋貼在她肚皮上，就能聽到包子肚子裡有掄板磚的聲音——長大絕對跟他爹我一樣是好身手。

至於兩個老神棍，我時常過去坐坐，老傢伙們不是在下棋就是在看電視。

這天，我正在家裡坐著，口袋裡的電話忽然響了起來，我急忙掏出來，一看顯示是項羽，不禁有些意外，大個兒忙著跟劉邦鬧騰，很少主動和我聯繫。

我接起道：「喂，羽哥，你啥時候完事啊，還等著跟你喝酒呢。」

對面的聲音充滿了沮喪、疲憊和失落，項羽沉沉地說：「小強，來幫幫我吧——我又被劉邦圍在垓下了。」

我吃驚道：「怎麼會這樣？按說你不該輸給他啊。」

現在的項羽不但可以預知劉邦的行動計畫，還有前不久才回去的三十萬精兵，短短三個月不到居然就又打了敗仗？

項羽苦笑一聲，帶著濃重的鼻音說：「我也不知道怎麼會這樣，從彭城之戰後，我就又占盡了主動，也根據以前失敗的教訓更改了很多作戰命令，可是打著打著，我的人就又散了，地盤也被劉邦蠶食了不少，終於又回到了以前的起點，現在，我身邊只剩不足五萬人馬，劉邦的六十萬大軍在外面把我層層包圍了。」

我一時也不知道該說什麼，本來按原計劃，項羽就是為了爭一口氣，要把劉邦打得心服口服後再揚長而去，也算了了他心中的一樁憾事，可是現在倒好，莫名其妙地又被邦子打垮了。

項羽淒然道：「本來我沒想給你打這個電話，也沒想再見你們，可是阿虞她……已經懷孕六個月了，我不忍心讓她和孩子重蹈覆轍啊。」

我猛地站起道：「你不用說了，我這就過去，你千萬冷靜，總有辦法的。」

我掛了電話，包子摸著肚子問我：「又怎麼了？」

我說：「你祖宗快掛了。」

包子道：「你祖宗才……你是說大個兒？」

我點頭道：「是啊，他和邦子對砍又輸了，現在被人家圍在河邊上，你祖宗那個德行你又不是不知道，一個想不開就得再蹦到河裡餵王八。」

包子頓時急道：「那怎麼辦？」

我說：「別急，我去看看，集點表上說他兵敗烏江，又沒說他非死不可，大不了我去找劉邦直說。」

包子道：「我也去！」

我瞪眼道：「你去幹什麼，挺個大肚子，老實家待著！有了消息我給你打電話。」

包子跟我跑到門口，見我上了車這才惴惴道：「那你也小心。」

我揮手讓她回去，檢查了一下油表，向垓下狂飆而去。

一路上我在想，項羽怎麼會又落魄到這種地步那已經不重要了，目前最要緊的是，怎麼把他和虞姬安全救出來，思來想去也只有一個辦法，那就是讓他倆坐上我的無敵霹靂車，然後帶著他們去胖子那避難，找劉邦說情那是後一步的事。

到達垓下的時候，這裡正是深夜，我的車停在一片高地上，向下望去是熟悉的軍帳和聯營，看服色正是楚軍，再往四周看，是無盡的漢軍營帳——我正好停在人家包圍圈裡了。

楚軍此時正是風聲鶴唳的敏感時期，感覺有人接近，立刻有人高聲喝道：「是誰？」

我忙走進火光裡道：「是我。」

士兵有認識我的，喜道：「蕭將軍！」

我說：「帶我去見你們大王。」

當下有人立刻在前邊帶路，一邊興奮道：「蕭元帥來了就好了。」看來楚軍士兵已經明白大勢不妙，見我來了，把希望都寄託在我身上了。

我默默跟著他們來到項羽的王帳前，邁步走入，帳內燈光昏暗，項羽只穿內甲，坐在皮墩上黯然無語，虞姬半靠在床上，嘴角仍有笑意，小環一身俐落打扮，按劍站在當地，似乎有點不知所措。

我一進來就感覺到氣氛不對，打著哈哈道：「都在呢？」

小環見是我，像見了救星一樣拉著我的胳膊道：「蕭大哥。」

我小聲問：「怎麼個情況？」

小環把我拉在一邊道：「虞姐姐知道軍情緊急，讓項大哥自帶精兵猛將突圍，她自己留守，還說諒劉邦也不會為難她一個孕婦。」

我向虞姬肚子掃了一眼，果見明顯隆起，不用說，她打什麼主意在場的人都明白，項羽前腳一走，她就得抹脖子。

我指著虞姬道：「你呀你，我以前跟你怎麼說來著？凡事往開想，你怎麼那麼喜歡跟自己過不去呢？」

虞姬微微一笑：「沒有呀。」

項羽見我來了，站起身道：「小強……」

我一伸手道：「沒時間多說了，你帶上嫂子和小環趕緊跟我走。」

「去哪，怎麼走？」

我說：「咱們坐車去嬴哥那。」

不想項羽斷然道：「不行！」

我愕然道：「怎麼？」

項羽雙目猩紅，沉聲道：「我走了以後，我的五萬人馬怎麼辦？」

我撓了撓頭道：「其實邦子也不是外人，或許讓他們投降也是個辦法……」

項羽厲聲道：「你想讓他們的大王獨自逃生，剩下他們任人宰割嗎？」

我訥訥道：「不能這麼說……」

項羽一擺手：「別說了，你這個法子我不會用，你把阿虞和小環帶走，我要和我的士兵同生死！」

虞姬淡淡道：「我不走。」

小環也愣頭愣腦跟著說：「我也不走。」

我跳腳道：「真他媽現世報呀，剛圍完人就又被人圍——要不然我再把八國聯軍找來跟劉小三死磕，你覺得怎麼樣？」

項羽也知道我不可能這麼做，低頭不語，良久方道：「還有沒有更好的辦法？」

我轉身就往外走，項羽叫道：「你去哪兒？」

我憤憤道：「還能去哪，給邦子下藥去！」

項羽眼睛一亮，他知道所謂的「下藥」是什麼意思，轉而憂慮道：「可是，這太危險了。」

我哼哼道：「誰讓你是我祖宗呢，你們全家都是我祖宗！」

項羽拉住我抱歉地說：「小強，我是不是太自私了？」

我嘆氣道：「你要自私就跟我走了，司馬大神說得對啊，你這是典型的婦人之仁。」

項羽想不到我會這麼說他，愣了一下，慨然道：「也許他說的對吧。」

我來到外面上了一匹馬，直奔劉邦的中指部，剛出楚軍營地沒半里，立刻有漢兵喝道：「來者下馬，否則亂箭射死！」

我嘆口氣，下了馬抱頭蹲下，那句話說得真好：出來混的遲早要還，當初我們圍金兵的時候，我是何等的頤指氣使啊！

兩個漢軍士兵過來，二話不說先一通搜身，也不管見過沒見過的東西，一古腦全給我拿走了，其中一個看我兵不兵民不民的，喝問道：「你什麼人？」

我把急中生智拯救下來的唯一一顆藍藥塞進鞋裡，一邊說：「我要見你們漢王。」

那士兵踢我一腳，笑罵道：「你還想見誰？」

我見他有草菅人命的傾向，急忙叫道：「我是你們漢王的兄弟——對了，我和你們的張良將軍是故交！」

倆人明顯愣了一下，其中一個又踢我一腳道：「你叫什麼名字？」我報名之後，倆士兵開始犯嘀咕：「蕭強？好像聽說過。」兩個人略一合計，決定帶我走一趟。

我在一隊人的監視和控制下再次上馬，越過漢軍聯營前部和中部這才抵達劉邦後方的指揮中心，層層通傳進去以後久久未見回音——那張良現在可也不是誰說想見就能見的，這種子虛烏有無關緊要的事情甚至都未必能傳達到他那。

我急得滿頭大汗，誰知道漢軍會在什麼時候就對項羽發起突然進攻，真要是那樣，可就一切都晚了。

就在這時，我就見前面一排大帳裡轉出一個人，此人大概是議事累了，此刻正晃著膀子溜達出來，透透新鮮空氣，一邊檢查士兵的崗防。

我一看不是別人，正是張良，一邊奮力掙扎，踢土尥蹶子希望能引起張良的注意，一邊揚開破鑼嗓子大喊：

「親家，親家——」

張良納悶地往我這看了一眼，黑暗中也不真切，胡亂問道：「那邊何人喧嘩？」來到近前一看，笑道：「哦，是蕭強將軍。」

張良示意那幾個士兵放開我，把我拉在一邊道：「你怎麼來了，漢王經常說起你，我們都以為你已經不在項羽手下了。」

我說：「本來也沒在他手下。」

張良端詳了我一會道：「蕭將軍在這個時候來，莫非是有什麼事嗎？」

我嘿嘿道：「你能不能帶我去見漢王？」

張良戒備道：「漢王公務繁忙，你有什麼事能先跟我說嗎？」

我斜睨著他道：「子房兄不是怕我來當說客吧？」

張良不自在地一笑：「哪裡哪裡。」

我說：「說句不好聽的話，你家主子你還不瞭解？就算我真是給項王說情來的，他能聽嗎？」

張良猶豫了一下道：「既然這樣，勞煩蕭兄在此等候。」

不一會，張子房滿臉帶笑出來，道：「漢王果然和小強兄投緣，一聽是你，什麼都顧不上了，小強兄這就請吧。」

我前面一走，張良給門口的兩個衛兵使個眼色，那倆衛兵便也跟著我進了劉邦的王帳，這就是張良得劉邦喜歡的一點，為了主子，不惜自當小人，按理說，我在鴻門宴上替他們解過圍，怎麼也算半個朋友，可在這敏感時刻，張良生恐我用什麼極端的方式來要脅劉邦，對我沒有絲毫的放鬆警惕。

劉邦穿著居家的便服，正坐在几前裝模做樣地研究地圖，見我進來，忙張開雙手做歡喜無限狀道：「小強兄弟，你可讓我好想啊！」

我也皮笑肉不笑地施禮道：「見過漢王——」

劉邦把我拉住道：「你這是幹什麼，咱倆可是一起上廁所的交情啊！」

雖然明知這是劉邦慣用的交際伎倆，我還是感覺輕鬆了很多，要說五人組裡，我和二傻胖子感情最深，可最投緣的卻是劉邦，我們是真正的一類人。

我和他相視大笑，劉邦看見我身後亦步亦趨那倆衛兵，變色道：「出去，誰讓你們進來的！」

這倆衛兵一出去，就聽張良的聲音呵斥道：「好生不懂規矩，小強將軍和漢王親如手足，你們居然敢疑心他——來啊，拖下去責打三十軍棍。」

這主僕倆可真是絕配。

衛兵退出後，劉邦見我嘿嘿奸笑，知道我已經識破了他們的小把戲，微微一笑，沒有絲毫的難堪，拉著我的手道：「小強啊，我可是真的想你了。」

從這句話裡，我能看出他有七分真情，我不禁也叫道：「邦……劉哥，我也想你啊。」

劉邦笑道：「直到現在我也想不通一個問題：當初在鴻門你可是幫了我兩次，我能感覺到你是真的想救我，我一直想問你，那時候你為什麼幫我呢？」

我調整了一下激動的情緒這才說：「我和漢王一見如故，不想你和羽哥自相殘殺。」

劉邦聽到「自相殘殺」這四個字明顯一怔，隨即恢復常態，淡淡道：「我聽說你是從項羽那邊來的？」

我點頭。

「哦，最近一直沒有你的消息，我還以為你另投高就了，還打算眼前的事一完就遍尋天下找你呢，你今天來有什麼事嗎？」

看著劉邦的眼神，我剛想說什麼，劉邦忽然一擺手道：「咱們有言在先，你就算跟我要高官厚祿我也能馬上滿足你，可你如果是要給項羽求情來的，那就免開尊口，否則別怪你『劉哥』翻臉無情！」

劉邦見我無語，淡笑道：「這樣吧，你先去休息，待我剿滅項羽的殘餘部隊咱們再接著敘。」

我大急，一手捏起桿毛筆來，掂了掂又放下，又拿起一個硯臺，還是不滿意，搖了搖頭放下……

劉邦正想往外走，見我舉動奇怪，便問道：「你幹什麼呢？」

這時我已經捏住了一個三足樽，一邊道：「沒幹什麼，就是想敬劉哥杯酒。」

劉邦笑道：「聽說項籍善飲，軍帳裡也置有酒，我可不是他，咱們以後再暢飲不遲。」

這會兒我手往三足樽旁一移，摸到一只一尺多高的銀壺，我抓著這只銀壺，邊往劉邦跟前湊合邊說：「漢王慢走一步，我……」

劉邦凝神道：「什麼？」

「敬你一壺！」說著話，我抓著壺把，一傢伙扣在劉邦後腦勺上，劉邦哎喲了一聲，往前踉蹌了幾步，我扯住他袖子，一邊蹲身從鞋裡往外摳那顆藍藥，劉邦又驚又怒，喝道：「你想幹什麼？」

我死死拉住他，半是威脅半是央求道：「你把這個吃了就什麼都明白了……」

劉邦拼命甩著腦袋，嗚嗚哼哼地叫人，我心一狠，操起那壺又給他頭上來了一下，這小子吃痛，牙關一鬆，我趁機把藥給他捂進嘴裡，然後雙手捏住他的鼻子，劉邦忍耐不住，一喘氣：「哈——」藥下去了……

這時門口有人聽見動靜不對，又不敢擅自闖進來，小心地問道：「漢王，有什麼吩咐嗎？」

劉邦全身過電一般，眼神裡閃過一絲絕望，奮力推開我，爬起身掐著脖子跳著高哭道：「你給老子吃的什麼？」

我攆著他屁股邊追邊說：「乖，再喝點水，藥性就能發作了。」

劉邦聽說魂飛魄散，一個箭步躥到桌子後面躲避著我，我拿著那銀壺一個勁追，門口腳步聲紛雜，一下衝進好幾個衛兵，眼見衛兵衝上來了，我胡亂在桌上摸起硯臺，按住劉邦傾斜硯角，把墨汁都滴進他嘴裡。

那些衛兵嚇得個個面無人色，兩個手快的一把揪著我脖領子就往外拖，看樣子當場就要把我亂刃分屍，我明白生死就是這幾秒的事，拼命用手摳住地，抻著脖子喊：「劉邦，邦子，你個狗日的，你敢殺老子？」

眼看我快被拽到門口了，劉邦頭上鼓個大血包，嘴角全是黑墨汁，八叉著腿坐在桌邊發了一會呆，忽然無力地揮了揮手道：「你們都滾吧。」

我一看劉邦的眼神就知道藥起作用了，用手扒住門框，跟那幾個拉我的衛兵說：「聽見沒，讓你們都滾呢。」

那幾個衛兵道：「你放心，我們死之前肯定好好招呼你！」

劉邦道：「把小強留下，恕你們幾個無罪。」

那幾個衛兵看看劉邦，又相互看看，好像在判斷劉邦是不是被我打傻了在說胡話，劉邦又道：「去吧。」這幾個人才猶猶豫豫地走出去。

我一骨碌爬起來，問：「你沒事吧？」

劉邦揉著額頭上的大包鬱悶道：「你怎麼現在才來——你早給大個兒喝過藥了吧？」

我奇道：「你怎麼什麼都知道？」

劉邦哼了一聲道：「猜都猜出來了，既然我們又活了，吃了藍藥想起的上輩子，自然就是在你那的那段日子。」

不得不說這小子聰明！

劉邦又問：「嬴哥和師師他們都怎麼樣了？」

我說：「都在嬴哥那住著呢，挺好。」

劉邦嘆氣道：「這麼說，我是最後一個吃藥的，嘔——」

「你怎麼了？」我問。

「我想起你掏藥那個地方就噁心，你個王八蛋就不能想個好法子嗎？」

我笑道：「你知足吧，那些毒品販子帶毒品都往哪塞，你又不是不知道。」

劉邦：「嘔——」

我說：「行了行了，其他的以後再說，先把羽哥的事解決了，他敗了也就敗了，你現在總不會再要他的命了吧？」

劉邦使勁啐著嘴裡的墨水，起身道：「誰說的，大個兒必須死！」

我像不認識一樣盯著他看……

劉邦攤手道：「不管用什麼辦法，哪怕一個頭盔，一件衣服，總之要造成大個兒已死的假象。」

我鬆了口氣：「這是為什麼？」

劉邦道：「他要不死，就總會有人打著他的旗號跑出來跟我搗亂，天下什麼時候才能太平？現在人心多壞呀，尤其想渾水摸魚的人更多。」

我點頭道：「這倒是。」我有點明白項羽為什麼搞不過劉邦了，不管怎麼說，劉邦畢竟是以天下為念的，如果易地而處，項羽只怕就想不了這麼多，太孤傲的人永遠當不了好的領袖。

我說：「那他手下那五萬人呢，你打算怎麼辦？」

劉邦再次攤手道：「你不會幼稚到這種程度吧？這五萬人不死，何以儆世人？之後跟我作對的將是十萬五十萬，哪個多哪個少？」

我憂慮道：「可是羽哥……」

劉邦譏諷道：「呵，我猜到他說什麼了，婦人之仁啊！」

我勞神道：「還真是麻煩，要能一起轉移就好了……」我猛地跳起來。

我跟他說了我們開兵道圍金兀朮的事以後，劉邦撇嘴道：「這麼熱鬧的機會也不招呼一聲——誒，包子還好嗎？」

「別瞎問了行嗎，漢王哥哥，我兒子下個月出生，到時候請你當乾爹。你就說我這法子怎麼樣？」

劉邦想了想，斷然道：「不行，五萬人圍著圍著都飛了，跟我打仗的都是孫悟空啊？你讓我這皇帝這麼坐，民心怎麼穩？」

我想了半天靈機一動道：「離這不遠不就是烏江嗎？我讓這五萬人都跳江行嗎？」

劉邦這回乾脆道：「行……可是他們肯嗎？」

「我把兵道開在烏江旁邊……」

劉邦點頭道：「這還差不多。」

我跑到帳篷門口衝衛兵喊：「把我的東西給我拿來！」

那衛兵看看劉邦沒反對的意思，急忙把一堆從我身上搜走的東西全還給我，我揀出電話打給劉老六。

劉老六聽完悠悠道：「臭小子挺會找事啊，你這可是全球GPS定位兵道，很費工夫的。」

我說：「少廢話，你還得把ABS防暴死系統給我加上，要不全真出溜到江裡，你就等著五萬亡魂找你算帳吧！」

劉老六道：「兩個小時以後吧，時間太緊，我只能隨機給你找個落腳點，我可也不知道給弄哪去啊！」

我說：「好，口令是什麼？」

劉老六道：「這不現成的嗎？力拔山兮氣蓋世！然後到哪算哪兒吧，沒有回執口令。」

我掛了電話對劉邦說：「我現在就回去，兩個小時後你放我們去烏江。」

劉邦道：「行。」

我滿意地拍了拍他肩膀：「你小子，總算還夠意思。」

劉邦非常難得地扭捏道：「那個……下回你來的時候，能不能把鳳鳳也帶來？」

我為難道：「這還要看鳳鳳願意不願意了，人家的盜版帝國做得也有聲有色的，巴巴地跑來給你做小啊？」

劉邦嘆了口氣道：「其實……是我想她了。」

我笑道：「看看，雖然藥是襪子裡摳出來的，可還是沒失效。」

劉邦：「嘔——」

和劉邦待了一會兒，我趕緊又往楚營趕，劉邦把我送出來，不自然道：「那個小強啊，我答應你的並肩王可能還得往後推推，等你劉哥當了皇帝再說。」

我不屑道：「稀罕！」

到了楚營，我跟項羽說：「等著吧，兩個小時以後咱們一起走。」

項羽道：「去哪？」

我說：「不知道，到哪算哪，邦子一會兒給咱們讓開一條路，兵道口就在烏江邊上。」

項羽嘆道：「這回我又欠劉小三一個人情。」

我納悶道：「你的范增呢？」

項羽道：「回鄉下去了。」

我見他表情尷尬，失笑道：「你又把老頭氣跑了？」

虞姬輕輕挽住項羽的胳膊道：「范增雖智，但喜用奇計淫巧之術，大王卻光明磊落，他跟大王理念不同，那也是沒辦法的事，大王若用了他的計謀，就算打了勝仗也不歡喜。」

項羽輕撫虞姬的手，慨然道：「人生得此知己足矣！」

我寒了一個道：「行了行了，叫弟兄們收拾東西準備搬家，把該帶的都帶上，誰知道這次到哪兒去，老搞破釜沉舟那一套也不是辦法，還有，咱都是要當爹的人了，以後脾氣也改改，別還像熱血少年似的……」

項羽目光不善地看著我，我擺手：「算我沒說。」

虞姬和小環咯咯而笑，虞姬道：「大王，今後你有什麼打算，是準備東山再起還是跟阿虞廝守一隅？」

項羽道：「你說呢？」

我剛想說什麼，卻又打住，因為我覺得現在說什麼也不起什麼作用，虞姬的態度才能決定今後天下太平與否，她要非當皇后不可，那可就壞了，一個剛愎自用的男人背後要再加上一個煽風點火的女人，再說什麼這天下也永無寧日了。

虞姬幽幽地嘆了一口氣道：「我說出來，只恐大王怪我。」

項羽柔聲道：「我什麼時候怪過你？」

我心說壞了，女人一來這招多半沒什麼好話，不管漂亮的還是醜的，委婉的背後必然包藏禍心。長成包子那樣的突施冷箭，照樣防不勝防！

虞姬道：「我知道大王壯志未酬，如果阿虞是個好女人，此刻就需勸大王重整旗鼓，雄視天下，可是阿虞不是一個好女人，我只想能和大王平平靜靜地度此一生。除此之外，不管大王貧富地位，是否得了天下，你始終是阿虞心目裡的蓋世英雄，我喜歡的是你的霸王志，在阿虞看來，天下風雲曾為你一人起伏，大王已經創下不世的傳奇，這便足夠了，至於那皇帝，又苦又累，就讓那個劉邦去當吧。」

項羽微笑道：「你又沒當過皇帝，怎麼知道又苦又累？」

虞姬羞怯道：「就算不是又苦又累，那時的大王就不是阿虞一個人的大王了。」

項羽哈哈大笑道：「罷了，本來我也無意什麼帝王將相，無非是爭一口閒氣，像小強說的，我也是快當爹的人了，這個又苦又累的破皇帝，就讓劉小三幹去吧。」

我擦汗道：「羽哥，你找了個好老婆啊！」

虞姬嫣然一笑，偷偷朝我丟過來個頑皮的表情。

其實，這裡除了項羽，明眼人都能看出來，虞姬是巧妙地化解了項羽心中解不開的鬱結，她能四處張羅著給項羽納妾，自然也不介意項羽當了皇帝以後有三宮六院，但驕傲的楚霸王屢次三番敗在劉邦手裡，心裡肯定不爽，再加上從我們隻言片語中，得知我們幾個的關係非比尋常，虞姬已經明白項羽內心其實是不想跟劉邦真的你死我活，他非常矛盾，這一番話都是這個聰明的女人故意說出來，好釋放項羽心中沉重的包袱的。

難怪項羽那麼愛虞姬，他雖然多半時候粗枝大葉，但他可不愚鈍，能感覺到虞姬也是全心愛他的。

當下項羽傳令，全軍收拾行裝，三更天向烏江方向突圍。

三更天一到，漢軍駐守烏江方向的軍隊忽然發生異動，有意無意地張開一個大豁口，項羽急令車騎先行，親自押後。

兩邊的漢軍似乎是得了死令，光見吶喊卻不見一兵一卒夾擊，我們遷徙過的地方雖然被漢軍立刻佔領，但也沒人咬我們的尾巴，劉邦的追擊部隊只是把火把點得映天紅，方圓三里根本不見人，與其說追擊，不如說是在給我們歡送。

五萬楚軍多是騎兵，沒用半個小時就抵達烏江畔，可是前邊的人馬就再也走不動了，雖然是作戲，漢兵可也溜溜達達地追上來了，項羽大聲道：「前邊怎麼回事？」

斥候報：「大王，前方已無出路，乃是烏江河畔。」

項羽和我對視一眼，一起催馬趕到前方，只見烏江水滾滾向東，寬闊的江面上也沒有任何可擺渡的工具。

項羽看了我一眼道：「你說的兵道是在這裡吧？」

我也頗為焦急，手搭涼棚四下張望，漢軍的聲音越來越近，萬一兩軍真見了面，那也只能是假戲真做了。就在這時，楚軍中忽然有人歡呼一聲道：「兵道在那兒！」大概是參加過聯軍的士兵認了出來。

我順聲音一看，只見緊挨著烏江邊的地方驟然開了一道黑霧，以前我送聯軍回國的時候見過幾次，依稀就是這個樣子，我對項羽說：「就是它了，讓戰士們進去吧。」

可是軍令發下以後，前排的士兵卻犯了猶豫，他們多是第一次見這玩意，根本不知道它的作用，一般人看，兵道就是一股霧氣，再前面就是滔滔的江水，項羽讓他們繼續前進，看上去簡直就像讓他們投河一樣。

項羽策馬到前，怒道：「你們怎麼不服從軍令？」

一個楚軍戰士先是有些畏縮，繼而邁前一步大聲道：「大王，我們不怕死，可死也要死得有價值，與其跳河，不如和漢軍決一死戰！」

不少士兵紛紛響應道：「對，和漢軍決一死戰！」

項羽聽完微微一笑道：「原來是這樣，我不是要你們死，而是想讓你們活著，你們只要大膽往前衝就是了。」

士兵們仍舊猶豫不前，參加過聯軍的老兵畢竟是少數，項羽見狀，大喝一聲：「黑虎！」

一個身背流星錘的黑甲猛男催馬上前應道：「在！」

這猛男我見過，屬於項羽手下的原始大殺器，據說在原史裡是死於彭城之戰，沒想到項羽重回楚漢，他也得以倖存了。

黑虎一出陣聲勢驚人，眾兵全都默然。

項羽道：「黑虎，你為我死一次怎麼樣？」

黑虎道：「好！」

項羽點了點頭，伸手一指烏江：「那你先跳吧。」

黑虎二話不說，把流星錘的鏈子往身上纏了纏，打馬直衝，在眾兵的目瞪口呆中，黑虎一人一馬闖進黑霧裡不見了，項羽笑道：「看見沒有，河裡沒有黑虎的屍體吧？」

一干聯軍老兵這時也喊了起來：「大王，讓我們帶路吧。」

項羽一揮手，這些老兵都興高采烈地撲進了黑霧中，遠遠看去，他們的一隻腳似乎就要踏進江裡了，卻又忽然消失，明顯沒有落水。

其他人看得真切，開始一批還是遲疑地一步一步蹚過去，到最後終於恍然，五萬人馬一古腦跑進去七八成。

我拉了一把項羽道：「羽哥，咱還得往河裡扔點東西做做樣子，別讓邦子太難做。」

項羽道：「是，我把這給忘了。」他命人把不重要的和用不著的東西都丟在河裡，一時間，破衣爛衫、鍋碗瓢盆和楚軍的旗幟著實丟進去不少，在江面上漂漂蕩蕩，直如真有一支部隊集體投江一般。

我看差不多了，忙叫：「好了，再扔就不環保了，都進兵道吧。」我看看項羽和虞姬說：「羽哥嫂子，你們也走吧，我殿後。」

項羽道：「那怎麼行，你帶著阿虞先走！」

我聽漢軍的喊殺聲已近在咫尺，搖頭道：「別爭了，不能讓人看見你活蹦亂跳地跑沒影兒了，把你這身盔甲給我，快走吧。」

項羽想想有理，再不多說，把上身的黃金甲脫給我，護著虞姬進了兵道。

這會兒已經隱約能看見漢軍的旗幟遠遠趕來，我下了馬，找了幾根樹枝，把那副黃金甲撐起來，然後高高舉著，就聽遠處的漢軍中有人喊：「看，項羽在那！」

等他們又跑近幾步，我忽然粗著嗓子蒼涼道：「悲哉，我項某一世英雄，最終敗於宵小之手！」

有人叫道：「果然是項羽——哎喲，楚軍全跳河自殺了。」

障眼法生效，現在說出口令兵道就會自然閉合，我舉著盔甲愴然道：「哎，此天亡我也，非戰之罪！」

按說我現在只要念出口令，再把盔甲往河裡一丟，鑽進兵道就萬事大吉了，可是我忽然詩興大發，覺得除口令之外，還有必要再補充一下項羽悲涼絕望的形象，於是又高聲吟了幾句：「力拔山兮氣蓋世，壯士一去兮不復還。夢裡不知身是客，直把杭州作汴州。」

漢軍紛紛嘀咕：「啥意思啊？」

「撲通」一聲，我把盔甲往河裡一扔，悄悄摸進兵道，黑霧漸縮漸小，終於完全消失在夜色之中……

我一進兵道就見虞姬在等我，笑道：「小強，夢裡不知身是客，直把杭州作汴州是什麼意思呀？我雖然不太懂，可是那股哀惋之意可真是做得真好。」

我嘿嘿一笑，再看項羽氣得臉都綠了，罵道：「你就再詆毀我吧！」

我笑道：「經我這麼一改，這詩絕對火，再說，這個也比你那個『兔子兔子跑不了（騅不逝兮可奈何），老婆老婆怎麼辦（虞兮虞兮奈若何）』好啊。」

烏騅馬聽我又叫牠兔子，照臉噴了我一下……

我和項羽催馬趕在隊伍前面，這還是我第一次進兵道，情景跟坐在車裡差不多，大概因為速度慢，所以沒有那麼斑斕而已，其他的就跟你走在天橋下面是一樣的。

就這樣走了三四個小時，前面忽然有亮光出現，我說：「應該是到了。」

項羽綽起大鐵槍撥馬率先跑出去偵察，他的身影消失了一下，又出現在口子上道：「叫大家都出來吧，暫時安全，咱們到了一座山上了。」

我出去一看，果然，兵道外是一座荒涼的高山，空氣凜冽而清新，看天色正是凌晨即過，還在剛亮未亮之間，天空的啟明星已經非常模糊了。

五萬楚軍出得兵道，見自己真的死裡逃生到了另一個世界，片刻錯愕之後都歡呼起來。

項羽笑瞇瞇地任他們鬧了一會兒然後一擺手，軍紀嚴明的士兵立刻停止喧嘩，排列成整齊的隊伍，等項羽發佈下一步命令。

項羽派出斥候偵察周圍環境，又命人檢查糧草，剩餘的糧食還夠全軍兩日之用，山上就有山泉，大家就地埋鍋造飯。

這時天色又亮了一些，晨霧漸散，警惕性很高的士兵不少人都同時發現山下的小矮林裡似乎藏著不少人，仔細一瞧，都不約而同地叫了起來：「是一支軍隊！」

項羽做個手勢，士兵們俐落地踏滅明火，一起伏低身子向下觀察，這一看不要緊，只見山的另一邊也有一隊人馬在緩緩進發，方向正是衝著矮樹林而去。

項羽納悶道：「這些人要幹什麼，難道知道我們要來，是來包圍我們的？」轉瞬即道：「不對，矮林那夥人在等著伏擊這邊這夥人——咱們可有熱鬧看了。」

說話間，那支行軍中的部隊已經全面進了對方的包圍圈，從我們這裡看去，可以看見伏在小樹林裡的人馬微微出現了躁動的情緒，待敵人前頭部隊一進入包圍圈，弓箭手立刻放箭，同時樹林裡的三千多人馬一起吶喊殺出，被伏擊的軍隊一時驚錯，但看反應也都是訓練有素的軍人，各拉兵器和伏兵戰在一起。

雙方一接上仗，我們這才看清那支伏兵的服飾，只見這些人多以皮和鐵片綴於胸前，工藝粗糙，手裡的武器都是大傢伙，普遍強壯兇悍，有點蒙古人的風格，但看戰術指揮卻又不像蒙古人那麼粗中有細，完全是靠蠻力在廝殺。

被伏擊那支部隊裝備明顯要整齊得多，統一的盔甲和服裝，不過比起唐宋明等國的軍隊又遜色不少，大部分人看膚色就知道是中原兵。

我們莫名其妙地來到這個地方，還沒等幹什麼呢就先碰見這麼一齣，因為無法判斷年代，我們自然也不知道這是誰和誰。

又看了一會兒，我依稀覺得那些伏兵的打扮眼熟，猛地想起來，以前玩電玩遊戲，匈奴王好像就是這麼個裝扮，這麼說這些人是匈奴兵？

唐朝之前，跟匈奴大規模作戰的無非是秦漢，可另一幫人明顯不是這兩個朝代的。

匈奴兵占了先機，加上人悍馬快，一下打了對方個措手不及，中了埋伏的這支人馬只能勉力支應，隊伍混亂不堪，根本不能有效還擊。

眼看就要大勢已去，忽然從這支部隊中快馬衝出一員將領，他握劍在手砍翻兩個匈奴兵，一邊大聲發號施令道：

「張三，你帶人頂住左邊，李四，讓你的人頂住右邊，其他人跟我衝，讓後面的兄弟補充上來！」

兩個分隊長答應一聲，自帶本部人馬拼死抵抗，聽聲音，這位將領非常年輕，但手段嫻熟作戰勇敢，帶著幾百人直進敵人中心，這樣一來，剛才狹窄有限的地方就被他衝出一片空地，他身後的大部隊得以進入戰場。

匈奴兵只有三千，而他們看樣子至少有五千人，雙方在平地交手，對匈奴人不利，那年輕將領邊打邊審時度勢，不斷發佈新命令，局勢竟然就漸漸被他扭轉。

項羽坐在半山腰上看罷多時，點頭讚道：「此人智勇雙全，是一流的將才。」

我問：「比你如何？」

項羽笑道：「沒法比，不是一個風格，這人能靈活運用兵法那是不錯，我卻只相信狹路相逢勇者勝，遭人伏擊，最忌猶豫不定，我如果是他，只需身先士卒往對面一衝，半小時內敵軍可破，像他這樣一邊打一邊還要顧念士卒，反而貽誤戰機。」

虞姬掩口笑道：「大王此言差矣，軍隊和軍隊不盡相同，咱們軍中個個知道大王勇猛無敵，他們跟著你自然就會百戰百勝，可是別家軍隊若非主將發令就一個人往前跑，他的下屬又怎能明白他是什麼意思？」

項羽微微一笑：「說得也是。」

我驚道：「喲，嫂子還是行家啊。」

這時那年輕將領也已衝到敵人中心位置，只見他手挽一把長劍，身段俐落寒光四起，粗獷的匈奴人竟也抵敵不住，眨眼工夫就又被他砍落幾人，我越看此人越覺得熟悉，再看他那把長劍，一個名字幾乎就要脫口而出。

就在這時，匈奴兵裡一個悍將見手下紛紛落馬，大怒之下，操著狼牙棒狠狠向這年輕將領砸來。這小將不慌不忙，沉著地把劍一撩，眼看就要把對方的兵器蕩過去，忽然不知怎麼的，他身子在馬上一抽，似乎是遭遇了什麼極痛苦的創傷，就此一個趔趄，匈奴人的狼牙棒堪堪就要砸中他的頭頂，他拼命把頭一歪，頭盔就此被打落在地，露出一頭烏黑的披肩長髮……

我終於跳了起來：「木蘭姐！」

與此同時，項羽也大叫一聲：「是木蘭！」

我懊惱道：「我說怎麼這麼眼熟呢，從她的劍上我早該認出她來了。」

我們對她的身姿舉止都相當熟悉，加上那頭長髮，此人絕對是花木蘭沒錯，至於她為什麼會打著打著忽然失手，那不用說——可憐的木蘭姐胃病又犯了。

花木蘭頭盔掉落，那匈奴兵見有機可趁，又是一棒揮來，木蘭胃病陡發，疼得幾乎痙攣，她一手捂腹，勉強用另一隻手持劍對敵人對磕，身上雖沒受傷，但終於掉下馬去，她手下的人不明就裡，頓時大嘩，匈奴人趁機再次佔領了戰場上的主動。

項羽和花木蘭雖然平時老拌嘴抬槓，但他們感情極深，此刻他翻身上馬，把槍綽在手裡，大喝一聲：「黑虎！」

黑甲猛男一提流星錘站起：「在！」

「我命你率五千人馬下山從那幫伏兵身後偷襲，記住，不可放跑一人！」

我心說這黑虎跟了項羽也夠倒楣的，苦活累活一個人全包了。可黑虎一聽，換了地界還有仗打，興奮道：「得令！」

項羽接著又道：「五百護衛上馬，準備隨我衝鋒。」

那邊，花木蘭跌在馬下，一骨碌翻起身揮劍又戰，但是一來失了馬，二來胃部劇痛難忍，在亂軍陣裡磕磕絆絆，每分每秒都有危險，我急得在山上大叫：「木蘭姐，再堅持一會兒，我們這就去幫你……」

項羽道：「別亂喊，你想洩露她女兒身的秘密嗎？」說完帶頭衝下山去。

我趕緊閉嘴，惶急中我把這事給忘了，再說花木蘭現在還不認識我們，就算叫她她也不能認呀。

虞姬詫異道：「那位將軍原來是個女孩子啊？」

我見她眼睛骨碌骨碌轉，忙抬手道：「別費心了嫂子，是女孩子不假，人家也說了，羽哥只能當哥們，你別一會兒再巴巴地跑去說媒去。」

虞姬啐道：「在你眼裡我就那麼愛給大王說媒啊？」隨即輕嘆一聲，「其實哪個女人願意把自己的丈夫推到別人懷裡呢，只不過我以前一直沒有身孕，可現在就不一樣了……」

項羽帶著五百護衛雷霆般直擊下去，山下兩邊正在交戰的人都是大吃一驚，山上又有伏兵是他們絕對沒想到的。

項羽威風凜凜地在前打頭，身後是五百殺人如麻的虎狼戰士，山上是五萬歡呼吶喊的楚軍，匈奴兵和花木蘭的人馬一起大驚失色，他們都在想同一個問題：假如這幫人是來對付自己的，那可就真完了！

項羽大喝一聲：「花將軍莫慌，我來助你一臂之力！」他這一表明身分，花木蘭的人頓時精神大振。

說話間，項羽人到馬到，大槍一揮，把和花木蘭纏鬥的那個匈奴將領連人帶棒砸成兩個圓圈，手腕一抖，又把幾個匈奴兵刺出透明窟窿，花木蘭趁機把頭髮挽起，道：「多謝了，這位將軍……是咱們本部人馬嗎？」

項羽道：「這些一會兒再說不遲，先掃清戰場。」

花木蘭提劍上馬：「說得是——兒郎們，隨我殺盡柔然的侵略者！」

我想起來了，跟花木蘭打仗的是柔然，有些書上索性就叫匈奴了，反正性質差不多。

匈奴人本來就少，被項羽軍一衝，再也無力還擊，頃刻潰散，向著小道相反的方向逃去，跑著跑著，後面的人就聽前面的人慘叫不斷，還沒回過神來，南瓜大小的鏈子錘就迎面砸了上來——黑虎早就等在這裡了，他揮舞著流星錘，一個人就霸住了這條小路，驅馬往上一來，跟台割草機似的，五米以內，不等看清他長什麼樣就被砸得五彩斑斕。

這樣，兩邊合力一夾，三千匈奴兵死傷慘重，最後只剩幾百人，他們心膽俱寒，把武器舉過頭頂，用生疏結巴的漢話道：「投降，投降……」

還不等花木蘭表態，項羽手一揮，五百護衛從背後拔出標槍投過去，幾百匈奴人就連人帶馬被穿成一串，我在山上不禁寒了一個道：「狠吶。」

花木蘭面有不豫之色，道：「這位將軍，你幫了我，我很感謝你，可是你殺他們之前，是不是應該徵求一下我的意見？說不定還能問出什麼情報來。」

項羽笑眯眯地看著花木蘭道：「咱倆可終於在戰場上碰見了——哦，你要情報啊，總有沒死的……」他低頭看了一眼，用槍撥了撥一個腸子流了滿地卻還在爬的匈奴兵，樂呵呵地道，「快，就這個，趕緊問吧，一會兒也死了。」

花木蘭橫了他一眼，下馬低聲問了那匈奴兵幾句話，然後揮劍結束了他的痛苦。

項羽道：「問出什麼來沒有？」

花木蘭不理他，向手下人大聲道：「我們的行蹤已經被柔然掌握了，現在我們不能孤軍深入，我決定全體後撤二十里，駐防等待賀元帥的大隊人馬。」

項羽把槍橫在馬背上，抱著膀子搖頭道：「你這不對呀，按理說他們的伏兵已經被你全殲，現在正是攻其不備的好時機，你卻要退兵？」

眼前的人畢竟幫了自己大忙，花木蘭也不好太不客氣，勉強一笑道：「還沒請教這位將軍的姓名，還有，你們是哪部人馬？」

項羽道：「哦，我們不是正規軍，我們是土匪。」

花木蘭的人一陣騷動，花木蘭卻眼光獨到，一眼就知道項羽和他的手下都是經過千錘百煉的職業軍人，但人家不願意透露姓名，便也不強求，一抱拳道：「再次多謝，咱們就此別過了。」

項羽意外道：「你真的不打算照我說的做？」

花木蘭本來已經走出好幾步了，聽他這麼說，轉過身來鄭重道：「這位將軍，或許你說得對，但打仗可不是博弈，也不是用來好大喜功的事情，我得為我手下這幾千士兵負責！」

項羽這下不高興了，甩著手激烈地道：「怎麼就好大喜功了，趁敵不備，突施奇兵，這難道還用我教你嗎？」

花木蘭沉臉道：「反正我打這麼多年仗，受的教育是打仗應該處處小心，量力而行，照你說的，我就算帶著這幾千人馬突襲得手又能怎麼樣呢，柔然十萬大軍，靠我們這些人就能把他們全殺光嗎？」

項羽扼腕道：「哎，女人就是不應該出來打仗。」

花木蘭變色道：「你說誰是女人？」

項羽也知道這時候說這話不合適，於是改口風道：「反正要是我就會……」

花木蘭打斷他道：「我不是你！」

項羽道：「所以你只能錯失良機。」

花木蘭：「也不會自取滅亡！」

項羽：「……──％￥＃……」

花木蘭：「……──％￥──」

……得，兩人一見面就又掐上了。

花木蘭搶白了他幾句，因為還有公務，擺擺手道：「好，我不跟你爭了。」

這時我們見事情告一段落，都從山上下來，五萬人馬漫山遍野地一出現，花木蘭的人再次騷動起來。

項羽回頭看了一眼自己的部隊，微笑道：「花將軍，這樣吧，你只要管飯，匈奴人我們幫你搞定，怎麼樣？」

花木蘭開始頗為戒備，這時見項羽似乎並沒有什麼惡意，試探道：「你說真的？」

項羽攤手：「當然。」

花木蘭略一猶疑，道：「可是我不知道你們到底是什麼人，我打了這麼多年仗，怎麼還從沒聽說燕山上有好幾萬土匪？」

原來這就是大名鼎鼎的燕山，也就是木蘭詞裡的「但聞燕山胡騎鳴啾啾」的燕山。

項羽道：「你管那麼多幹什麼，我們要想害你，剛才不要幫你就是了，更別說還替你殺了那麼多匈奴。」

花木蘭思考片刻道：「可我只是區區一先鋒，攜帶糧草有限。」

還不等項羽說什麼，忽有北魏士兵報告花木蘭：「先鋒，前方發現柔然小股部隊，看樣子是在尋找伏擊咱們的同夥。」

花木蘭沉吟一下道：「看樣子他們的大部隊就在附近，決戰的時機到了，咱們若要後退去和元帥會合，容易被他們衝亂陣腳——傳我命令，全軍就在此駐防設下埋伏，你去通秉元帥，請他速速增援。」

這時，虞姬在小環的陪同下也來到山下，見花木蘭英姿颯爽的樣子讚道：「這個姐姐可真是了不起，比許多男人都強。」

我說：「這叫巾幗不讓鬚眉。」

虞姬道：「巾幗不讓鬚眉——這句話也說得好，小強真是好才華。」

花木蘭下完第一道命令，看了看項羽，判斷了一下情勢便俐落道：「這位將軍，你如果真的有意相助，就請和我們並軍駐紮，糧草不是問題，待大帥一到，我自會說明情況。」

項羽呵呵一笑道：「好說，我們的人自會擋在你前面。」

花木蘭點點頭，一手捂著胃，去巡視手下傷亡情況去了。

望著花木蘭的背影，項羽看看我，我看看項羽，兩人都露出一絲苦笑，好朋友近在咫尺卻無法相認，怎麼給她吃藥成了一大難題，她現在對我們還不太放心，通過飲食下藥的手段恐怕難以奏效。

虞姬看我們為難的樣子，咯咯一笑道：「把東西給我，我去試試。」

我看看項羽，項羽道：「給她吧，阿虞什麼都知道，她明白怎麼做。」

我拿出顆藍藥交在虞姬手裡，只見她拿出一隻晶瑩剔透的玉盞來，把藥小心地放進去，又往裡面倒了半盞茶水——這還是我上回來送給他們的大紅袍呢。

這會已經有人把花木蘭的帳篷搭好，花木蘭胃疼得滿頭大汗，實在忍不住了，在帳邊站了一會便進去休息，虞姬端著那杯茶走進去，只聽她款款道：「花將軍，把這個喝了會好受一點。」

這時帳篷裡卻再沒了聲響，項羽搓手道：「你說木蘭不會對阿虞下毒手吧？」

我也吃不準，伸長脖子往那邊張望，良久，忽聽花木蘭的聲音悠悠道：「這個盞兒可真漂亮——」

我叫道：「木蘭姐說這個盞真漂亮，那麼就是說她已經把藥喝了？」

「沒錯！」項羽邁步就往前走去，猛然間帳篷簾子一掀，花木蘭笑吟吟地站在那裡說：「表弟，你來了？」

我一頓之後驚喜道：「木蘭姐，你都想起來了？」

第十章

# 英雄遲暮

賀元帥滿含欣慰的嘆息聲卻傳了進來：

「老啦，是該把重擔交給年輕人的時候了。」

項羽感慨道：「雖然英雄遲暮，總算激流勇退，

老賀也稱得上功德圓滿——木蘭，恭喜你呀，

只要明天這一仗不出意外，你就是新的三軍主帥。」

花木蘭慌張地向四周掃了一眼，惡狠狠地小聲說：「不要瞎喊，你想害死我啊？」我會意，急忙閉嘴。

花木蘭跟我打完招呼，這才慢慢把目光轉向項羽，雖然想做一個嚴肅的表情，可還是禁不住笑意：「項大哥……」

項羽卻不管三七二十一，大大咧咧道：「妹子，羽哥幫你打仗來了！」

花木蘭見左右無人，瞪了他一眼道：「用你？」

項羽笑道：「別嘴硬了，要不是我們，你說不定已經掛了。」

花木蘭也不惱，微微一笑道：「掛了大不了再去小強那兒。」

我們說笑著，像兄弟一樣相互揭短，虞姬就站在一邊笑著，項羽一把摟過她道：「對了，快來見過你嫂子。」

花木蘭看了一眼虞姬，勉強笑道：「嫂……子。」

她一把把項羽拉在一邊道：「我說你怎麼又跟張冰……」話說半截，花木蘭已經恍然大悟，捂嘴看著虞姬道：「哎呀，這位恐怕真是嫂子！」

虞姬笑道：「客氣，看樣子是應該我叫你姐姐才對。」

花木蘭在項羽胸口捶了一拳：「恭喜你了，這下不用要死要活的了。」

虞姬笑瞇瞇地看著項羽，玩味道：「哦，有這等事？」

項羽不自然道：「咳咳……那個木蘭啊，說說現在什麼情況。」

花木蘭這會驚喜剛過，胃病又犯，疼得汗透重甲，我沮喪道：「車上本來有藥，可惜落在邦子那兒了。」因為我開著車沒法跟項羽同步行動，所以就把車留在垓下，反正以後還可以開兵道回去。

花木蘭皺著眉頭道：「不用了，好在扁神醫給我開的藥方我也記起來了，一會叫人去煎就好了。」

虞姬道：「男人粗手笨腳的，還是我和小環去吧。」

花木蘭寫下藥方交給虞姬，眼看著她走了出去，衝項羽一眨眼道：「真是嫂子啊？」

項羽笑道：「少廢話，先說你這的事吧。」

談到軍情，花木蘭立刻嚴肅起來，鄭重道：「如果還按以前發展，那麼從現在到以後兩年內，將是我們最艱苦的時候……」

我詫異道：「以後兩年？這麼說你從軍還不到十二年？」

花木蘭點點頭，忽然忸怩道：「咦，你這麼一說，我才發現我比以前年輕了兩歲，呵呵。」

哎，女人就是女人。

我掰著指頭道：「我算算啊，你比以前年輕了兩歲，也就是廿七，我比以前大了一歲，我今年廿八——哎呀呀呀，以後我只能叫你木蘭妹妹了！」

項羽道：「木蘭我問你，現在到底什麼狀況，為什麼說是你們最艱難的兩年？」

我說：「黎明前的黑暗唄。」

花木蘭點點頭道：「差不多。」

她指著地圖說：「圍繞著燕山，我們將和柔然展開最後的決戰，柔然有騎兵十二萬，不論進攻還是撤退，他們的速度非常快，我們大概有十五萬人，還有三萬是步兵，總體兵力持平，但柔然比我們善戰，只能想方設法把他們隔離開，個個擊破。我們的總兵力比對方多一點，這是經過多次精心佈置才換來的一點優勢，所以現在的仗非常難打，一旦有意外損失，雙方將再次回到一個起跑線，那就對我們不利了。」

項羽認真地聽了一會，托著下巴道：「恭喜你花將軍，現在你們已經有二十萬的總兵力了。」

花木蘭知道項羽這是決定要幫她，嫣然道：「謝了。」

項羽把大手捂在地圖上斷然道：「我要讓你們的這場戰爭提早兩年結束，或許就在這一兩天結束——讓你的人找到他們的主力，然後按我說的辦，趁其不備給他來一次突襲，一把端掉他的老窩。」

花木蘭搖頭道：「又是你那一套，我跟你說了，柔然非常兇猛，有你這五萬人馬，再加上我們賀元帥的十五萬，我們好好策劃一次總攻不是更好嗎？你難道寧願自己的士兵去送死？」

項羽道：「埋伏你的敵人已經死光了，他們的主力並不知道我的到來，一隻犯迷糊的土狗是不足害怕的。」

花木蘭道：「可是你要去打牠，牠就總有回過頭來咬你的時候。」

項羽微笑道：「那牠也只是一隻土狗，大不了給牠咬幾口。」

我小心道：「被狗咬了後患無窮啊，還得打防疫針。」

木蘭哼了一聲道：「我看你羽哥以前被狗咬的後遺症已經發作了。」

項羽嘆了一聲：「『雌』不掌兵，這句話真是一點也沒錯。」

花木蘭剛想回口，忽有探馬來報：「報先鋒，燕山以北小樹林外發現柔然五千騎兵，應該是來探察那些伏擊過咱們的人的下落的。」

花木蘭擊拳道：「來得好！」她揮退探馬，對項羽道：「咱們的話題以後再爭，我不跟你客氣了，我需要你的人跟我配合吃掉他這五千人馬。」

「你說。」

花木蘭道：「我讓我的人做誘餌引他們進樹林，你在那裡設下埋伏，你看怎麼樣？」

項羽只是微笑不語，花木蘭愕然道：「怎麼，你不願意？哼，也是，我的事情你本來沒必要管，我自己照樣應付得了。」說著戴上頭盔，就要出去佈置。

項羽攔住她道：「我是那種人嗎——我記得咱們以前打過一個賭，你說五百人馬絕對吃不掉五千人，是嗎？」

花木蘭道：「那又怎樣？」

項羽大步向外走去：「今天我就讓你看看五百人是怎麼吃掉五千人的！」

花木蘭一把拽住他：「你想幹什麼？」

項羽大聲傳令道：「五百近衛集合！」

花木蘭變色道：「你不是說真的吧？」

項羽臉上閃現著剛毅和決然的神色：「你看我像在說笑嗎？」

這下花木蘭可真急了，大聲道：「你瘋了？」

這時項羽已經走到帳外，他的近衛軍聽到主人召喚，已經全部上馬，五百人列成一個小方陣，靜靜地等候項羽發佈命令。

我見情勢不對，急忙拉住項羽勸阻道：「羽哥，衝動是魔鬼，你不會因為一個玩笑當真吧？」

項羽拿過幾件普通盔甲，挑選合適的做了一下簡單的防護，依舊不戴頭盔，把頭髮粗粗地紮在腦後，拄過大槍便要上馬。

花木蘭一個阻攔不住，情急之下大叫：「我錯了還不行嘛？以後推演就算剩你一個人也算你贏……」

項羽哪裡管她，飛身上了瘸腿兔子。

在這個節骨眼上，虞姬端著一碗熬好的中藥蓮步緩移走了過來，我一見頓時叫道：「嫂子你管不管，羽哥要帶著幾百人去跟五千人幹仗。」

虞姬一怔，把藥碗交到花木蘭手上，用詢問的目光看著項羽，項羽此刻已經上馬，他把槍橫在馬背上，和虞姬目光相對，輕聲道：「阿虞，你讓不讓我去？」

虞姬款款來到項羽馬前，靜靜道：「他們人很多嗎？」

項羽點頭：「很多。」

「兇狠嗎？」

項羽點頭：「兇狠。」

虞姬點點頭，幫項羽理了理馬鐙，柔聲道：「那你要小心一點，別把自己弄傷了，孩子長大以後會笑話你的。」

我和花木蘭萬沒想到她會這麼說，不禁面面相覷，連一句話也說不出來了。

項羽呵呵笑道：「你放心。」

虞姬溫柔一笑，再不說第二句話，帶著小環進帳去了。

我還想說什麼，項羽不怒自威地瞪了我一眼，我趕忙閉嘴。

項羽來到五百護衛面前，目光從他們身上一一掃過，朗聲道：「這次我們要面對的是五千人。」

五百護衛大聲道：「是！」

項羽道：「你們中可能有人會死。」

五百護衛大聲道：「是！」

項羽道：「可是最後的勝利是我們的。」

五百護衛熱血沸騰，吼道：「是！」

項羽看了一眼群相激奮的部下，忽然微笑道：「別那麼嚴肅，一萬人我們也不是沒打過。」

這句話一出，護衛們都哈哈大笑起來，更有人喊道：「大王，你不是說我們不能以眾欺寡嗎？」一群兵又是一陣大笑。

項羽笑道：「走吧！」

於是，楚霸王帶著他的五百近衛軍風一樣湧了出去，老遠還能聽到他們粗野的說笑聲，這哪是要去拼命啊，簡直就是一幫約好了去逛夜市攤的民工。

花木蘭看著他們的背影一直消失，這才回過神來，悠然嘆道：「真是一幫亡命徒。」

我說：「姐，以你多年的帶兵經驗，你說他們真的能贏嗎？」

花木蘭苦笑道：「如果是以前，我不這樣認為，現在可真不好說了，這個傢伙打仗好像從不按常理出牌。」

這時我才發現虞姬不知什麼時候已經走了出來，倚在門口癡癡地望著項羽離去的方向發呆，我忙說：「嫂子，羽哥這麼玩命你真的不管吶？」

虞姬淡淡一笑：「你以為我不讓他去，他就真不去了麼？」

小環攙著虞姬道：「其實最擔心的還是虞姐姐。」

我說：「嫂子你就是太傳統了，你要非不讓他去，我就不信他敢把你怎麼樣，何況你肚子裡還有孩子呢。」

虞姬嘆息一聲道：「大王自從從垓下出來以後，心裡就一直不痛快，他雖不說，我卻知道，這次再不讓他去，恐怕他會憋壞。」

這時，花木蘭軍中的探子帶著一臉暈暈乎乎的表情報道：「花先鋒，那位姓項的將軍不知何故帶著五百人出了燕山，他們馬上要和柔然的大軍碰面了……」

花木蘭猛然醒悟道：「對了，我們快去看看！」

虞姬扶著門框虛弱道：「花姐姐，小強，答應我，如果不到迫不得已的時候，千萬不要插手，大王他心高氣傲……」

花木蘭道：「我理會得。」當即點齊本部人馬向樹林外進發。

我們來到燕山腳下的山石堆上向下看去，項羽和柔然的五千軍隊已經碰了個臉對臉，匈奴人馬鐵甲兜心，烏氣沉沉地排成一隊，項羽軍呈密集隊形，依舊是一塊小方陣。

一員番將看著對面幾百著裝陌生的軍人，喝道：「你們是什麼人，是路過還是投降？」

項羽一言不發地把槍豎起，五百護衛把長刀拉出刀鞘，匈奴兵均感愕然，他們眼看著對方拔出武器，還是想不到他們敢憑區區幾百人向自己發起衝鋒。

那番將道：「你……」

不等他把話說完，項羽一提轠繩，瘸腿兔子疾如閃電般衝了出去，那番將做夢也沒想到他一句話沒說完，對方的槍已經刺進了他的脖子，一個「你」字剛出口，後面的話都變成了血霧在空氣中噴湧的聲音：「噗！」

項羽在前一衝，兩個護衛就緊跟在他肩後一起跟了上去，再後面是四個護衛組成的攻擊陣形，第三排是八個，以此類推。

他們的進攻非常奇怪，就好像後面的人都藏在前面人身後似的，這樣，就形成了一個尖銳的三角形，深深地扎進了敵人的中心，五千人排成一列，匈奴人的厚度就變得非常有限。

項羽的快馬殺出重圍只用了幾分鐘時間，他一回馬，再次跑在隊伍最前面，眼前是已經被衝亂的敵人，他的衛隊殺出來，紛紛又跑進隊列，五百人的第一次衝鋒，就在敵人的混亂不堪和毫無防備的情況下完成了。

這時匈奴兵大嘩，他們壓根就沒預料到會碰上這麼窮凶極惡的敵人，長時間的與北魏軍的戰爭中，使他們養成了一個不好的習慣，那就是隨時都在防備著敵人會使什麼陰謀詭計，而絕想不到人家也會有這麼熱情的時候——他們中很多人直到死還沒拔出武器，帶著驚詫和不可置信的表情被砍下馬。

當然，如果他們知道眼前的敵人是西楚霸王的話，也許就不會這麼輕敵了。

可戰爭是沒有如果的。項羽幾乎是以零傷亡完成了第一次衝鋒，他把槍再次高高舉起，聽著身後的馬蹄聲漸漸稀疏，知道自己的人已經又列好了隊形，義無反顧地發起了第二次衝鋒！

如果說第一次的暴起傷人對匈奴人來說是一次意外，那項羽的第二次衝鋒對他們而言就是……第二次意外。

可憐的匈奴人，雖然他們四肢發達，可是想像力實在有限，他們原以為對方悍不畏死的衝過去只是為了突圍逃跑，他們根本想不到人家的目的是吃光自己，當他們還猶豫在追與不追的兩難選擇的時候，項羽已經從他們背部又衝上來了……

依舊是項羽打頭，在萬人陣中，他的長槍就是一條簡單的殺人兇器，根本不講究什麼章法，一氣胡掄瞎捅，擋者披靡，敵人全都變成一個個汁水飽滿的脆瓜，他像個頑皮胡鬧的孩子把他們一一掃過拍壞，他的護衛也像一群為虎作倀的壞小子似的無法無天，戰場就是他們的樂園和發洩不滿的地方。

以兇猛著稱的匈奴人第一次感到茫然了，這一次他們雖然已經把武器拿在了手裡，可沒想到這麼快就到了用的時候，結果以後都用不著了……

項羽軍的兩次衝鋒都可謂圓滿得逞，他們就像一條長滿倒刺的百足蟲在鬆散的沙面上爬過，匈奴人死傷慘重，一片凌亂。

花木蘭向下看著，忽然露出了一絲舒心的微笑：「誰說項大個兒只是個莽夫？」

我好笑道：「不是一直都是你在說嗎？」

花木蘭長長地出了一口氣道：「他敢領著五百人去跟五千人拼命，那是因為他有著豐富的理論和實踐經驗，看來他以前經常這麼幹。」

這時，項羽再一次組織好了進攻隊形，這一來一回地衝殺，他們做得輕鬆自如，他手下一個護衛禁不住笑道：「大王，我剛才聽花將軍的人說匈奴兵英勇善戰，原來也不過如此。」

項羽仰天打個哈哈道：「這是咱們占了人家猝不及防的便宜，這樣吧，我們給對方一點時間，讓他們把隊形整合起來，怎麼樣？」

一干護衛狂妄地大笑：「好啊。」

花木蘭見狀氣得咬牙切齒道：「狗改不了吃屎，這個莽夫！」

項羽以槍點指對面道：「喂，你們聽著，現在給你們時間整合隊伍，我們一會兒再殺過去，聽懂了嗎？」

匈奴人何曾受過這樣的侮辱，隊列中另一個番將氣得哇哇大叫，嘶聲道：「全體聽我命令，給我衝過去把他們殺光！」

回過勁來的匈奴兵終於各舞刀槍撲了上來，項羽冷笑一聲：「難怪連個女人都打不過，果然是幫烏合之眾。」

項羽這麼說是有根據的，如果是騎兵對步兵那還好說，但在騎兵對騎兵的衝鋒中，一方人數明顯少於己方的話，這就相當於把自己的優勢白白送了出去，因為在衝鋒中，很多人將空跑，面前對不上敵人，結果只能在來回的拉鋸戰中被平白消耗。

可匈奴人這麼做也有自己的想法，這是一個善於騎射的民族，從來沒在馬背上吃這麼大的虧，他們有理由相信，如果不是沒有防備，就算五百對五百也沒道理輸。

這就是善泳溺於水的道理，醫院裡喝死的都是平時千杯不醉的主兒，死在馬背上的——都是金兀朮手下的那些騎兵。

雙方再一對陣，項羽的人馬仍舊把匈奴人穿了一道口子，只不過上次像是鋒利的刀劃過水面，這次在匈奴人有準備的情況下，像一條鋸子鋸過薄木板。

仗打到這份上，就拼一個單兵素質，項羽的衛隊是從幾十萬人裡精挑細選出來的，而對方只是些普通的騎兵，說他們善戰，不過是相對而言，匈奴人裡也有身高不足一米六的……

這其中還有一個心態問題，常言道狠的怕愣的，愣的怕不要命的，匈奴人基本已經處於食物鏈上層，他們確實不怕死，可項羽的衛隊是根本沒把死當回事，多年征戰下來，無論對敵人還是對自己的生命，他們可以做到同樣漠視。

他們是一幫天生的殺人機器——一個省吃儉用希望通過買彩票發家致富，和一個隨便玩玩的億萬富翁完全是兩種感覺。

項羽雖然沒穿他那身黃金甲，但手挽一桿大槍連掄帶打，所過之處哀鴻遍野，跟在他身後的那幾個護衛時刻都處在閒極無聊的狀態，在亂軍之中，他仍然是不二的主角。

就這樣來回兜了幾圈，本來緊緊裹住項羽軍的匈奴人陣地中間就被掄出了一片空地，像雪裡丟進一顆熱炭火，無人能近。

花木蘭又看一會，忍不住嘆道：「要論勇猛，項大哥確實是千古第一將，一個國家只要有這麼一員猛將，士氣和作戰理論肯定會不一樣的。」

我說：「那他怎麼就鬥不過邦子呢？」

花木蘭微笑道：「項大哥只求自己痛快，你若問他心裡究竟有沒有天下二字，只怕他自己也難以啟齒，不過劉大哥跟他苦戰多年，最後雖然得了天下，還是發出了『安得猛士兮守四方』的感慨，恐怕就是有感項大哥而發——他是被打怕了。」

我笑道：「想不到木蘭姐對他們兩個之間的事情分析得頭頭是道。」

花木蘭有些不自然地道：「我們賀元帥對這段歷史很感興趣，用句時興詞，他還是項大哥的死粉，每次論戰，肯定要拿出他和劉大哥的例子來講，最後還要感慨一通，我從一個小兵開始就在他麾下作戰，這麼多年下來，耳朵也起繭子了。」

我恍然道：「難怪你老跟羽哥抬槓。」

花木蘭納悶道：「這兩者有什麼關係嗎？」

「當然有，十年前你才十七歲吧，正是大人說什麼都聽不進去的時候，天天聽羽哥的英雄事蹟，估計是有了反叛心理。」

花木蘭沉默了一會，笑道：「可能你說得對，我們北魏的皇帝拓拔氏雖然也是以武立國，但畢竟不能跟匈奴好勇鬥狠，老賀天天感慨國無勇將，你說只要是個軍人誰不憋氣？我大概是那會就記恨上了。」

我說：「哎呀，你們這屬於世仇啊，得找陳老師化解。」

「陳老師？」

「玄奘！」

……

下面，項羽帶著他的衛隊向四面擴散殺去，他的人已經開始有折損，但局勢還是朝著一面倒的情形發展了，匈奴遲遲不能組織起有效的合擊，像一張中央起火的白紙，漸漸殃及四周。

項羽殺得興起，忽見遠處自己一個部下被十幾個匈奴人圍住，眼看就要不敵，殺過去已然不及，他忽然跳下馬背，握住大槍中心，助跑幾步由下而上投了出去，純鐵槍在空中扭曲著身子「嗚——」的一聲鑽起來，同時穿過幾個匈奴的胸口，去勢不減，又飛了一陣，騰地一下扎在我們面前，把我騎的那匹馬嚇了一跳，高高的蹦了起來。

我幾乎要摔下去，花木蘭手疾眼快一把扯住牠的轠繩，失笑道：「小強，你該好好學學騎術了。」

我嘿然道：「帶馬鐙的騎不慣。」

被項羽救了的那個護衛揮劍砍翻剩下的兩個敵人，還偷空對項羽說：「大王你忙你的，不用管我，應付得來。」

項羽笑道：「嘴還挺硬，來場比賽如何？」

那護衛抹一把臉上的血道：「好啊——」說話間又砍死一個匈奴，大聲報道：「一！」閃過身後偷襲來的一刀，反手一撩，任敵人的屍體栽下馬去，看也不看道：「二！」隨即道：「大王，你再不上馬可要輸了。」

項羽大笑一聲道：「不上馬照樣贏你。」說著隨便一拳便把一個匈奴騎兵從馬上打飛出去，叫道：「我也一個了。」

他站在地上和別人騎在馬上幾乎差不多高，恍如天神一般，敵人欺他沒馬，紛紛湧上，項羽拳打腳踢，就像一個大人打一群孩子一樣，砰砰連響之下被他打得四散紛飛。他一邊不忘嘴裡不停報數，和他打賭的那個護衛道：「大王不要胡賴，打死才算。」

項羽一愣，見被他打在地上已經失去反抗能力的敵人紛紛被別人所殺，氣得連連跺腳，那些護衛們邊殺人邊笑盈盈地看著他道：「大王，你才殺了一個呀。」

這時，一匹匈奴快馬從遠處殺來，馬上的人揚著一條長矛，從項羽正面疾如閃電地撲上來，項羽來不及拔劍，一抬胳膊讓過他的矛頭，然後猛地一夾，就勢抱住了他的馬頭，微一擰腰，嘿的一聲——一匹奔馳中的快馬竟然就此被他扳倒在地。

那個匈奴兵跌出老遠，摔了個骨斷筋折，項羽直起身，見那馬也斷了氣，向四周問道：「馬算嗎？」

護衛們朗聲大笑，匈奴兵相顧駭然，竟無一人敢再上前挑戰，項羽探手從馬背上又拽下一人，伸腳踩死，隨即翻上烏騅馬的馬背，大聲道：「好了，該到結束的時候了，聽我命令，一會兒追擊敵人只可追擊十里。」

護衛們轟然答應。

我寒了一個，這會兒人家對方還有一半人馬呢，他這就在謀算追擊的事了。

項羽以損失不到五十人的代價消滅了對方一半人馬，當然，這種優勢多半還是在前期以集中隊形換來的，照這樣打下去似乎沒有什麼懸念，其實這會兒項羽的部隊已經到了強弩之末的境地。

他們畢竟也是人，雖然傷亡比例小得多，但每個人在劇烈拼鬥之後也都精疲力盡了，再這麼打下去，兩家無非是魚死網破。

不過匈奴人是想不到這一點的，就算能想到，他們大概也並不願意這麼做，這時的他們見項羽如見魔鬼，個個栗生兩股，碩果僅存的一個小頭領再也忍不住了，大喊一聲：「撤！」

他這一聲撤無疑是給項羽軍下了追擊的命令，於是，在茫茫的草灘出現了這樣一幕奇景：五百人追著兩千五百人跑，護衛們不時地投出標槍，十里之後，又損失了五分之一的匈奴終於得脫，項羽的護衛軍們大聲歡呼，在馬背上做出各種怪相。

當他們回到戰場，看到倒下的戰友時又都黯然，默默地掩埋了自己的兄弟，然後這幫殺人魔王重新列成隊，等候項羽發話。

項羽看了一眼缺了一角的隊伍，沉聲道：「這一戰，我們損失了五十一名兄弟，殺敵近三千，躺在這片土地上的，不管是敵人還是我們的親人，逝者已逝，恩怨一筆勾銷，願他們在黃泉路上不寂寞，敬禮！」

項羽帶頭，四百四十九名護衛緊隨其後，向一片狼籍的戰場敬了一個深沉的軍禮。

花木蘭熱淚盈眶，她的部隊都震撼地看著這一幕，久久寂然。

任由花木蘭的人打掃戰場，護衛自行回去休息。

項羽來到我們近前，他那桿槍深深地插在我們腳下的岩石裡，我吭哧吭哧拔了半天，那叫一個紋絲不動。

項羽見花木蘭臉上還有淚痕，淡淡道：「哭什麼，當了十年軍人，沒見過死人嗎？」

花木蘭憤憤道：「如果你聽我的，也許他們就不用死。」

項羽譏諷地笑了一聲：「就算你沒學過戰爭概論，難道你不知道在我們這個時代上萬人打仗意味著什麼嗎——不可能比五十一少了，除非你連敵人都憐憫。」

花木蘭啞然無語，項羽拍了拍她的肩膀道：「別傷心，他們的死可以挽救很多人。」

他倆在那邊說著半懂不懂的話，我在這邊吭哧吭哧拔槍，拔了半天索性放棄，大聲道：「羽哥，我看這槍要不得了。」

項羽走過來把槍隨手拔走，鄙夷地看了我一眼。

我愣了半天這才緩過神來，在項羽身後道：「幸虧我拔了半天已經拔鬆了，要不這槍可真要不得了……」

我們回到營地，忽有人來報，北魏軍賀元帥輕騎前來探營，現已到門外。

花木蘭聽說，忙整理盔甲迎了出去，帳外，十幾個護衛的陪伴下，一員老將飛身下馬，身形矯健之極，他身著金盔金甲，一部花白鬍鬚飄灑胸前，一雙眸子不怒自威，莊重中透著三分儒雅，這大概就是人們所說的儒將吧？

花木蘭單膝跪地道：「參見元帥！」

賀元帥托起花木蘭，目光灼灼地審視了一下她有沒有受傷，這才微笑道：「聽說你遭遇了埋伏，又碰上了柔然五千先鋒隊，本來還擔心你的安危，想不到你打了一個漂亮仗。」

花木蘭回頭看了我們一眼，卻又不知從何說起，賀元帥拉著她邊進帳邊說：「來，跟我說說這仗是怎麼打的。」

花木蘭訥訥道：「元帥，請容我先給您介紹幾個朋友。」

賀元帥眼中精光一閃，便注視到我們身上，他的軍隊裡有生人，他當然早就發現了，只是花木蘭沒說，他也沒問。

我把一隻手抬起來尷尬地向老賀招了招：「你好。」

花木蘭指著我撓頭道：「這位是……」

我搶先道：「我是花先鋒的表弟，叫我小強好了。」

老賀進了帳之後，也不再刻意注重威儀，便向我點了點頭。緊接著目光轉向項羽。

項羽這會正在收拾身上的戰袍，他還沒來得及換衣服，盔甲上又是血又是窟窿的，他見老賀看他，手裡不停，也沒什麼表示，就等著花木蘭介紹。

花木蘭指著項羽，吞吞吐吐道：「這位是項……項……您就叫他小項吧。」

賀元帥上前兩步，眼睛盯著項羽道：「小項將軍。」

項羽擦著盔甲上的血道：「客氣，還是叫我小項就好。」

賀元帥道：「以區區幾百人大破柔然五千人馬的就是你吧？」

花木蘭搓手道：「這……」

賀元帥道：「我已經聽說了，後生可畏啊，老夫征戰一生也不曾有過這樣的威風，只是我怎麼以前從來沒見過小將軍呢？」

項羽停下手裡的活，微笑道：「在下一介野鄙村夫，元帥沒見過也是正常。」

他嘴上這麼說，誰都能看出來是在客氣，哪有野鄙村夫見到全國軍委主席還能這麼泰然的？

不過這個節骨眼上是誰並不重要，只要能幫自己打仗那就是朋友，所以賀元帥也不追問，溫言道：「不論身世如何，小將軍英勇無匹，更難得的是一片報國的拳拳之心吶。」

項羽一擺手道：「我的國家不在這裡，我幫貴軍無非是兩個原因，一是因為我把花先鋒看成妹……」

花木蘭狠狠擰了他一把，項羽急忙改口道：「……是我弟弟一樣，二則我軍糧草不繼，想跟元帥周轉些日用。」

賀元帥微微一笑道：「小將軍真是快人快語，糧草的事情沒有問題。」說著，他慈祥地把手按在花木蘭肩頭上，「至於你兩次相幫木力（花木蘭曾用名）我還得重重謝你，木力幼年從軍就一直在我帳下效力，小夥子勇敢穩重我很是喜歡，這麼多年下來，就像我親生兒子一樣。」

項羽：「……」

我幸災樂禍地想這回項羽終於也吃癟了，他說他拿花木蘭當弟弟，人家卻說像他兒子，這麼論下來，老賀正好是他乾老子。

當然，老賀這麼說並無惡意，就年齡而言，他給三十出頭的項羽當個乾爹絕對合適，再說人家身分那麼高，也沒必要到處認乾兒子來暗爽，主要是鼓勵後進的意思。

賀元帥問項羽：「燕山腳下的五萬人馬是小將軍帶來的吧？」

項羽道：「是，一群弱卒而已，讓老元帥見笑了。」

賀元帥擺手道：「不必過謙，據老夫觀察，貴軍軍紀嚴明，令行禁止，應該是一支百戰之軍，不過，就是有一點讓老夫頗為費解——貴軍營盤為何遍插楚旗，小將軍又姓項，那你和西楚霸王項羽……」

說起霸王，老賀不由得帶出三分肅然起敬。

項羽鬱悶道：「那……就算是先祖吧。」

我在一旁頓時樂不可支起來，繼我之後，項羽終於第二個成為自己是自己祖宗的人。

老賀聽他說完這句話，果然眼睛大亮，退後一步重新打量著項羽，邊看邊嘖嘖嘆道：「像，像啊！窮老夫一生，一恨晚生了兩百載不能親見西楚霸王，二恨不能盡驅柔然，想不到居然在殘生還能見到霸王後人。」

項羽只得尷尬地抱抱拳：「老元帥錯愛了。」

賀元帥神色亢奮，轉頭道：「木力，我怎麼以前不知道你還有這樣的朋友？」

花木蘭掩口笑道：「怎麼說呢，我跟項大哥一見如故，也算是前生修來的吧。」

老賀興奮了一會兒忽然正色道：「小項啊，你的人不改楚軍旗幟，難道是有復國之心嗎？」

項羽知道賀元帥這是在擔心他會危及北魏政權，便道：「沒有，我不是說了嗎，我們的國家不在這裡，是一幫化外之民，如果有可能，這戰以後，我希望我的部下能解甲歸田，都成為元帥治下的普通百姓。」

賀元帥安心地點點頭，這時忽有探馬來報：「稟元帥、先鋒，燕山以北五十里外發現柔然主力部隊超過十萬以上，正在向我方徐徐移動！」

老賀聽說，急忙來到作戰地圖前，觀察了一會形勢，感慨道：「決戰的時刻到了，我一直以為我們還要再等兩年，沒想到這一天提前來了。」

我們均感愕然——老頭料事如神啊！

老賀招手道：「來，木力，小項，咱爺仨來盤算盤算。」

項羽當了一會兒「小將軍」，這會又成了「小項」，還跟賀老頭成了「爺倆」，滿臉不情願地來到桌前。

見老賀已經用黑線把匈奴的勢力範圍都標了出來，便也拿過筆在那對面畫了一個倒箭頭，一邊道：「這樣，讓我的楚軍來當矛頭，你們在兩翼陪護，我們一鼓作氣把他們打垮，好完了老元帥第二個心願。」

老賀滿臉迷茫，繼而嗤笑道：「你是想讓我們十五萬人給你的五萬人當陪護？」

項羽攤手：「只要能打勝仗，十五萬人為什麼不能給五萬人當陪護？」

花木蘭在後面偷偷拽了一下項羽……

老賀也不生氣，把金色的帥盔拿在手上，輕輕地撣去上面的塵土，笑瞇瞇地說：「老夫十五歲從軍，至今已有四十個年頭，直到頭髮花白才做到元帥，自覺在排兵佈陣上還是有一定心得的。」

不用說，這是在賣弄他資歷老。

項羽看看老賀手裡的金盔道：「這樣的盔甲，我以前也有一副。」這是不甘示弱。

花木蘭見兩個人還沒怎樣已經嗆上火了，頓足道：「別吵，我們現在二十萬對柔然十二萬，優勢在手，為什麼不能好好合計出一個萬全之策呢？」

兩強相爭，中間出來這麼一個制衡點，兩個大男人便都不說話了。

花木蘭把地圖扶正，看了一會兒，凝神道：「既然是決戰，正面總歸要佈置相當的兵力，那支多出來的人馬才是我們制勝的關鍵。」

賀元帥道：「其實我看小項的方法就很不錯，簡單直接，不過楚軍兄弟是客，這個主力還是由我們來打，請小項的人來做我們左邊的護翼。」

項羽笑道：「誰做護翼先不爭了，說說怎麼才能全殲敵人吧。」

賀元帥又把花木蘭面前的地圖拉在自己跟前，指指點點地說起來，老頭畢竟是打了四十多年仗的老戰骨，胸藏錦繡，侃侃而談，根據匈奴人的作戰習慣和戰場地形，做出了精準的推演和預測。

項羽手托下巴認真聽著，不時補充或提醒一兩句，往往一語中的，這一老一小居然越說越是來勁，大有相見恨晚的意思，可是說到激動處，又為誰做護翼的事吵了起來，老賀非要以主人的身分請項羽退居二線，項羽則以匈奴已經摸熟北魏軍的作戰習慣來勸老賀的人為他護衛兩翼即可，從而一舉全殲敵軍，到最後兩人爭得面紅耳赤不可開交。

我在一邊百無聊賴，喃喃道：「非帶護翼不可麼，超薄的不行？」

……

項羽和老賀把地圖爭來搶去地又吵了一通，仍舊沒有結果，我發現老賀其實是個挺有意思的人，別看他平時威儀自重，可到這個時候像個老小孩一樣，尤其說到打仗，更是興奮得滿臉通紅，大概難得有項羽這麼一個能和他在戰術理論上談得來的小老弟，因為北魏軍在多年來與匈奴的對抗中都是步步為營，精打細算，而項羽提出的計畫則很簡單明瞭，就是大部隊的對衝。

他的手在敵陣和自己的營盤上劃來劃去，最後把那地圖都摳出一道溝來。

一老一小抱著地圖正在眉開眼笑，沉默了良久的花木蘭忽然冷冷道：「你們夠了沒有？」

老賀愕然：「什麼意思？」

他雖是元帥，可平時正如他說的那樣，是把花木蘭當成他自己的孩子一樣，所以也不以為忤。

項羽解釋道：「花老弟大概又要說我們好大喜功了——來，你說說你有什麼看法？」

花木蘭慍道：「你們左一個全殲敵軍，右一個盡滅柔然，難道一定要把他們趕盡殺絕不可嗎？」

項羽道：「有什麼不對嗎？」

花木蘭加重口氣道：「難道我們不用死人嗎？」

項羽一笑，剛想說什麼，花木蘭指著他道：「不要再說什麼『雌』不掌兵的屁話，這場戰爭我比你有發言權——加上這次，我和柔然打了廿二年仗了！」

項羽想想也是，啞然閉口。

賀元帥疑惑道：「廿二年？木力，你參軍的時候隱瞞年齡了？」

花木蘭淡然一笑道：「元帥，我想是這樣，我們沒必要把柔然全部消滅，他們侵略我們無非是物資匱乏，只要給他們點顏色看看，讓他們知道我們的厲害，權衡利弊再不敢南下，我們的目的就達到了；鑒於此，我們只要打掉他幾萬人就足夠了，對付蟊賊，砍掉他一隻手也就絕了他的念。」

賀元帥道：「這個道理我不是不明白，可為什麼十年來都沒解決這個問題呢？」

花木蘭道：「這還是一個態度問題，對摸進家裡來的蟊賊，我們一直不知道該打還是該嚇，碰巧這個蟊賊還足夠強壯，我們不知道該不該或者說值不值跟他真拼命，萬一把他逼急了怎麼辦？」

賀元帥饒有興趣道：「那麼你認為現在到了該拼命的時候了嗎？」

花木蘭道：「沒有，我們用不著和對方拼命，因為正在我們沒把握的時候，我們的好鄰居——項大哥來了，這樣我們就有足夠力量制服那個蟊賊。」

賀元帥微笑道：「說的很貼切，你都是怎麼想出來的呢？」

花木蘭正色道：「我覺得為將者不但要考慮仗怎麼打，還得思考為什麼打，可不可以不打，勝利無非是達到目的，這就是《孫子兵法》上說的不戰而屈人之兵。」

我點頭道：「嗯嗯，打仗的人都喜歡說這個，要不我再把八國聯軍找來幫你？」

賀元帥道：「那你怎麼才能不戰而屈人之兵呢？」

花木蘭道：「我還沒有那麼高的境界，但不是死戰而是巧戰。」

項羽和老賀都感興趣道：「哦？」

花木蘭把地圖挪在自己面前，指點道：「柔然有十二萬人，我們則有二十萬，項大哥和元帥都是常年帶兵的人，肯定明白只要人數一上十萬，戰場的平面是容不下的，就是說，在第一戰線上最多有五萬人能和敵人面對面，尤其配合燕山附近地形更是如此，這就表示柔然的十二萬人馬至少得分三個梯次佈陣，而我的打算是排兩個梯次十萬人上去頂住他們的進攻。」

賀元帥道：「誰來擔任主攻？」

花木蘭道：「沒有主攻，只用平型陣頂上去。」

我撓頭道：「真的不要護翼了？」

賀元帥道：「我們的人，單兵素質本來就不如柔然，你用十萬去頂他們十二萬……」

但老頭很快就明白了其中的關鍵，「那我們的另十萬人呢，你怎麼安排？」

花木蘭果斷道：「開闢第二戰場！」

她把主戰場上的雙方分別用兩個方框框住道：「短時間內，柔然的十二萬和我們的十萬人馬並沒有區別，相當於兩個等量單位，可他們絕想不到我們還有一個十萬人的單位，這就好比用單刀的和用雙刀的比武，我們是用雙刀的那一個，對方的刀砍過來，我們用左手刀架住，右手刀趁機刺進敵人的心臟，這樣雙刀的優勢才顯現出來。」

花木蘭邊說邊在燕山以西又畫了一個方框，用手指點著道：「這就是我們制勝的關鍵——第二把刀，只要我們的第一把刀能把敵人咬住，這第二把刀就是奇兵，它甚至不需要十萬人，項大哥的本部五萬楚軍足矣！」

我總結道：「嗯，這是超薄。」

花木蘭說完這番話，項羽和賀元帥面面相覷都不說話，花木蘭一攏頭髮道：「元帥，項大哥，你們怎麼了？我知道這還只是個非常不成熟的計畫，你們有意見可以提嘛。」

項羽和老賀又頓了一下，這才異口同聲道：「我怎麼就沒想到呢？」

花木蘭笑道：「因為你們從一開始就在想怎麼『全殲』敵人，以二十萬的兵力想要合圍十二萬人自然不易，而我最初想的就是怎麼趕跑他，當然容易多了。」

兩個男人的自尊這才得以保全，同時擦汗道：「哦，原來是這樣，嚇我們一跳。」

花木蘭嫣然道：「對付蟊賊，揍他一頓是可以的，可我們畢竟是守法公民，殺他就不值得了。作為主人，我們將負責扯住他的兩手，剩下的，就要有勞項大哥在他側後腰上狠狠踹一腳了，好在這個賊全無防備，屁股高高撅起，容易踹得很。」

項羽詫異道：「你的意思，真想讓我們楚軍做這種偷雞摸狗的事？」

賀元帥擺手道：「項老弟（稱呼都變了），現在還不是爭這個的時候，木力，我先問你，燕山腳下一馬平川，想要發揮你的雙刀論，好像只有一個地方適合，那就是與燕山平行的山脈右翼，你怎麼才能讓柔然的騎兵在那裡與我們決戰，你難道還能調遣他們不成？」

花木蘭道：「柔然向來輕視我們，只需用兩支小股部隊詐敗，把他們吸引過來就是了。」

賀元帥道：「有難度，柔然人鹵莽，可不全是傻子，看來得下個大大的誘餌！」

我心說：這活我去倒是合適，輕車熟路，就是需要打造一根一米五高的頭盔……

花木蘭決然道：「我去！」

賀元帥微笑道：「你夠分量嗎？還是我去吧。」

花木蘭忙道：「元帥，萬萬不可……」

要知道這活兒可不光是危險，對個人聲名也有影響，老賀一生雖然沒有特別的閃光點，但披肝瀝膽，和將士們同甘共苦，也是位素來受人敬仰的將軍，誰忍心讓他的最後一戰留下污點？

賀元帥一擺手：「老夫戎馬一生只為平定邊患，肝腦塗地再所不惜，何況區區虛名？」

項羽敬服道：「老元帥真是令人欽佩！」

你看他嘴上這麼說，也就是個客氣話，顯然這活兒他是不願意幹……

就這樣，在不知不覺中，花木蘭的主張就成為了對匈奴作戰的主導理論，有了這個大思想，三個人又都是身經百戰的指揮官，剩下的就是細節問題，從地勢的高低、風向、到一草一木對整個戰役的影響都在他們討論範圍之內，一直說到凌晨三四點鐘。

賀元帥畢竟年歲不饒人，困乏地伸個懶腰道：「剩下的事情就由項老弟和木力商討完畢以後再告知老夫吧，老夫可要先告退一步了。」

項羽一把拉住他道：「誒，別走，還沒說誰來承擔正面主攻的問題呢，我看還是讓我的人馬頂在第一線，老元帥的人做伏兵好了。」

花木蘭聽他舊事重提，鄭重道：「項大哥，你難道還不明白嗎，這支伏兵才是我們取勝的王牌，最需要一往無前和義無反顧的氣勢，你怎麼能一味當他是投機取巧的勾當，再說，」花木蘭不悅道：「我們北魏軍雖弱，但也不是貪生怕死之輩，你是擔心我們連個把時辰都頂不住嗎？」

項羽第一次見花木蘭動了真怒，攤手道：「行了，你說怎麼辦就怎麼辦吧。」

賀元帥欣慰地點點頭，向帳外走去，他走到門口忽然回頭說：「木力，如果我把咱們這十五萬人都交給你，你能應付得來嗎？」

花木蘭錯愕道：「元帥你什麼意思？」

賀元帥微笑道：「你有勇有謀，這次戰役又都是你一手策劃的，由你來掛帥肯定比我更得心應手，明天我只做好我的誘餌，剩下的社稷安危、十五萬將士的性命就都拜託你了！」

花木蘭呆呆道：「這……怎麼行？」

賀元帥一揮手：「就這樣吧，你們再商量出什麼新主意明天告訴我，老夫可要偷懶去嘍。」他緩緩走出帳外，頗有不甘卻又滿含欣慰的嘆息聲卻傳了進來：「老啦，是該把重擔交給年輕人的時候了。」

我們眼看著老賀有些蹉跎的背影消失，項羽感慨道：「雖然英雄遲暮，總算激流勇退，老賀也稱得上功德圓滿——木蘭，恭喜你呀，只要明天這一仗不出意外，你就是新的三軍主帥。」

花木蘭呵呵一笑道：「項大哥，明天還要多靠你了，咱們來商量一下兩軍的配合問題吧。」

項羽道：「別兩軍了，我聽你指揮。」

花木蘭道：「你肯嗎？」

項羽微笑道：「做大哥的給妹子跑回龍套有什麼不肯的，有事儘管吩咐，就把我當成你的馬前卒。」

花木蘭爽朗一笑道：「楚霸王給我當馬前卒，我這威風可比劉邦劉大哥強多了——不過咱們醜話說在頭裡，明天三軍作戰只能有一個主帥，你要不服調度……」

項羽接口道：「軍中無戲言，我是那種說了不做的人嗎？」

花木蘭痛快道：「好，你來看。」她指著地圖分析道：「這是燕山，明天決戰之前，柔然的斥候必定會事先偵察地勢，這個時候你們不能被發現，我要你的人從營地出發，逆時針繞到燕山背後，決戰開始之後再出現在西麓方向，等我命令發動總攻。」

項羽領會了她的作戰意圖，答應道：「好。」

花木蘭輕輕捶了他胸口一下：「記住，我不讓你打你就不能打。」

項羽道：「放心，既然選擇了你的辦法，我就不會壞了你的事。」

花木蘭伸個懶腰道：「都去休息一會吧，明天是個硬仗。」

項羽道：「你呢？」

「我需要冷靜冷靜。」

我開玩笑道：「要是車在的話，我去三國把諸葛亮的扇子給你借來扇扇。」

花木蘭忽然想起了什麼似的道：「小強，再幫我洗一次頭髮吧。」

項羽摸進虞姬的帳篷，捏出兩袋洗髮精來遞給我：「這還是你上次帶來的呢，給咱們花元帥用了吧。」

我在木桶裡調好水溫，看著花木蘭解開頭髮，把溫水慢慢澆上去，我們女英雄的脖子依舊細膩，我說：「姐呀，打完仗有什麼打算？」

花木蘭低頭揉著頭髮，說：「還沒想好，你說我不會到了廿九歲的時候又死掉吧？」

「那不會，不過這個元帥就夠你忙的了。」

花木蘭道：「不管是元帥還是尚書郎，對我都沒什麼誘惑，我還是想過正常人的生活。」

我說：「那你還是趕快找個男人嫁了吧，動作快的話，你的孩子能趕在我和羽哥兒子周歲之前出生，要都是男的，就讓他們結拜兄弟，要都是女的就是姐妹，要是你倆都生女兒我生個兒子，哎呀呀……」

花木蘭脖頸一紅，口氣不善道：「那你想怎樣？」

「那就是兄妹，我兒子已經和張良他閨女訂了親了……」

……

第二天一早，項羽自帶人先行出發了，北魏軍全體集合，賀元帥聲明法令，特別說明這一戰由花木力先鋒全權指揮，老頭今天金盔金甲擦得澄亮，猩紅的斗篷披在馬背上，紅黃相間，看上去就像一條飽滿的麵包蟲——為了做誘餌，老賀也算煞費苦心了。

片刻，傳令官上前請示花木蘭：「先鋒，將士們都準備完畢了，咱們是不是先開個誓師大會？」

我一聽這個就頭疼，這是又要說氣壯山河的話了。

花木蘭不動聲色道：「沒時間了，你去跟他們說，一會兒戰鬥打響有誰想後退的，讓他們想想自己的老娘和老婆，別讓一個女人都瞧不起。」

傳令官愣了一下，隨即大聲道：「是！」

傳令官剛走探馬來報：「柔然騎兵已經全體集結在二十里外。」

賀元帥催馬來到花木蘭跟前，慈祥地看著她，深沉道：「木力，全拜託你了，假如我這次不能回來……」

花木蘭斷然道：「您一定要回來，您不是一生有兩大遺憾嗎？我保證，只要這場仗打完，我幫您把兩個願望都實現了！」

老賀微笑道：「真是胡鬧，第二個願望也就罷了，那第一個……哎，不說這個了，其實老夫還有一個私願未了，我有兩個兒子，雖然都不成大器，總算不墮我賀家威名，都為國戰死了，雖然我從不曾後悔過，只是現在老懷寂寞，我多希望再有個溫婉的女兒……」

原來老賀真沒女兒。

我納悶道：「為什麼非是女兒，兒子不好麼？」

老賀呵呵一笑道：「身為我賀家男兒，焉有不上疆場之理，可說句不好聽話，人在沙場身不由己，今日不知明日事，只有女孩兒才不必擔此責任。」

花木蘭哼了一聲道：「女孩兒一樣能上戰場。」

我見老賀用疑惑的目光看著花木蘭，忙打岔道：「老元帥，我答應你，只要打完這場仗，第三個願望我也捎帶地給你實現了……」

大概上午八點左右，老賀帶著一萬人馬出發了，他們的主要目的是把敵人吸引過來。我們知道，最後不管能釣上多大的魚來，魚蟲一般很少能再次利用了，所以這一萬人命運叵測，誰也不知道他們中還能回來多少，但是他們跟在自己元帥的身後都毫無懼色，雄赳赳氣昂昂地從我們面前經過。

花木蘭帶著全體北魏軍目送著他們的離開。沒有豪言壯語，也沒有大碗的酒送行——除了梁山的土匪，我還沒見其他軍隊出征攜帶大量水酒的。

這就是冷兵器時代的無奈和壯美，這是能產生史詩的時代，不見面就把對方打得頭破血流的戰爭只能催生軍事評論家，當然，從人類生存角度來說，這兩種職業最好都別有，但那是不現實的，這就叫有人就有江湖。

老賀走後，花木蘭只帶十幾騎來到了燕山的山腰，在我們下面，是十萬北魏軍排成的兩個騎兵方陣，遠處，賀元帥的人馬騰起的煙塵還隱隱能見。

花木蘭極目遠眺，輕輕說了一聲：「但願這一仗是我的謝幕之戰，北魏的百姓從此能永得安寧。」

我點頭道：「但願這一仗是我看的最後一仗，大老遠跑到古代，四大發明沒搞出來，種馬也沒做成，淨跟著你們瞎摻合了，沒見過我這麼窩囊的穿越者。」

花木蘭一笑，伸手道：「小強，把你手機給我。」

我遞給她，花木蘭接過以後，給項羽打了一個：「你現在在哪兒？」

項羽道：「正在山後爬著呢。」

「半個小時以後能到位嗎？」

「你讓我們到我們就能到。」

花木蘭道：「好，到了以後等我命令再行動。」

「是，花元帥！」這就是冷兵器時代用現代化工具的好處，不用怕敵人截取信號。

花木蘭微微一笑掛了電話，看著我手機裡長長的人名表感慨道：「都是老朋友啊，還真想他們呢。」

我說：「反正時間還早，給他們打一個聊聊唄。」

花木蘭咯咯一笑，打第一個沒人接，第二個打到梁山專線了，吳用接的，一聽說正在打仗，吳用還給了幾點建議。

第三個打到朱元璋那了，朱元璋問：「你幹啥呢？」

花木蘭道：「打仗呢。」

朱元璋道：「嘿，小丫頭片子還打仗呢……」

花木蘭一聽他那口氣就把電話掛了，下一個打到李世民那了。

請續看《史上第一混亂》十（完結篇）人在江湖

# 史上第一混亂 卷九 回到唐朝

作者：張小花
發行人：陳曉林
出版所：風雲時代出版股份有限公司
地址：10576台北市民生東路五段178號7樓之3
電話：(02) 2756-0949
傳真：(02) 2765-3799
執行主編：朱墨菲
美術設計：吳宗潔
行銷企劃：林安莉
業務總監：張瑋鳳

初版日期：2019年10月
版權授權：閱文集團
ISBN：978-986-352-725-1
風雲書網：http://www.eastbooks.com.tw
官方部落格：http://eastbooks.pixnet.net/blog
Facebook：http://www.facebook.com/h7560949
E-mail：h7560949@ms15.hinet.net
劃撥帳號：12043291
戶名：風雲時代出版股份有限公司

風雲發行所：33373桃園市龜山區公西村2鄰復興街304巷96號
電話：(03) 318-1378
傳真：(03) 318-1378
法律顧問：永然法律事務所 李永然律師
北辰著作權事務所 蕭雄淋律師

行政院新聞局局版台業字第3595號 營利事業統一編號22759935


國家圖書館出版品預行編目資料

史上第一混亂 / 張小花著. -- 初版. -- 臺北市：風雲時代, 2019.07-　冊；　公分

ISBN 978-986-352-725-1（第9冊：平裝）--

857.7　　108002518